COZY MYSTERY

FINAL DE CAPÍTULO

ALMA

Título original: *Chapter and Curse*

www.editorialalma.com

@almaeditorial

Diseño de la colección: lookatcia.com
Diseño de cubierta: lookatcia.com
Maquetación y revisión: LocTeam, S.L.

ISBN: 978-84-10206-04-5
Depósito legal: B-11940-2024

Impreso en España
Printed in Spain

El papel de este libro proviene de bosques gestionados de manera sostenible.

El papel Munken Print Cream utilizado en el interior de esta publicación está certificado Cradle to Cradle™ en el nivel bronce.

COZY MYSTERY

ELIZABETH PENNEY

FINAL DE CAPÍTULO

Una librería en Cambridge

ALMA

Para mis tías inglesas y el verdadero George Flowers

CAPÍTULO UNO

Thorndike, Vermont

Ese año, la primavera estaba haciéndose de rogar mucho más de lo habitual. Los arces gigantescos que crecían frente a la granja continuaban sin hojas y sus ramas desnudas se estremecían cada vez que soplaba el frío viento del norte. Solo unos pocos narcisos se habían atrevido a alzar la cabeza y mostrar con orgullo las flores amarillas que se mecían en la brisa, hasta que la nieve sepultaba a esos contados valientes, reprendiéndolos con severidad por su impertinencia. En el interior de la blanca casa de campo, que había hecho frente a tormentas, estaciones y penas durante más de doscientos años, el ánimo era bastante sombrío.

Hasta el día que llegó la carta. Fue un sábado por la tarde, por eso estaba en casa. Los sábados, la biblioteca del pueblo, donde trabajaba de ayudante, cerraba al mediodía y, además, faltaban pocas semanas para encontrarme en el paro. Recortes de presupuesto.

Después de que pasara la furgoneta del correo, recorrí fatigosamente el camino de entrada hasta el buzón. Las botas de suela de goma se hundían en el barro mientras paseaba la mirada por los campos y el bosque en busca del menor indicio de que el tiempo estuviera cambiando.

No vi ninguna señal por ninguna parte, así que me encorvé para resguardarme del viento incesante y abrí el destartalado buzón blanco. La tapa chirrió, como siempre, y, como siempre, me dije que tenía que engrasarla. «Ay, papá». El corazón se me encogió de dolor. Mi padre era quien se encargaba de arreglar todo lo que chirriaba por aquí. No había puerta con bisagra que no girara en un silencio celestial, como solía demostrar con regocijo.

Inspiré hondo y me sequé las lágrimas, tan habituales de un tiempo a esa parte. Luego, cogí un manojo de cartas envueltas en una colorida y brillante hoja de propaganda del supermercado y cerré la tapa chirriante con firmeza.

Fui echando un vistazo a los sobres mientras regresaba a casa con paso pesado. Facturas de la luz, solicitudes de donativos para obras benéficas, ofertas de tarjetas de crédito... Lo típico. Salvo por la última carta.

Iba dirigida a mi madre, Nina Marlowe, y varias pistas —el sello, el matasellos y que hubieran añadido «Estados Unidos» debajo de nuestra dirección— me dijeron que procedía de Inglaterra. Examiné mejor el matasellos. Cambridge, Reino Unido.

La carta despertó vagos recuerdos. Mi madre era de un pueblecito inglés llamado Hazelhurst y había ido a la universidad en Cambridge. Luego, conoció a Derek Kimball, un estudiante de intercambio de Vermont; se casó con él y se mudó aquí. Había vuelto cuando sus padres murieron y, según yo tenía entendido, allí solo le quedaban uno o dos parientes vivos. En cualquier caso, a pesar de este mundo dominado por internet, yo sabía de ellos lo mismo que si vivieran en la Luna. Lo único que delataba el misterioso pasado de mi madre era su acento, que todo el mundo encontraba encantador, y que la llamara «mamá» a la manera británica en lugar de la estadounidense.

Me picó la curiosidad y eché a correr, dando grandes zancadas y apoyando los pies con firmeza para no resbalar y caer. El barro hacía ruidos muy interesantes bajo las botas y empecé a reír y a exagerar mis movimientos. En el porche lateral, me quité el calzado embarrado de una patada; luego, entré en la cocina con paso decidido y cerré la puerta (de bisagras mudas) tras de mí con un portazo.

Mi madre, sentada a la isla con su tableta y una taza enorme de café, levantó la vista llevándose una mano al pecho.

—Molly, me has asustado.

—Perdona. —Rodeé el mueble y dejé el sobre importante delante de ella. Lo demás acabó en mitad de la encimera para repasarlo más tarde—. Te ha llegado una carta de Cambridge.

Apartó la tableta a un lado, cogió el sobre y lo examinó por delante y por detrás.

—Debe de ser de tía Violet. —Me asomé por encima de su hombro cuando se dispuso a abrirlo—. Anda, siéntate —dijo—. Te prometo que te contaré qué dice.

Me puse una taza de café mientras ella extraía varias hojas dobladas del sobre. Luego, me senté en el taburete de al lado y vi que la leía con los labios ligeramente fruncidos y un gesto de concentración que le arrugaba la frente. Mi madre era poeta, había publicado varios libros y disfrutaba de bastante reconocimiento, pero no había vuelto a escribir nada desde la muerte de mi padre. De eso hacía ya casi seis meses.

Mi madre siempre bromeaba diciendo que mi padre, que había sido profesor de literatura en el Thorndike College, era su musa.

Igual no era una broma. Me preocupaba. Había perdido unos kilos que no le sobraban, se la veía débil, se disgustaba con facilidad y tenía que guardar cama cada dos por tres. Una mujer que jamás había enfermado, ni siquiera cuando yo iba al colegio y llevaba a casa gérmenes asquerosos y resistentes a los antibióticos.

Bebí un sorbo de café notando ese nudo familiar y persistente que me atenazaba el estómago. De la misma manera que el paisaje anhelaba que la primavera rompiera el hechizo del invierno, nosotras necesitábamos algo igual de revitalizador y poderoso.

Vi que un ligero rubor le teñía las mejillas al tiempo que aceleraba el ritmo de lectura. ¿Y si por algún arte misterioso esa carta nos ayudaba a pasar página?

Por fin la dejó en la mesa y me miró, juntando las manos. En sus ojos oscuros vi brillar la emoción y algo que se parecía sospechosamente a la esperanza.

—Molly, cariño, ¿qué te parecería que nos fuéramos a vivir a Inglaterra y nos hiciésemos cargo de una librería?

Cambridge, Inglaterra

Apenas dos semanas después, llegábamos a Magpie Lane, una callecita enclavada en el corazón de Cambridge. George Flowers, un hombre mayor, corpulento, con gorra plana y chaqueta de *tweed,* había ido a buscarnos al aeropuerto en el Ford Cortina antediluviano de tía Violet. George se había movido con facilidad entre el tráfico de Londres, con la radio sintonizada en una emisora de *rock* clásico, mientras nosotras dos íbamos medio groguis por el cambio horario y el cansancio. Según mi madre, era un amigo de toda la vida de tía Violet y un verdadero manitas. «Un tipo muy majo», como dijo ella.

El coche avanzó lentamente por la calle adoquinada y pasó junto al Magpie Pub, el Holly & Ivy Inn, la cafetería Tea & Crumpets y Spinning Your Wheels, una tienda de bicis que contaba con un aparcabicicletas en la acera. Un gato negro y flacucho salió disparado de la parte trasera de la cafetería y nos miró con desdén antes de cruzar la calle como una exhalación y desaparecer por un callejón.

George frenó delante de Thomas Marlowe: Manuscritos e Infolios.

—Maldita sea —protestó—. Que me han quitado el sitio. —Estampó el puño rechoncho sobre el volante—. ¿Es que no saben que por aquí no se puede circular?

Por todas partes había carteles que avisaban de que el tráfico estaba restringido en el centro de la ciudad centenaria, pero, a pesar de la norma, había aparcado un BMW de líneas elegantes delante de la entrada del edificio.

Y menudo edificio. Parecía salido de un cuento, una casa de entramado de madera y yeso de color crema, con ventanas saledizas de barrotillos romboidales en la planta baja, ocupada por la tienda, y otras iguales, aunque más pequeñas, en la de encima. Apuntalada sobre tornapuntas, la última planta de todas sobresalía ligeramente de las demás. Contuve la respiración mientras mi cabeza embotada nadaba en la absoluta incredulidad. ¿Aquella preciosa librería era nuestra? Según la placa metálica que había junto a la puerta, databa de 1605. Tenía más de cuatro siglos.

Salí de mi asombro y ensimismamiento de sopetón cuando el Cortina dio marcha atrás de pronto; luego, un tumbo hacia adelante y, a continuación, se paró con una nueva sacudida. George había aparcado en diagonal entre un Audi detenido en un angosto callejón, el mismo por el que había desaparecido el gato, y el BMW de delante de la puerta.

—Hala —dijo satisfecho—, al menos descargaremos las maletas.

Ninguno de los otros dos vehículos podría moverse, pero eso no pareció importarle. Sacó su corpachón del coche y lo rodeó para abrir el maletero.

Mi madre, que iba sentada delante, se volvió hacia mí.

—¿Qué tal ahí atrás?

—Uf, creo que la palabra sería patitiesa.

Desde que el avión había aterrizado en Heathrow, me había sentido invadida por un espíritu británico. Quizá se debía a todos los libros de Enid Blyton que había devorado en busca de similitudes con los orígenes de mi madre. En el equipaje iba el único libro que me había llevado de nuestra extensa biblioteca: un ejemplar muy preciado de *Now We Are Six,* de A. A. Milne, quien estudió en Cambridge, por cierto. Mi padre me leía a menudo esos preciosos poemas, y yo imaginaba a mi madre en el lugar de Christopher Robin, convencida de que sus infancias habían sido idénticas.

Alargué la mano hacia el tirador para abrir la puerta, saqué los pies y salí para estirar las piernas, recorridas por calambres. Desde allí, volviendo la vista hacia el final de la calle, se divisaba la entrada principal del Trinity College, que albergaba la mundialmente famosa Biblioteca Wren. Su catálogo contaba con obras tan asombrosas como un ejemplar del siglo XVIII de las *Epístolas paulinas,* miles de manuscritos medievales y uno de los cuadernos de Isaac Newton, que había sido profesor titular del Trinity. Patitiesísima. Estaba viviendo el sueño de cualquier amante de los libros.

—Pues ya estamos aquí. —George lanzó nuestras voluminosas maletas a la calzada sin contemplaciones—. ¿Dónde va todo esto? ¿Arriba?

Cerró la puerta del maletero de golpe.

—Pues no estoy segura —contestó mi madre con voz vacilante echando un vistazo a la librería—. Hace siglos... Habrá que preguntarle a tía Violet.

Viéndola allí, encogida en la acera, aferrando el bolso a un costado, sentí una punzada de culpabilidad al preguntarme cómo se sentiría. Para ella, se trataba de algo más que de un viaje a un paraíso literario; era una vuelta a casa. Y puede que no fuera nada sencilla.

—¿Estás bien, mamá? —le susurré mientras George cogía las maletas por las asas y estampaba las ruedas contra el bordillo para subirlas a la acera y arrastrarlas hasta la entrada de la librería.

Se mordisqueaba el labio superior.

—Creo que sí. Es que es todo un poco extraño. Lo de estar aquí, dejar Vermont... Tu padre...

Le rodeé los hombros con un brazo.

—Todo irá bien. Además, siempre podemos volver.

Era lo que había que decir, pero todo mi ser gritaba: «¡No, por favor, no; yo quiero quedarme aquí!».

Negó con un gesto de cabeza, breve, pero decidido.

—Eso sería rendirse. —Entrelazó su brazo con el mío—. Y las Marlowe no se rinden.

«Uf». Le di un beso en la mejilla.

—Va a ser toda una aventura, ya lo verás.

George dejó las maletas de pie junto a la entrada y se hizo a un lado para que pasáramos primero. A diferencia de gran parte de los establecimientos de esa misma calle, que habían sustituido las puertas por escaparates de vidrio, la Thomas Marlowe conservaba su antigua puerta de madera, pintada de morado, con cerradura de resorte de latón y una ventanilla ovalada.

—Tú primero, mamá —dije.

Mientras esperaba a que la abriera, eché un vistazo a las ventanas saledizas. Aunque eran antiguas y tenían un gran encanto, estaban llenas de libros apilados sin orden ni concierto. Desde luego no parecían colocados para atraer las ventas.

En la de la izquierda había un gato atigrado que tomaba el sol hecho un ovillo. Debió de notar que lo miraba porque levantó la cabeza y me observó con los ojos entrecerrados. A continuación, seguramente tras decidir que tenía cosas mejores que hacer, volvió a acurrucarse y retomó la siesta. No sabía si era macho o hembra, pero parecía un Orson Welles felino. La imagen me hizo sonreír.

Mi madre por fin logró abrir la rebelde puerta y la sujetó para que pasara. Unas campanillas tintinearon alegremente cuando cruzamos el felpudo y pisamos los suelos de madera, que crujían al caminar por ellos.

Libros. Por todas partes. Lo primero que llamó mi atención fue el caleidoscopio de formas y colores seguido del aroma embriagador del papel y la tinta, del cuero y el paño, con unas notas básicas de madera vieja y polvo de fondo. Inspiré hondo mientras trataba de asimilar todo aquello, con el corazón desbocado.

Las cuatro paredes estaban recorridas por estanterías empotradas de las que a veces se separaban unas librerías altas que formaban sus propios rinconcitos. El centro estaba ocupado por mesas con más pilas de libros, aunque su altura no impedía ver el mostrador de información, largo y curvado, situado en mitad de la tienda y respaldado por unas vitrinas que casi lo convertían en un espacio cerrado, como un quiosco. Supuse que era donde guardaban los libros más valiosos.

Las cinco personas que se encontraban en el local se volvieron para mirarnos. Tres, dos hombres y una mujer, parecían ejecutivos, vestidos con trajes caros de color azul marino. Todos llevaban el móvil en la mano. La cuarta era un hombre de mediana edad, pelirrojo, con entradas pronunciadas y mofletudo. Llevaba un elegante jersey de lana, pantalones de vestir y unos mocasines lustrosos, pero, a pesar del cuidado refinamiento, tenía algo que hacía pensar en cadenas de oro y anillos en el meñique. Nos miró de arriba abajo con sus ojos fríos y azules, cruzado de brazos.

Alguien se puso en pie detrás del mostrador y se colocó bien las gafas de culo de botella. Llevaba el pelo blanco recogido en lo alto de la cabeza en un moño del que asomaban un par de lápices y un bolígrafo. Una sonrisa enorme se dibujó en su cara y le arrugó las mejillas apergaminadas, pero, antes de que le diera tiempo a decir nada, el hombre pelirrojo se acercó a nosotras con aire despreocupado.

—¿Nina? ¿De verdad eres tú? —Le tomó la mano entre las suyas—. Clive. Clive Marlowe, tu primo. —Se echó a reír, una risa estentórea—. Segundo o tercero, nunca sé cómo van esas cosas.

Detrás de nosotras, George cruzó la puerta y tiró de las maletas con un gruñido. Cuando las dejó de pie a nuestro lado, me percaté de que miraba a Clive con mal disimulada animosidad.

—Ah, sí. Clive. —Mi madre recuperó su mano—. Disculpa, hace tanto tiempo...

George pasó por nuestro lado y fue a hablar con tía Violet. La mujer tras el mostrador tenía que ser ella.

Clive volvió a repasar a mi madre de arriba abajo con aquellos ojos fríos.

—Parece que fue ayer. Tan guapa como siempre.

Mientras mi madre balbucía una respuesta y yo me contenía para no patearle la espinilla a ese tipo, me percaté de que los ejecutivos se habían reunido para hablar entre ellos. Cuando terminaron, se acercaron a nosotros. Uno de los hombres iba al frente, seguido por sus dos compañeros.

—¿Señor Marlowe? —dijo con voz engolada—. Gracias por enseñarnos la tienda. —Le tendió una mano—. La cosa promete. Mucho, de hecho.

Clive le estrechó la mano con fuerza.

—Bien, bien. Entonces, estaremos en contacto, ¿no, amigo?

El acento de Clive distaba mucho de ser tan refinado como el del hombre, que torció el gesto, aunque quizá se debió al entusiasmo con que nuestro primo le había estrechado la mano.

—Estaremos en contacto —convino el hombre agitando los dedos—. ¿Vamos?

Sujetó la puerta para que pasaran los demás.

—Será mejor que mueva el coche —mascullló George, que fue tras ellos.

—¿Quiénes eran? —pregunté una vez que el trío salió a la calle, donde ya no nos oían, y subió al BMW. No habían comprado nada, al menos que yo hubiera visto. ¿Y qué era eso de enseñarles la tienda?

Clive se recolocó el reloj de oro mientras una sonrisa satisfecha asomaba a sus labios.

—Compradores potenciales. De Best Books.

Había oído hablar de Best Books, una cadena de librerías elegantes que tenía locales repartidos por todo el país, una especie de versión británica de Barnes & Noble. El jarro de agua fría arrastró los últimos vestigios del cambio horario. Si Best Books quería comprar Thomas Marlowe, ¿qué hacíamos nosotras allí? ¿Habíamos cerrado el capítulo de Vermont para enfrentarnos a una página en blanco?

CAPÍTULO DOS

Tía Violet cogió una tetera gigantesca y la puso sobre los fogones de la cocina AGA, de color crema, para hervir agua.

—Siento mucho este recibimiento tan desconsiderado —dijo—. Clive se presentó de pronto con esa gente, sin avisar.

Estábamos en la cocina de tía Violet, en la parte trasera de la tienda, un espacio amplio de suelos de baldosas, vigas ennegrecidas y una zona para sentarse próxima a los altos ventanales que daban a un jardín rodeado por una tapia. El gato atigrado estaba en ese momento apoltronado en un sillón de terciopelo verde junto al que había una cesta de hacer punto con unas agujas de un rosa intenso clavadas en una madeja de lana gris perla. Nos habían informado de que el gato se llamaba Clarence. En cuanto a la tienda, tía Violet había colgado un cartel en el que se leía: «Cerrado al mediodía».

—¿Qué ocurre, tía Violet? —preguntó mi madre mientras jugueteaba con el pañuelo de seda que llevaba anudado al cuello. Las dos estábamos sentadas a la larga mesa de pino—. ¿Qué tiene que ver Clive con la librería?

La mujer encendió el fogón y ajustó la llama.

—En realidad, nada. La tienda es mía, pero... —Se interrumpió y corrió a la nevera, un electrodoméstico antiguo de esquinas redondeadas—. ¿Qué os apetece para comer? —La abrió y metió la cabeza—. Tengo jamón, queso y unos panecillos crujientes deliciosos. —Su voz fue apagándose mientras sacaba botellas, tarros y paquetes del frigorífico.

Mi madre se volvió hacia mí con las cejas enarcadas. Su mirada serena me confirmó que llegaríamos al fondo del asunto.

—¿Quieres que te ayude? —preguntó.

—No, no. —Tía Violet agitó la mano para rechazar la oferta—. Debéis de estar agotadas después de un viaje tan largo. —Chasqueó la lengua—. Casi cinco mil kilómetros en un solo día. No sé si alguna vez sabré hacerme a la idea.

Continuamos clavadas en nuestros asientos, completamente extenuadas, mientras ella iba de aquí para allá colocándonos delante platos de loza con sándwiches de varios pisos y pepinillos, sirviendo tazas de té humeante y llenándonos los vasos con una jarra de agua fresca que había sacado de la nevera.

Devoré el sándwich en un abrir y cerrar de ojos mientras lo acompañaba de grandes tragos de té caliente. Para mí, que seguía en el horario de Vermont, eran las cinco de la tarde, y me moría de hambre. Habíamos cogido un vuelo nocturno desde Boston, cruzado cinco franjas horarias y aterrizado en Londres a primera hora de la mañana.

Una vez que ya no quedó ni una migaja del delicioso sándwich en el plato, mi madre se limpió la boca con una servilleta.

—Gracias, estaba todo buenísimo. —Miró a su tía, muy seria—. Y, ahora, suéltalo.

Tía Violet nos contó lo que ocurría entre carreras arriba y abajo para buscar los documentos y el talonario. Clive le había hecho un préstamo el año anterior, después de que la temporada navideña hubiera sido más floja de lo habitual, y, como tía Violet estaba teniendo dificultades para devolvérselo, él le había propuesto que vendiera la tienda. En realidad, la presionaba para que lo hiciera.

—Estoy desesperada —confesó la mujer con cara desolada. Se había subido las gafas a la cabeza, junto a los lápices y el boli, y nos miraba con sus grandes ojos azules, rodeados de unas líneas de expresión que en ese momento distaban mucho de estar provocadas por un gesto sonriente—. Esta tienda siempre ha pertenecido a la familia y no soporto ser yo quien la pierda. Por eso te escribí, Nina. Pensé que podrías ayudarme a enderezar la situación, a modernizar las cosas un poco. —Se volvió hacia mí—. Tú eres bibliotecaria, Molly, no me digas que no es perfecto. Además, seguramente dominarás lo de las redes sociales, ¿verdad?

—Sí, ya tengo un montón de ideas —afirmé.

La tienda, aun estando como estaba en esos momentos, sumida en el caos, era un sueño en cuanto a las redes sociales. Ya veía fotos de ejemplares antiguos junto a tazas de té, con los adoquines de Magpie Lane difuminados al fondo. Además, Clarence, ese gato panzudo, sería una estrella. ¿Quién no querría visitar una librería pintoresca en una de las ciudades con mayor historia y más bonitas de Inglaterra? Quienes no pudieran venir en persona, tendrían la posibilidad de comprar por internet y llevarse así su pedacito de Cambridge.

Y podía ir más allá. ¿Y si fotografiaba los libros por toda la ciudad usando como tema las universidades y los lugares de interés del lugar? Por ejemplo, una colección de textos religiosos y biblias en la Round Church, la iglesia que quedaba un poco más arriba.

Consciente de que no era el momento, me obligué a ponerle freno a mi imaginación y a concentrarme en el asunto que nos ocupaba.

—No sabía que Clive iba a traer tan pronto a esos tipos trajeados —decía tía Violet. Pálida ya de por sí, había palidecido un poco más y le temblaban los labios—. Ha sido muy humillante. Han estado toqueteándolo y abriéndolo todo, tomando notas y hablando de los cambios que harían, aunque manteniendo su interés histórico, por supuesto. —Agitó una mano como si se diera aire para tranquilizarse—. Qué bien hicimos cuando conseguimos que la incluyeran en la lista, la verdad.

Sabía que, en el Reino Unido, los edificios de interés histórico-artístico estaban sujetos a una normativa estricta con el objetivo de conservar estos tesoros para las generaciones futuras. Best Books no podía tirar abajo la tienda y construir una caja de hormigón moderna. Menos era nada.

Mi madre estudió los documentos, pasando páginas adelante y atrás, y repasó la previsión de pagos.

—¿Cuánto te has retrasado?

Tía Violet se levantó de un bote de la silla y se acercó para enseñárselo.

—Debo estos meses.

Señaló varias líneas del plan de amortización.

Mi madre usó la calculadora del móvil para saber a cuánto ascendía el total. Se quedó mirando la cantidad resultante y asintió.

—Puedo ponerlo de mi bolsillo. Así nos quitaríamos a Clive de encima durante un tiempo.

Por su cara, Violet se debatía entre la esperanza y las reservas.

—¿Estás segura? Odio pedirte... Es responsabilidad mía... Quizá podría...

—Insisto —dijo mi madre—. En realidad, tampoco nos queda otra, ¿no?

Bueno, no era cierto del todo. Mi madre y yo podíamos coger nuestros bártulos y volver a Estados Unidos con el rabo entre las piernas y el sueño de empezar de nuevo en Cambridge hecho añicos. Sin embargo, no la había visto tan llena de energía y viva desde la muerte de mi padre. Si para que recuperara la ilusión había que salvar una librería al borde de la bancarrota, que contara conmigo.

Tía Violet bajó la mirada hacia las manos entrelazadas.

—Supongo que tienes razón. —Cuando volvió a levantar la cabeza, sus ojos estaban anegados de lágrimas—. Pero ¿cómo podré pagarte nunca todo esto? No solo estás salvando la tienda, me estás salvando la vida.

—Y tú la mía —dijo mi madre sonriéndole—. Dame el número de Clive y nos ponemos manos a la obra.

Me despertaron unas voces masculinas. Unas voces amortiguadas, resonantes y con acento británico. Abrí los ojos de inmediato. «¿Dónde estoy?».

Me descubrí mirando un techo bajo de yeso y, luego, me volví hacia la ventana abierta, pegada a la cama. Tenía vidrios romboidales. Vale. Estaba en Cambridge, Inglaterra.

Poco a poco, todo lo ocurrido el día anterior empezó a regresar a mi memoria de la misma manera que la luz que se colaba por las cortinas inundaba la habitación a medida que amanecía. El viaje en avión. La llegada a la tienda. Conocer a George y tía Violet. Nuestros planes para ganarle la partida al primo Clive.

Unas carcajadas acompañaron las voces, risas despreocupadas que sonaban a confidencias compartidas. Me incorporé de inmediato en la cama de latón, aparté la gruesa colcha y eché mano al móvil. Para empezar, ¿qué hora era? Mi madre y yo nos habíamos arrastrado hasta la cama sobre las ocho con la esperanza de dormir para recuperarnos del cambio horario y poder estar frescas como una lechuga.

Al otro lado de la ventana, pues de allí procedían las voces, algo metálico hizo ruido y, a continuación, se oyó una maldición contenida. ¿Qué estaba pasando ahí fuera? A las puñeteras seis de la mañana, como diría George. De hecho, utilizó esa expresión varias veces cuando subía a trompicones nuestras maletas por la estrecha escalera hasta nuestras habitaciones de la segunda planta, que en Inglaterra se empeñaban en considerar la primera, para complicar aún más las cosas.

—Pero ¿qué demonios llevas aquí dentro, muchacha? —había preguntado con la cara tan roja y sudorosa que pensé que le iba a dar un ataque al corazón.

—Zapatos —contesté con gesto avergonzado y alegrándome de haberme traído un solo libro, y además delgadito. *Now We Are Six* estaba en esos momentos en la mesilla de noche. Me recordaba a mi padre.

El alegre ring-ring de un timbre siguió a un nuevo ruido metálico. ¿En serio? Las risas y las voces tenían un pase, pero eso ya pasaba de castaño oscuro. Desenredé el camisón blanco de algodón que se me había liado en las piernas, me puse de rodillas y abrí la ventana un poco más para asomarme y echar un vistazo a la calle. Había dos hombres, uno moreno de pelo bastante largo y otro rubio, inclinados sobre una bicicleta. El moreno volvió a tocar el timbre con el pulgar. Ring-ring.

—¿Os importa? —les solté—. Aquí arriba hay gente que quiere dormir.

No tenía la menor idea de por qué estaban delante de nuestro edificio y no en la tienda de bicicletas de al lado.

Los dos levantaron la cabeza. El rubio era bastante guapo, pero fue el moreno el que me llamó la atención. Sus ojos negros recorrieron mi larga trenza y el camisón de encaje antes de volver a mi cara. Nuestras miradas coincidieron.

—¿Qué tenemos aquí? —dijo el rubio—. ¿Julieta en el balcón saludando a la mañana?

Tuvo gracia. Se me escapó una risita y el moreno esbozó una sonrisa mientras se rascaba la barba de dos días que asomaba en la mandíbula cuadrada. Era guapísimo, de facciones marcadas, cejas rectas sobre unos ojos cautivadores, ancho de hombros y con buen tipo. «Por mí, puede hacer de mi Romeo cuando quiera», pensé dando rienda suelta a mi imaginación.

Hasta que habló. Puso recta aquella espalda musculosa y dijo:

—Tengo una tienda aquí al lado, señorita. —Se encogió de hombros—. Disculpe, pero a veces hacemos un poco de ruido.

¿Ya estaba? Sin duda era la disculpa más patética que había oído en mi vida.

—¡Pues vaya con los buenos vecinos! —grité.

Me incorporé y cerré la ventana con decisión. Luego, por si no había quedado claro, corrí las cortinas del todo y las anillas entrechocaron.

Me desplomé en la cama con la esperanza de poder seguir durmiendo al menos un ratito. Fuera, en la calle, oí un murmullo de voces que acabó desvaneciéndose. Seguramente el rubio había convencido al de los ojos negros de que debía ser más considerado. Lancé un bufido, me di la vuelta y me puse una almohada sobre la cabeza por si acaso.

Los remordimientos no tardaron en hacer acto de presencia. Para ser sincera, yo también había sido bastante grosera. Era probable que el dueño de la tienda de bicicletas no supiera que yo estaba durmiendo justo encima. El dormitorio de tía

Violet daba a la parte trasera del edificio, al otro lado. Y no me extrañaba.

Decidí que iría a hablar con él más tarde y le pediría disculpas. Después de descansar.

Cuando volví a despertarme, el teléfono me informó de que eran las diez de la mañana. Ya no me sentía aturdida y me notaba llena de energía. ¿Qué estaba perdiéndome en mi primer día de verdad en Cambridge? Me puse de rodillas y volví a abrir las cortinas.

Todo estaba tranquilo en Magpie Lane, solo se veía a gente paseando y entrando y saliendo de Tea & Crumpets, al otro lado de la calle. Me rugieron las tripas al pensar precisamente en ellos, en los *crumpets,* esa especie de bollos empapados de mantequilla. Y me moría por mi primera taza de café. Una idea espantosa me asaltó cuando me ponía los vaqueros: ¿encontraría café de verdad o esa cosa instantánea que, según había oído, era lo que solían beber aquí? Por lo que a mí respectaba, el café instantáneo solo era para las emergencias.

Vestida y aseada, bajé la estrecha escalera hasta la cocina. Allí también estaba todo tranquilo; la cocina AGA desprendía calorcito y Clarence seguía ovillado en su sillón. Mi madre y tía Violet debían de encontrarse ya en la tienda. Después de dar un rodeo para acariciar la sedosa cabeza del gato, cosa que soportó con estoicismo, crucé la puerta que comunicaba la cocina con la tienda.

No había nadie en el mostrador, pero oí a mi madre al fondo, así que me abrí paso entre el laberinto de librerías en su busca. Por algún motivo, mi madre y tía Violet estaban mirando con atención la pared trasera, recorrida por estanterías como las demás, y las acompañaban los hombres de la tienda de bicicletas.

Me quedé paralizada. ¿Qué hacían allí? ¿Eran clientes? En ese momento, el rubio señaló una viga que cruzaba el techo.

—Esa es la de carga, así que no debería haber problema.

—¿Estás seguro, Tim? —Tía Violet se recolocó las gafas y miró la viga—. No querría que la casa se nos cayera encima.

Mientras me debatía entre presentarme o batirme en rauda retirada, cambié mi peso de pierna y una tabla se movió bajo mis pies emitiendo un quejido desgarrador. Santo cielo.

El rubio volvió la cabeza.

—Mira, ahí tenemos a Julieta —dijo con una amplia sonrisa.

Los demás también me miraron, así que esbocé una sonrisa y saludé con la mano mientras intentaba no fijarme en el moreno. No, como la cobarde que era, mis ojos pasaron por su cara como una exhalación. Tan guapo como lo recordaba. Mi madre hizo un gesto raro al ver que Tim me llamaba Julieta, pero no dijo nada.

—Hola, ¿qué os traéis entre manos?

En lugar de responder a mi pregunta, tía Violet dijo:

—¿Has dormido bien, querida? Si quieres te hago un té y, si no, hay café en el local de enfrente. —Luego se volvió hacia los hombres—: Es Molly, mi sobrina nieta estadounidense. La chica de la que os hablaba.

Volví a saludar con la mano sin dirigirme a nadie en concreto.

—He dormido bien, gracias —respondí, tratando de evitar sus miradas, aunque vi con el rabillo del ojo que Tim sonreía y que su compañero me observaba con una expresión inescrutable—. Creo que iré a por un café. ¿Alguien quiere algo?

Suponía que iban a decir que no, pero Tim se volvió hacia su amigo y contestó:

—Venga. Dos de *crumpets* para Kieran y para mí. —Rebuscó en los bolsillos de los vaqueros y sacó un billete—. Y dos cafés largos de filtro. —Me entregó el dinero—. Gracias.

Así que se llamaba Kieran. Un nombre bonito.

—Enseguida vuelvo —aseguré metiéndome el billete en el bolsillo. Cuando me di la vuelta para irme, pisé de nuevo la tabla escandalosa y me puse colorada de inmediato. Si aquello seguía pasando, la marcaría con una equis o algo.

Fuera hacía fresco y el aire estaba impregnado de algo que florecía en los jardines del otro lado de la tapia. Antes de cruzar hasta la cafetería, me detuve para admirar mi nuevo barrio: la entrada del Trinity College al otro lado, la mezcolanza de edificios pintorescos que flanqueaban la calle, el resalto de los adoquines bajo mis pies. Una figura negra y flacucha salió disparada del callejón que bordeaba la librería y correteó hasta mí.

—Buenos días, gatito —lo saludé—. ¿Cómo estás?

Por respuesta, se precipitó hacia la puerta de la cafetería, frente a la que se sentó y esperó.

—No, no puedes entrar —dije, sorteándolo.

Empujé la puerta, me deslicé a través de la estrecha rendija y volví a cerrar enseguida. Mi victoria fue fugaz cuando vi su desdichada carita triangular mirando por el cristal.

—¿Ese gato ya está intentando colarse otra vez? —preguntó la mujer que había detrás del mostrador.

Debía de tener mi edad. Era rubia, con una abundante melena rizada y ojos azules y vivaces. Llevaba un delantal sobre una camisa azul y tenía una figura voluptuosa.

—Sí, eso parece —contesté cruzando el suelo de baldosas de ajedrez hasta el mostrador—. No ha sido fácil dejarlo fuera.

Eché un vistazo a mi alrededor y vi que había unos cuantos clientes, que se distribuían en la docena de mesitas que llenaban el local; unos charlando plácidamente con su acompañante, otros escribiendo en sus portátiles. Igual que en Vermont. El mostrador tras el que atendía la mujer era de madera labrada, con unos expositores a ambos lados que flanqueaban la zona de servicio. En la pared de detrás había colgada una pizarra, encima de unos estantes que contenían cestas de pan y platos. Todo lo necesario para preparar tés y cafés se encontraba en el mostrador.

—¿Eres estadounidense? —preguntó llena de curiosidad—. De turismo, ¿no?

—Sí, soy de Vermont —reconocí—, pero vivo en la librería. Violet Marlowe es mi tía.

Ahogó un grito.

—Vaya, nunca lo hubiera dicho. Así que tú eres la sobrina estadounidense. —Me tendió la mano para que se la estrechara—. Encantada de conocerte. Soy Daisy Watson, la dueña de la cafetería.

—Molly Kimball. Yo también me alegro de conocerte.

Tía Violet debía de haberle hablado de mí a toda la calle, cosa que me hizo sentir rara. Mi madre nunca había mencionado a tía Violet ni a ninguno de sus parientes. Tendría sus motivos, pero era incapaz de imaginar a qué podría deberse. Tía Violet era un encanto. Ya me había encariñado con ella.

—¿Qué te pongo, Molly? —preguntó Daisy, apoyándose en el mostrador con ambas manos—. Aquí todo es fresco, hecho del día.

—Me parece fantástico, pero, primero, necesito un café. —Repasé la pizarra, un poco confusa. En lugar de la jerga a la que estaba acostumbrada, las opciones eran «Cafetière» o «De filtro», y no tenía ni idea de qué significaban—. Disculpa —dije—, pero estoy un poco perdida. En Estados Unidos, hacemos el café con las cafeteras de toda la vida. O con la exprés.

Tenía una de esas.

—No eres la primera que lo pregunta —reconoció Daisy—. Una *cafetière* es lo que algunos llaman una cafetera de émbolo.

—Me enseñó una—. Para el café de filtro se usa este cono y un filtro. —Me mostró el cono—. Hoy en día, la gente toma tanto café que también he tenido que ofrecerlo. Si solo tuviera té, me vería obligada a cerrar.

Me sorprendió oír eso dado que el té era una tradición típicamente británica, pero, allí estaba yo, pidiendo café de filtro para llevar.

—Y también una de *crumpets.* —Luego me acordé—. Mejor tres cafés y tres de *crumpets.* —Al ver que enarcaba las cejas, añadí—: Son para Kieran y Tim. Están haciendo no sé qué en la librería para mi tía.

Una sonrisa asomó a los labios de Daisy y se le formó un hoyuelo en una mejilla.

—Ay, cielo, así que ya has conocido a esos dos. Están bien, ¿verdad?

«¿Bien?».

—Supongo —contesté con vacilación—. Sí que se les ve sanos.

Luego lo recordé; para los ingleses, cuando alguien «estaba bien» significaba que era atractivo.

Daisy se echó a reír.

—No hay nada que suponer, de lo mejorcito que corre por aquí. Y tampoco son unos críos, como esos niñatos universitarios. —Se inclinó hacia mí—. ¿Sabes que Kieran...? —La puerta de la cafetería se abrió y un grupo de señoras entró tranquilamente, cotorreando sin parar. Daisy se dio la vuelta inmediatamente—. Voy a por lo tuyo. Ya hablaremos luego. ¿Nos vemos en el *pub*?

—Me parece bien —dije y me hice a un lado para que las señoras pudieran ver el menú.

No conseguí disimular una sonrisa mientras esperaba la caja de pastas que había pedido. Daisy parecía maja y todo apuntaba a que ya había hecho una amiga. Además, me moría de ganas por saber qué iba a contarme sobre Kieran.

Había un periódico local en una mesa cercana y lo cogí para echar un vistazo a los titulares. PRÓXIMA SEMANA, FESTIVAL LITERARIO DE CAMBRIDGE, decía uno. Interesante. Me pregunté si la Thomas Marlowe patrocinaba alguna actividad, pero no nos encontré en la lista de librerías que participaban. Un error desde mi punto de vista.

—¿Molly? Ya está lo tuyo —me llamó Daisy.

Cuando volví a la librería con mi bolsa de cafés y *crumpets,* todo el mundo estaba en la cocina, sentado alrededor de la larga mesa. Tía Violet estaba sirviendo tres tazas de té y me percaté de que había una nueva cara, una mujer mayor de facciones marcadas y el pelo de color champán, con una permanente muy rizada, que llevaba un chaquetón marrón. Les pasé a Kieran y Tim lo que habían pedido, le di a Tim el cambio y, luego, me senté junto a la recién llegada, con ganas de hincarle el diente a mi desayuno.

—Molly, te presento a Myrtle —dijo tía Violet repartiendo las tazas—. Es una vieja compañera de clase, de cuando íbamos al St. Hildegard's.

Myrtle lanzó una carcajada.

—Puedes obviar lo de «vieja». —Cogió su taza con ambas manos y me estudió con atención con sus ojos de color avellana—. Así que Molly. Mira qué mona ella. ¿Tienes novio?

El café que tenía en la boca amenazó con salir despedido. Con esfuerzo, conseguí tragármelo mientras los demás, incluidos Kieran y Tim, me miraban fijamente.

—No, no tengo novio —pude contestar al final, consciente de que la respuesta provocaba lástima y llamaba a la condescendencia en cierta clase de personas.

Myrtle cumplió todas mis expectativas.

—Pues es una pena. Claro que sería complicado llevar una relación a distancia con alguien que estuviera en Estados Unidos. Supongo que con lo de las videollamadas es más fácil.

Bebió un sorbo de té, supuestamente ajena a cómo podía interpretarse su comentario.

Al menos en mi caso. Convencida de que ya estaba roja como un tomate, me concentré en sacar el *crumpet* de la bolsa. Los *crumpets* se parecen a los *muffins* ingleses, pero están mucho más buenos. Este tenía un tostado perfecto y la mantequilla formaba charquitos en los pequeños agujeros de la parte superior. Ñam.

—Nina, ¿tenías una mansión en Vermont? —preguntó Myrtle—. He oído que las casas en Estados Unidos son muy grandes y lujosas.

Le había llegado el turno a mi madre de esquivar una pregunta indiscreta.

—Eh... No, no tenemos una mansión. —Curvó los labios en lo que, con esfuerzo, podría considerarse una sonrisa—. Es una casa de campo vieja, muy modesta y sencilla.

Myrtle carraspeó como si no se lo creyera.

Con el hambre ligeramente saciada, aproveché para preguntar antes de que la mujer siguiera indagando.

—Bueno, ¿y qué hacíais antes hablando de vigas de carga?

—Vamos a tirar parte de una pared —contestó tía Violet—. Bueno, estos dos jóvenes fornidos. Vamos a convertir el viejo taller en un espacio de reunión, como propusiste, Molly, y hay que encontrar la manera de llegar a la sala sin pasar por la entrada trasera.

No había sido del todo idea mía, aunque la noche anterior había dicho que la Thomas Marlowe debería organizar encuentros literarios. El problema principal era la falta de espacio en la tienda en sí y, por lo que parecía, a tía Violet se le había ocurrido una solución.

—Pues me parece una gran idea —reconocí—. ¿Adónde se trasladará el taller?

Cogí la otra mitad de mi *crumpet* y chupé una gota de mantequilla.

Tía Violet señaló el techo.

—Arriba, al cuarto de invitados. La restauración de libros era cosa de mi hermano. —Puso cara triste—. Perdimos a Tom el verano pasado.

—Ah, sí, Tom. —Myrtle sacudió la cabeza—. Era un gran tipo.

Kieran y Tim asintieron con un gruñido y expresión apenada.

«Otro pariente del que no sé nada», me dije con pesar. Qué interesante que tío Tom se hubiera dedicado a la restauración, dado que yo también había hecho lo mismo en la biblioteca, aunque a pequeña escala y con libros no muy valiosos. No quería imaginarme metiendo la pata con uno que costara miles de dólares.

—Ahí dentro también hay montones de cajas con libros sobrantes. Sobre todo infantiles. —Tía Violet puso cara de exasperación—. Eran la debilidad de Tom. Estaba convencido de que un día daríamos con un tesoro olvidado. Quería echarles un vistazo, pero no he tenido tiempo.

—Ya lo hago yo. —Adoraba los libros infantiles antiguos—. Y me gustaría formarme en restauración y encuadernado de libros, si es posible. —En ese momento, recordé el artículo del periódico—. En cuanto a la nueva sala, ¿crees que podría estar lista antes del festival literario de la semana que viene? No sé de qué manera, pero deberíamos participar.

—No veo por qué no —contestó Kieran—. Solo hay que tirar la pared, y eso podemos hacerlo esta tarde, después del cierre de las tiendas. —Le echó un vistazo al móvil—. Hablando de tiendas, será mejor que vaya a sustituir a Jayde. Tiene clase de aquí a diez minutos.

Cogió su café, separó la silla de la mesa y se levantó.

—Solo hay que darle una manita de pintura y listos —dijo Tim, arrugando el papel en el que venían los *crumpets*—. Ya habrá tiempo de colocar estanterías más tarde si hace falta.

Él también se puso en pie mientras apuraba su café.

Mi madre enderezó la espalda con cara entusiasmada.

—Lo único que se necesita para organizar un encuentro son sillas y una mesita adicional para el vino y el queso. Y puede que alguna cosilla para picar.

—Seguro que el salón parroquial me prestaría la mesa y las sillas —dijo tía Violet—. Y Daisy se encargará de la comida, pero hay una cuestión importante: ¿a quién podemos llamar con tan poca antelación? Además, no solo tiene que ser un autor, sino alguien que atraiga público.

Myrtle levantó una mano.

—Tengo una idea. —Hizo una pausa hasta que se cercioró de que todos le dedicábamos la debida atención, incluidos Kieran y Tim, que se detuvieron en la entrada para escuchar—. Ruth va a publicar una retrospectiva de los últimos cincuenta años de los poemas de Persephone. ¿Y si Persephone diera un recital?

—¿Te refieres a Persephone Brightwell? —preguntó mi madre como si no diera crédito a lo que acababa de oír. Miró a tía Violet—. ¿La conoces?

—¿Que si la conoce? —Myrtle volvió a carcajearse—. Iba con nosotras a la universidad. Era de la pandilla. Junto con Ruth, que dirige una editorial llamada Virginia's House, y Fiona, una de las mandamases del Hildegard's. Y su marido es diputado.

Tim y Kieran intercambiaron una mirada. Supuse que estar casada con un miembro del Parlamento era algo especial.

Mi madre jugueteó con la cucharita, dándole vueltas y más vueltas.

—Está considerada la mejor poeta británica de la actualidad. Si pudiéramos convencerla de que diera un recital...

No hizo falta que acabara la frase. Contar con Persephone Brightwell durante un festival literario mundialmente famoso sería meter un gol por toda la escuadra para la Thomas Marlowe. Nos proporcionaría una publicidad estratosférica.

—Vendrá —dijo Myrtle con una sonrisita petulante—. Os lo garantizo.

CAPÍTULO TRES

Apenas me tenía en pie cuando Daisy y yo fuimos al *pub* esa noche. Las reformas de la librería habían empezado en cuanto acabamos de desayunar. Me había pasado el día metiendo en cajas los libros de las estanterías que íbamos a quitar mientras George supervisaba a un par de hombres que se habían encargado de desmontar el taller y trasladarlo todo arriba. Colocamos los plásticos, Kieran y Tim abrieron un agujero del tamaño de unas puertas dobles y otra cuadrilla de hombres sacaron los escombros al contenedor que habíamos alquilado y que estaba colocado en el callejón. Para el día siguiente, quedaba arreglar el paso recién abierto, limpiar y pintar.

—¿Estás bien? —preguntó Daisy sujetándome la puerta—. Cojeas cosa mala.

Gruñí un poco mientras pasaba junto a ella para entrar en el *pub*.

—Me he tirado el día entero moviendo cajas. Me duele todo.

—Es muy emocionante lo que estáis haciendo, ¿no crees? —dijo Daisy. Por lo visto, tanto ella como el resto de vecinos se habían pasado en un momento u otro del día para ver cómo avanzaban las obras. Incluso se habían acercado Susie y Steve Baker, los dueños del *pub*—. Acabáis de llegar y ya le estáis dando una nueva vida.

Y restándole años a la mía. Por fortuna, una pinta de cerveza y algo de comer, seguido de un baño caliente antes de ir a dormir, me reviviría.

Una vez dentro, me detuve para asimilar los detalles del acogedor *pub,* con sus vigas y su revestimiento de madera, la chimenea del rincón y los bancos acolchados bajo las ventanas de cuarterones. La barra de madera labrada ocupaba un rincón, con hileras de botellas y grifos, que se reflejaban en el espejo de detrás. A esa hora de la noche, la charla y las risas animaban el local y todos los taburetes de la barra estaban ocupados.

—Hay una mesa.

Señalé una pequeña para dos que había junto a la chimenea y hacia allí me encaminé, medio consciente de que Daisy iba saludando a la gente por el camino. Daba la impresión de que conocía a todo el mundo.

—¿Qué quieres? —preguntó, tendiéndome la carta plastificada que había cogido del soporte sobre la mesa—. Se pide en la barra.

Lo que implicaba volver a levantarse. Reprimí otro gruñido y estudié el menú. La comida aparecía en un lado y la bebida en el otro.

—Salchichas con puré de patata y una cerveza tostada.

—Buena elección —dijo Daisy—. Yo me pediré lo mismo. —Iba a levantarme cuando me hizo un gesto para que no me moviera—. Tranquila, ya voy yo.

—¿Seguro? Te doy el dinero.

Los rizos rubios danzaron cuando negó con la cabeza.

—Invito yo, como bienvenida al barrio. En la siguiente pagas tú.

Mientras ella se acercaba a la barra, me apoltroné en el banco acolchado y dejé que el calor de la chimenea me calara los huesos. La clientela estaba compuesta por una mezcla de estudiantes, personas trajeadas y trabajadores. Vi a los dos hombres que habían ayudado a trasladar lo que había en la tienda, y varias mesas de billar y dianas de dardos al fondo, en otra sala. Parecía que el Magpie Pub era el lugar de moda por allí y, lo mejor de todo, se encontraba delante de la librería.

Una mujer mayor dejó libre un taburete y recuperó el bolso que había colgado debajo de la barra. Reconocí el chaquetón marrón de inmediato. Myrtle, la amiga de tía Violet. La seguí con la mirada mientras se dirigía hacia la salida con paso vacilante, con la esperanza de que me viera. Había prometido que haría unas llamadas para arreglar lo del recital de Persephone y quería saber si había tenido suerte. Sin embargo, se marchó sin volverse hacia donde yo estaba.

Detrás de la barra, Susie Baker cogió un papelito y luego miró en dirección a Myrtle con gesto confuso. ¿Se había ido sin pagar? Se lo enseñó a Steve, que se encogió de hombros antes de hacer una bola con él. Quizá la había invitado, un gesto de generosidad con un vecino mayor. Los Baker, una pareja que debía de rondar la cincuentena, eran personas extravertidas y campechanas, muy apropiadas para llevar un *pub.*

Daisy volvió sujetando en alto dos vasos llenos hasta arriba de cerveza tostada.

—Adivina a quién he visto. —Dejó el mío en la mesa, delante de mí—. A Tim y a Kieran. Están jugando a los dardos.

No me apetecía moverme de mi sitio calentito por nada del mundo, pero pregunté, como lo haría una buena amiga:

—¿Quieres ir a hablar con ellos?

Tenía la sensación de que a Daisy le gustaba Tim.

Echó un vistazo a la sala de juegos, mordiéndose el labio inferior, y luego miró la barra.

—Vale. Se lo diré a Susie y nos llevará allí lo que hemos pedido.

Con las cervezas en la mano, después de darle un buen trago a la mía para que no se derramara, nos dirigimos a la otra sala. Un grupo de personas estaban pasando el rato cerca de la diana, donde jugaban Kieran y Tim.

Se oyeron vítores cuando Kieran acertó en el centro tres veces seguidas. Tim gruñó y fingió que se tiraba de los pelos.

—Un día de estos te ganaré, colega —dijo.

Kieran recuperó sus dardos con una sonrisa satisfecha.

—Eso dices siempre. —Se volvió hacia sus amigos—. ¿Una partida más antes de pedir algo? ¿Quién quiere enfrentarse a mí? Invito a una cerveza al ganador.

—Todavía no ha invitado a nadie —protestó en broma un hombre calvo—. Pero nosotros a él no sé ni cuántas veces. Has ganado a todos los que estamos aquí, Kieran, igual deberías buscar nuevas víctimas, perdón, competidores, en otra parte.

Kieran volvió a pasear su mirada sonriente por el círculo de amigos y vi una chispa de animación en sus ojos cuando nos divisó a Daisy y a mí, que estábamos un poco más apartadas.

—Lo que pasa es que os arrugáis enseguida.

—Yo quiero —dije sorprendiéndome a mí misma—. Si alguien me deja sus dardos. —Me toqué los bolsillos—. He olvidado los míos.

De hecho, tenía unos preciosos en Vermont. Mi padre me había enseñado a jugar y habíamos pasado más de un largo día de invierno practicando en el sótano. Hacía un par de años que no practicaba, pero los dedos me hormigueaban solo de pensar en volver a sujetar un dardo. El juego tenía algo de meditativo y gratificante al mismo tiempo.

El hombre calvo me miró, abriendo mucho los ojos.

—¿Y tú quién eres? De por aquí cerca no, eso es evidente.

Lo dijo de tan buen talante que era imposible ofenderse. Los demás ahogaron una risita.

—Molly, y soy de Vermont —contesté orgullosa al tiempo que le tendía la mano—. Bueno, ¿quién me presta unos dardos?

Tim me dio los suyos.

Por la forma arrogante en que Kieran retrocedió para que lanzara yo primero, supe que contaba con que fuera una partida rápida. Jugábamos al Around the World, de modo que cada uno de nosotros tenía que acertar tres veces en cada número antes de pasar al siguiente, empezando por el 1 y avanzando hacia el 20 hasta alcanzar la diana. Acertar en los anillos dobles y triples daba puntos extra.

Después de un par de lanzamientos de calentamiento para hacerme con los dardos, que estaban bien equilibrados, aunque eran un poco ligeros, coloqué tres en el 1 —uno, dos, tres—, además de acertar en los segmentos dobles y triples. Fue puro alardeo, tengo que reconocerlo.

La sala se había quedado en silencio, incluso los jugadores de billar interrumpieron su partida para mirar.

—Vaya, Vermont —dijo Ollie, el hombre calvo—. Kieran, ¿le pido ya la cerveza para ahorrar tiempo?

Aunque fui a la cabeza casi toda la partida, fallé en la diana, así que me tocaba pagarle una pinta a Kieran, aunque fue él quien acabó invitándome de todas maneras. Tras un par de cervezas, una cena contundente y el día que había tenido, estaba bastante molida cuando Daisy y yo salimos del *pub* acompañadas por Kieran y Tim.

Daisy y Tim iban delante, charlando. Había pasado la mayor parte de la velada observando y escuchando, asimilando la dinámica del grupo de amigos. Además de las bromas durante la partida, en realidad había hablado muy poco con Kieran, y esa era la primera vez que estábamos solos. Tenía la cabeza demasiado embotaba y estaba demasiado cansada para estar nerviosa y, al mismo tiempo, lo bastante achispada para ponerme sentimental.

—¿Se puede tener más suerte? —Me quedé plantada en mitad de la calle para contemplar las torres del Trinity College, que se recortaban contra el cielo. La luz que proyectaban las altas ventanas en forma de arco parecía dar la bienvenida a quienes iban en busca del saber—. Pellízcame, por favor. Estoy en Cambridge de verdad, en Inglaterra, viviendo en una librería que tiene cuatrocientos años.

Pronunciar en alto esos pensamientos hizo que me temblara la voz, un poco, y los ojos me escocieron cuando asomaron las lágrimas. Parpadeé, me volví en redondo y me quedé mirando la tienda, con su precioso tejado, que descendía en picado hacia las paredes de entramado de madera. Un edificio que había resistido guerras, pestes y monarquías.

—No sabía que provenía de un linaje tan largo de amantes de los libros.

—La historia pone las cosas en perspectiva, ¿verdad? —dijo Kieran, con voz suave—. Y también nos inspira. A hacerlo mejor, a dejar huella.

Se notaba que hablaba con el corazón.

—Eso me gusta —afirmé—. Mucho. —Tomé aire, consciente de que era el momento—. Y lo siento mucho. Sé que esta mañana fui maleducada contigo.

¿De verdad había sido esa misma mañana? Parecía que hiciera semanas.

Me obligué a mirarlo a los ojos para que supiera que mis disculpas eran sinceras. Aliviada, en los suyos, rodeados de risueñas arruguitas, vi simpatía y cordialidad.

—Y yo siento que fuéramos tan desconsiderados. Nada de tocar timbres hasta las ocho como mínimo. Nueva norma para la tienda. —Me dio unas palmaditas en el hombro—. Hora de irse a la cama, Vermont. Te espera un día ajetreado.

Desde luego que fue ajetreado, igual que los posteriores. Tía Violet recibió una llamada de Ruth Orforo, quien le confirmó que Persephone Brightwell estaría encantada de dar un recital en la Thomas Marlowe durante el festival. La noticia nos animó a acabar cuanto antes con la limpieza y las reformas.

Y así, casi sin darnos cuenta, se nos echó encima el encuentro que inauguraría la nueva sala de la librería: «Persephone recita». ¿Quién lo hubiera dicho? Una poeta de tanto renombre que ni hacía falta mencionar el apellido, como algunas estrellas del pop. En los carteles —sí, habíamos conseguido que nos imprimieran unos cuantos y los habíamos colocado en algunos lugares clave—, las facciones aguileñas de Persephone aparecían en claroscuro, con su larga trenza cayendo sobre un hombro desnudo. Era tan artístico que casi intimidaba. Fuimos con la lengua fuera hasta el último minuto, por descontado. Como parecía ser la tónica habitual en todos los eventos importantes.

—Por aquí —indiqué con un gesto a los hombres que metían la mesa plegable en la tienda. Una vez más, el indispensable George había reclutado ayuda—. Pónganla contra la pared.

Daisy entró detrás de ellos con una caja enorme que contenía bandejas apiladas.

—Qué buena pinta que tiene todo. —Dejó la caja sobre la mesa tan pronto como los hombres la colocaron en su sitio y le pusieron el mantel que les había dado—. Me gustan las cortinas y la alfombra. Le da un aire acogedor al tiempo que elegante.

—¿Tú crees?

Después de enyesar las paredes, habíamos adornado las dos ventanas con unas cortinas de terciopelo rojo y cubierto el suelo de piedra con una alfombra persa antigua.

—Mucho. —Daisy señaló la caja—. Si vas sacando las bandejas, voy a buscar las demás.

Se fue sin perder tiempo.

Mientras repartía las fuentes de queso, verduras y fruta y una tabla de carnes y pescado ahumado, los ayudantes empezaron a colocar las sillas. Mi madre apareció por allí y le pidió a Tim que pusiera un cubo lleno de hielo en la mesa de las bebidas. Luego, fueron a buscar el vino. Mientras tanto, dejé un recipiente de cristal, papelitos y un cartel pequeño que invitaba a la gente a participar en un sorteo. Íbamos a regalar un ejemplar del nuevo libro de Persephone, *Letras versadas,* que estaba a punto de publicarse.

Daisy volvió con servilletas, cubiertos y platos. También con velas eléctricas, que distribuyó y encendió, y el toque final: un exuberante ramo de flores que parecía un bodegón.

—Mi hermana, Primrose, ha hecho el arreglo floral —dijo—. Se encarga de las flores del Holly & Ivy, donde trabaja.

El hotelito que había al final de la calle.

—Le han quedado fantásticas —aseguré mientras sacaba el móvil para hacerle una foto a la mesa, que lucía espectacular. Sencilla, pero elegante.

Había abierto una cuenta para la Thomas Marlowe en varias redes sociales e intentaba publicar a diario. Todavía no había puesto en práctica la idea de fotografiar los libros por la ciudad, pero ya tenía mil proyectos más en la recámara.

Daisy alargó la mano para arreglar las flores.

—¿Te he contado que mi tía abuela fue al St. Hildegard's con Persephone y Violet? Se llamaba Joan Watson.

La miré sorprendida.

—No, no me lo habías dicho. Tendríamos que haberla invitado.

Daisy puso cara larga.

—Ojalá pudiéramos..., pero murió estando en la facultad, en los sesenta. No llegué a conocerla. Pero mi padre sí, él era pequeño.

—Lo siento mucho. Qué tragedia.

Oímos revuelo en la puerta y allí estaba, la invitada de honor. Persephone Brightwell tenía un aspecto regio, envuelta en ropajes morados largos y sueltos y con la característica y gruesa trenza gris colgando casi hasta la cintura. La acompañaban una mujer delgada, de piel oscura, facciones diminutas y ojillos sagaces que vestía un traje entallado rojo, y una mujer escultural, bronceada y de pecho tan abundante que la anunciaba como el mascarón de un barco. Llevaba unos pantalones blancos de pierna ancha y una chaqueta cruzada azul marino, lo que me despertaba más imágenes náuticas.

—Las chicas por fin juntas de nuevo —dijo la mujer escultural con voz estentórea—. Debo decir que no nos conservamos nada mal.

—Me alegro de verte, Fiona —la saludó la mujer del traje rojo—. ¿Cómo están Gregory y los niños?

—Muy bien, gracias. Ya tengo seis nietos y un bisnieto, ¿te lo puedes creer? —Fiona lanzó una carcajada—. ¿Qué tal la familia, Ruth?

Recordé que Myrtle había dicho que Ruth era editora y Fiona hacía algo en el St. Hildegard's College.

Como si no oyera a sus amigas, Persephone entró en la sala mientras iba musitando algo. Daisy y yo intercambiamos una mirada y Daisy se encogió de hombros. Quizá todos los poetas famosos actuaban igual, aunque mi madre nunca se había comportado de manera tan rara, ni en sus momentos de mayor inspiración.

Ruth y Fiona se apartaron para que Tim pudiera entrar con el vino y lo siguieron con la mirada mientras metía el blanco en el hielo y dejaba el tinto en la mesa. Tim abrió una botella de blanco con un par de movimientos expertos ayudándose de un sacacorchos.

—Este está fresco, señoras, si les apetece una copa.

Las mujeres se acercaron con exclamaciones de entusiasmo; incluso la voluble Persephone, que se animó al oír mencionar el vino. Daisy ya había sacado las copas y fue pasándoselas a Tim mientras él servía.

Mi madre llevó un paquete de agua embotellada para los abstemios. Tía Violet entró detrás de ella un tanto agobiada. En lugar de reunirse con sus amigas, se acercó a mí.

—¿Has visto a Myrtle? La he llamado varias veces, pero no contesta. —Miró a su alrededor, como si su amiga pudiera esconderse detrás de una silla—. No me pega nada que se pierda el festival cuando fue ella quien ayudó a organizarlo.

Un escalofrío me recorrió la espalda. Al fin y al cabo, Myrtle era una persona mayor.

—¿No podría pasarse alguien por su apartamento, o piso, o como lo llaméis? Igual está enferma.

A tía Violet se le iluminó el rostro.

—Buena idea. Enviaré a George. Son vecinos. De hecho, es su casero.

Las campanillas de la puerta principal sonaron y fue como si se hubieran abierto las compuertas de una presa. Un torrente de personas ansiosas y emocionadas entró en la librería, saludándose con besos al aire y gritos de entusiasmo, antes de lanzarse sobre el refrigerio como una plaga de langostas amantes de la poesía. En medio de todo el jaleo, Persephone jugaba con la trenza mientras recibía los elogios con elegancia y cierto rubor.

—Buena asistencia —me dijo alguien al oído.

Me volví y vi a Kieran, que vestía una camisa de color turquesa claro y unos vaqueros descoloridos. Llevaba mocasines de piel, y la loción para después del afeitado tenía un toque a madera, pero aromático, que recordaba a un bosque de abetos. Las lociones que olían tan bien eran mi debilidad.

—Incluso mejor de lo que esperaba.

De hecho, daba la impresión de que no habría suficientes sillas. Me di cuenta de que casi era la hora de empezar y busqué a tía Violet con la mirada, dado que ella haría los honores de presentar a su vieja amiga. La vi charlando en un rincón con Fiona, así que me disculpé y me encaminé hacia allí. Sin embargo, antes de que las alcanzara, George entró en la sala y vi que le decía claramente que no con la cabeza a mi tía. Myrtle no estaba en casa.

—Supongo que Myrtle no va a venir —le dije a tía Violet cuando llegué junto a ella—. En ese caso, creo que podríamos empezar.

—George ha dicho que no está en su piso. —Frunció el ceño sin apartar la mirada de la entrada de la sala—. ¿Dónde se habrá metido?

—Bueno, ya conoces a Myrtle —dijo Fiona con su risa estentórea—. Nunca se podía contar con ella, siempre andaba detrás de algo.

—¿Así la recuerdas? —Tía Violet ladeó la cabeza y se quedó mirando a su amiga—. A mí no me suena que hiciera eso. Pero ahora da igual. —Enderezó su frágil figura—. El espectáculo debe continuar.

Se abrió paso hasta el frente de la sala, donde habíamos colocado un taburete por si a Persephone le apetecía sentarse. Cogió una campanilla que mi madre había dejado en un pedestal, junto a un vaso de agua y una edición de lectura anticipada del nuevo libro de Persephone. Hizo sonar la campanilla con unas cuantas sacudidas enérgicas que atrajeron la atención de todo el mundo. La gente se dispersó en busca de asiento y quienes no lo encontraron se distribuyeron alrededor de las paredes. Yo me quedé de pie, al fondo, desde donde había estado controlándolo todo.

—Buenas tardes a todos. —La voz de mi tía abuela resonó en la silenciosa sala—. Es para mí un gran placer presentar a una buena amiga y antigua alumna del St. Hildegard's College. Por favor, demos la bienvenida a la brillante y generosa Persephone Brightwell, que el año pasado fue considerada la mejor poeta viva del Reino Unido.

Los asistentes rompieron en aplausos cuando Persephone avanzó majestuosamente por el pasillo, con la barbilla alzada y la mirada al frente.

—Gracias, querida Violet —dijo antes de dar media vuelta para enfrentarse a su público—. Me alegra que aún se me considere entre los vivos, aunque a los niños pequeños les cueste creer que pueda existir alguien tan viejo. —Abrió mucho los ojos y se retiró la trenza hacia atrás con un gesto estudiado. Todo el mundo rio. A continuación, abrió el libro y empezó a leer—: «Oh, Cambridge embrujado».

El público se dispuso a escuchar con un suspiro casi audible de satisfacción.

El recital tuvo un éxito enorme; fue evocador, emotivo y, a veces, incluso divertido. Persephone concluyó con un poema melancólico sobre «el veloz desvanecimiento de los días» y terminó animando al público a devorar la vida mientras pudieran.

Tomándole la palabra, los invitados volvieron a atacar la mesa de los refrigerios y Tim abrió más botellas de vino. Los rendidos admiradores de Persephone la rodearon de inmediato y algunos le pidieron que les firmara el libro que habían llevado, dado que el nuevo todavía no se había publicado.

—Me he tomado la libertad de meter un par de cervezas en la nevera de tu tía, por si quieres una —me dijo Kieran.

Le había dicho que prefería la cerveza al vino, que a veces me daba dolor de cabeza.

—¿Por qué no salimos al patio? —le propuse. Necesitaba descansar de tanto ruido y excitación. Además, quería saborear nuestro éxito en paz.

Cruzamos la silenciosa librería hasta la cocina, donde Clarence dormía la siesta en su sitio habitual. Mientras Kieran sacaba las cervezas y las abría, acaricié un momento al gato y luego le puse unas cuantas golosinas en el cuenco. Esa noche todos nos merecíamos un premio. El recital había sido un éxito rotundo.

Kieran me pasó un botellín helado y me siguió a través de las puertas francesas que daban al jardín cercado.

—Aquí fuera se está muy bien —dijo al tiempo que alzaba el botellín a modo de brindis.

Aunque no era muy grande, el rincón tenía su encanto. Cerca de la puerta había un pequeño patio enlosado en el que se veían una mesa y unas sillas y, un poco más allá, una parrilla a gas. Ese verano pensaba comer a menudo allí fuera. La fragancia dulzona del cerezo que crecía en mitad del jardín invadía el ambiente y los arriates que recorrían la pared estaban empezando a florecer.

—Me encanta.

Bajé al césped con la idea de quitarme los zapatos y hundir los dedos en la hierba fresca. Una sombra se separó del pie del árbol y salió disparada en mi dirección. El gatito negro. Debían de haberlo abandonado.

—¿Por dónde has entrado tú? —le pregunté mientras se frotaba contra mis piernas y ronroneaba.

—Por la puerta, supongo.

Kieran señaló la verja del jardín, en la que se observaba un resquicio.

Tía Violet y George eran muy estrictos respecto a asegurarse de que las puertas y las verjas quedaban cerradas. ¿Habría entrado por allí alguno de los invitados?

—Perdóname un momento.

Le di mi cerveza a Kieran y crucé el césped en dirección a la reja, con el gatito negro a mi lado.

De no haber sido por el pequeño animal, no habría hecho el horrible descubrimiento. Me adelantó, se desvió hacia el cobertizo y, luego, se detuvo en seco con un maullido lastimero. La farola del callejón del otro lado de la tapia alumbraba lo suficiente para distinguir que el gato me miraba fijamente. Volvió a maullar.

—¿Qué pasa, gatito?

Saqué el móvil y encendí la linterna para ver mejor.

Lo primero que reconocí fue el chaquetón, de un marrón apagado y largo hasta la rodilla. El chaquetón de Myrtle. Sentí que el miedo me oprimía el pecho cuando me acerqué un poco más, temiendo lo que pudiera encontrarme. Sin embargo, parecía tranquila; estaba tendida bocarriba, con los brazos a los costados y los pies, enfundados en un calzado cómodo, ladeados hacia afuera.

Era como si durmiera, de no ser por la aguja rosa de hacer punto que sobresalía de su pecho.

CAPÍTULO CUATRO

Solté el móvil al tiempo que lanzaba un chillido y se apagó. ¿Y si aún estaba viva...? Me puse de rodillas y le tomé la muñeca.

—¿Qué pasa, Molly? —Junto a mí, Kieran ahogó un grito cuando enfocó a la pobre mujer con la linterna de su móvil. Se agachó al otro lado del cuerpo, claramente preocupado. Tragó saliva—. ¿Está...?

Fui incapaz de encontrar ni el pulso más leve y dejé el brazo sobre la hierba con delicadeza. Ya estaba fría.

—Sí, Kieran. Está... muerta. —La garganta se me cerró de la impresión al pronunciar esa terrible palabra—. Hay que pedir ayuda —conseguí balbucir con voz estrangulada.

Aunque ya estaba en ello. Se había levantado y caminaba arriba y abajo, mascullando para sí mismo mientras tocaba la pantalla del teléfono.

Me puse en pie y me alejé de la pobre Myrtle. No podía hacer nada más. A partir de ese momento, era la policía quien debía reunir pruebas y resolver el crimen. Descubrir quién la había atacado justamente allí, en el jardín de la librería, a escasos metros de un nutrido grupo de personas. Imaginé que el ruido nos había impedido oír sus gritos de ayuda. ¿O ya estaba muerta antes de que empezara el recital? La idea me produjo escalofríos.

Advertí movimiento en el callejón. Una figura oscura merodeaba cerca del resplandor de la farola; alta, corpulenta y tocada con una gorra. Chillé de nuevo y, cuando Kieran me miró sobresaltado, señalé hacia allí.

—Un hombre. Ahí fuera hay un hombre.

Me puso el móvil en la mano, echó a correr y salió por la verja del jardín.

—¿Hola? —dijo una voz femenina por el altavoz—. ¿Hay alguien ahí?

Me coloqué el teléfono sobre la oreja con dedos temblorosos.

—Sí, sí, estoy aquí. Me llamo Molly Kimball. Queríamos informar de un asesinato. Bueno, al menos es lo que parece. Se trata de una mujer mayor llamada Myrtle Marsh. La han apuñalado.

No recordaba la dirección, pero por fortuna conocía la librería. Prometió que alguien llegaría enseguida.

—Señorita, ¿quiere que siga al teléfono con usted hasta que estén ahí? —se ofreció.

¿Quería? Kieran volvía corriendo por el callejón con pasos contundentes y agitando los brazos.

—No, no pasa nada, muy amable. No estoy sola, hay mucha gente.

Colgué con un gracias cuando Kieran atravesaba la verja.

Negó con la cabeza.

—No he podido cogerlo —dijo casi sin aliento—. O conoce muy bien la zona y se ha escondido, o está en muy buena forma.

—Qué lástima. —Aunque me sentía aliviada. Admiraba su valentía, pero ¿y si el hombre lo hubiera atacado?—. La policía está de camino. Puede que lo encuentren ellos.

Le devolví el móvil y me puse a buscar el mío a tientas por la hierba hasta que me detuve con un chillido. Había tocado algo blando... que me lamió los dedos y empezó a ronronear.

—Ah, eres tú.

Cogí al gato negro en brazos y lo achuché un poco. Un segundo después encontré el móvil. Por fortuna, justo antes de que lo pisara.

Kieran me pasó un brazo por los hombros.

—Ven, siéntate. —Me condujo al patio, reconfortándome con su atención. El gatito ronroneó más fuerte—. Maldita sea. —Se detuvo en seco—. Acabo de caer en algo: la policía querrá tener localizables a todos los que hayan estado aquí esta noche. Será mejor que vaya a decirles que no pueden irse.

Pues iba a ser un problema, porque los asistentes habían empezado a marcharse una vez acabado el recital. En ese momento, recordé algo.

—Con un poco de suerte, puede que la gente que ya se ha ido se haya apuntado al sorteo. —Al ver su cara de desconcierto, me expliqué mejor—: Vamos a regalar un ejemplar del nuevo libro de Persephone y había que apuntar el nombre y el número de teléfono en un papel y meterlo en un bol.

—La policía estará contenta, aunque dudo que el asesino dejara su tarjeta de visita. —Me atrajo hacia sí de nuevo y su voz retumbó en mi oído—. Le diremos a quien quede que no se vaya.

No sabía cómo agradecerle su apoyo, pero mi ansiedad e inquietud aumentaban con cada paso que dábamos. ¿Cómo iba a darle la noticia a tía Violet? Ignoraba si Myrtle y ella eran íntimas, pero se conocían desde hacía décadas. Al menos mi madre y yo estábamos allí para ayudarla a pasar el mal trago.

Habíamos llegado al patio embaldosado cuando las puertas francesas se abrieron y un grupo de mujeres irrumpió en el jardín hablando todas a la vez. A pesar de lo oscuro que estaba, las reconocí de inmediato. La larga trenza de Persephone, el pecho voluminoso de Fiona, la voz gruesa de Ruth. Parecían libres de preocupaciones, reían; estaban encantadas con el éxito de la velada, y a punto de quedar destrozadas.

Los apliques de la pared que flanqueaban la puerta se encendieron y tía Violet salió al patio con una botella de vino y cuatro copas en una bandeja.

—Ya está. Ahora veremos algo. —Me sonrió—. Gracias a la ayuda de tu madre, puedo escaparme a tomar una copita y darle a la lengua.

—Violet, tenemos malas noticias —dijo Kieran muy serio. Se hizo con la bandeja y la dejó en la mesa, seguramente temiendo que a la mujer se le cayera.

Tía Violet se llevó una mano al cuello.

—¿Malas noticias? ¿Sobre qué?

Los ojos tras los cristales de las gafas nos contemplaban asustados. Las otras tres mujeres me recordaron a unas palomas aturulladas cuando se acercaron.

Kieran y yo intercambiamos una mirada.

—¿Por qué no entras y, eh..., miras qué tal todo? —le propuse, tratando de no alarmar a nadie—. Es decir, si la gente sigue aquí. —Inspiré hondo para prepararme—. Yo me encargo de esto.

«Espero», pensé.

—¿Estás segura?

Asentí con la cabeza y Kieran se apresuró a entrar en la casa. En cuanto se hubo marchado, deseé que se hubiera quedado como apoyo moral. Al menos aún tenía al gatito acurrucado en los brazos.

—¿Qué ocurre? —preguntó Persephone con tono estridente—. No soporto el suspense.

—A nuestra edad, las malas noticias son demasiado habituales —añadió Fiona con voz solemne. Inspiró hondo como si se preparara para lo peor.

—Muy cierto. —Ruth asintió—. Últimamente, parece que cada día nos deja alguien.

Como esa misma noche. Tragué saliva y abracé al gato con tanta fuerza que protestó. ¿Qué debería contarles? «Lo mínimo imprescindible», me recomendó una vocecita. Que la policía decidiera qué debía saberse.

—Siento mucho deciros esto. Muchísimo. Pero Myrtle ha... fallecido. Kieran y yo la hemos encontrado hace unos minutos.

Las mujeres ahogaron un grito de consternación.

—Seguro que ha sido un ataque al corazón —dijo Persephone—. Siempre le ha dado problemas.

Se dio un golpe en el pecho a modo de demostración.

—¿Cómo que la habéis encontrado? —Tía Violet miró a su alrededor, frenética—. Supongo que no será aquí. No será en mi jardín, ¿verdad?

—Sí, eso me temo. —Me acerqué un poco más a tía Violet, deseando poder hablar con ella a solas—. La policía viene de camino. ¿No sería mejor que las señoras esperaran en la cocina?

—¿Esperar? —exclamó Ruth—. ¿A qué? —Se volvió hacia sus amigas—. No sé vosotras, pero a mí se me han quitado las ganas de celebrar nada.

—Y a mí —la secundó Fiona—. Además, le dije a Gregory que no llegaría tarde.

—Pues teniendo en cuenta que duermo en tu casa, cuando quieras —decidió Persephone, retirándose la trenza hacia atrás.

—¿Tú dónde te alojas? —le preguntó Fiona a Ruth.

—En el Holly & Ivy —contestó Ruth—. Al final de la calle.

Apreté los dientes. Eso por andarme con subterfugios.

—¡Un momento! —casi grité. Se detuvieron y me miraron sorprendidas—. Tenéis que quedaros un poco más. De hecho, todos los invitados. Creo que no ha sido, eh..., una muerte natural.

No podía serlo con una aguja de hacer punto en el pecho.

Ruth ahogó un grito. Persephone se quedó muy callada, solo levantó la barbilla. Fiona entornó los ojos y arrugó la frente mientras miraba a las demás.

—¿Te refieres a que ha sufrido un accidente? —preguntó tía Violet.

—Algo así. No puedo... No puedo dar más detalles. —Extendí una mano en gesto suplicante—. Por favor, esperad a la policía. Llegará en cualquier momento.

—Hacedlo por Myrtle, ¿de acuerdo? —El tono de tía Violet no admitía réplica. Las copas tintinearon cuando recogió la bandeja—. Creo que a todas nos vendría bien una copa mientras tanto.

—Pues para mí dos dedos de *whisky* escocés —dijo Fiona—. Necesito algo reconstituyente tras una noticia así.

Para mi alivio, siguió a tía Violet al interior de la casa y las otras dos fueron detrás.

Yo me quedé donde estaba, con el gato aún en brazos, mirando por los grandes ventanales cómo las invitadas se acomodaban alrededor de la mesa. Tía Violet sacó una botella oscura junto con cuatro vasos de *whisky* y, tras servir un trago generoso, las cuatro hicieron un brindis y apuraron sus copas.

Se me hizo la boca agua. A mí tampoco me vendría mal un reconstituyente, sobre todo después de que mi cerveza se hubiera calentado. Tía Violet sirvió una segunda ronda para sus amigas y ella; luego, fue a buscar otro vaso. Para mi alegría, salió con él en una mano y el suyo en la otra.

—Toma. —Me lo pasó con gesto enérgico—. Ayuda a aliviar las penas.

Solté al gato con cuidado, que saltó a una silla, y cogí el vaso. Abrasador, con aroma a turba, perfecto, el *whisky* se abrió camino hasta mis entrañas como un reguero de fuego. Me sentí un poco mejor de inmediato.

Tía Violet se inclinó de lado hacia mí.

—Cuéntame qué ha ocurrido. —Oímos una breve sirena en Trinity Street, seguramente para pedir paso—. Deprisa. Antes de que lleguen.

De manera atropellada, le hice un resumen en el que incluí la supuesta causa de la muerte y bebí otro trago de *whisky* tratando de borrar las terribles imágenes.

—¿Una aguja de hacer punto de color rosa? —Tía Violet estaba horrorizada—. Pero si yo...

Até cabos.

—¿Quieres decir que podría ser tuya?

La verdad, no sé qué me había imaginado. Que la aguja era de Myrtle, quizá, que la llevaría en una bolsa de hacer punto, como muchas mujeres. O que el asesino había utilizado la suya.

Las ruedas de un coche de policía retumbaron sobre los adoquines antes de detenerse en el callejón con las luces azules lanzando destellos sobre el jardín y los edificios adyacentes. Oyeron portazos. Llegó otro vehículo, y luego un tercero.

Tía Violet no contestó mi pregunta.

—Habrá que dar la cara —dijo.

Apuró el *whisky,* se limpió la boca con el antebrazo y se puso recta, como si fuera a entrar en batalla. Salió por la verja del jardín mientras yo esperaba, preocupada, vigilando el escenario del crimen. Sin embargo, me venció la curiosidad y entré en la cocina. No iba a tocar nada, me prometí; solo quería mirar.

—Como si no estuviera —le dije al trío que seguía sentado a la mesa.

Apenas levantaron la vista antes de retomar su conversación. Hablaban de Myrtle, de cuando iban al St. Hildegard's, y de otra chica llamada Joan. ¿La tía abuela de Daisy?

La cesta de punto estaba donde siempre, junto al sillón de Clarence. Fingiendo que acariciaba al gato, me asomé como quien no quiere la cosa y estudié el contenido. Encima y enrollado había algo gris a medio terminar. Las dos agujas, que recordaba muy bien que eran rosas, habían desaparecido.

CAPÍTULO CINCO

Me las arreglé para volver a salir sin perder la compostura delante de las amigas de tía Violet.

—¿Quién ha sido, gatito? —le pregunté, levantándolo de la silla y estrechándolo contra mí. El pobre estaba convirtiéndose en mi mantita de consolación—. ¿Quién se ha llevado la aguja de hacer punto de tía Violet?

Solo parpadeó en respuesta.

La verja de la tapia se abrió y mi tía entró en el jardín acompañada de varios agentes de policía. Me armé de valor y me acerqué, con el gato aún en brazos.

—Soy Molly Kimball —me presenté al hombre trajeado que parecía al mando. Tendría la edad de mi madre; apuesto, moreno, con perilla y pinta de cuidar su aspecto—. He sido yo quien ha encontrado, eeeh..., el cadáver de Myrtle y ha avisado. Bueno, Kieran Scott y yo. Es el dueño de la tienda de bicis de al lado.

El agente de policía enarcó las cejas un instante, un gesto tan fugaz que casi se me escapa.

—Soy el inspector Sean Ryan, de la Unidad de Delitos Mayores. —Me estrechó la mano, un apretón firme—. ¿Dónde está?

Cruzamos el jardín hasta el cobertizo mientras tía Violet entraba en casa. No sería yo quien se lo recriminara.

—Kieran y yo habíamos salido al jardín a tomar una cerveza —me expliqué— cuando me di cuenta de que la puerta trasera estaba abierta. Fui a mirar y... Y la encontré. Ahí mismo, tendida en la hierba.

Los agentes uniformados, un hombre y una mujer, se acercaron a Myrtle y encendieron las linternas. Me di la vuelta de inmediato. Yo había cumplido con mi deber y ahora Myrtle quedaba en manos de la policía.

—¿Dónde se encuentra el señor Scott en estos momentos? —preguntó el inspector Ryan.

—En la librería. Entró para que el resto de invitados no se fueran. Es que esta noche se celebraba un recital de poesía. —El gato protestó con un maullido. Había estado acariciándolo compulsivamente mientras hablaba—. Lo siento —me disculpé con él.

—Bien pensado —dijo el inspector—. ¿Cuántas personas han asistido al recital?

Calculé por encima.

—Puede que unas cincuenta o sesenta. Algunas se fueron justo al terminar, pero otras se quedaron para el refrigerio, como las antiguas compañeras de universidad de Myrtle, que siguen en la cocina. Aunque tenemos el nombre de casi todo el mundo porque se apuntaron a un sorteo. —Hice una pausa para tomar aire; lo normal si no dejaba de farfullar—. Podría haber sido cualquiera. Aunque usaran la aguja de hacer punto de tía Violet.

En ese momento, quise que se me tragara la tierra. ¿Por qué había dicho eso?

El inspector Ryan me miró con suspicacia.

—¿La aguja de hacer punto de su tía? ¿Cómo lo sabe?

—Ha desaparecido —contesté arrepentida—. Fui a mirar la cesta de hacer punto.

El hombre me estudió durante unos segundos, que se me hicieron eternos.

—Le agradezco su sinceridad, señorita Kimball. ¿Por qué no vuelve dentro? Luego daré la vuelta al edificio para tomarles declaración.

En lugar de volver por la cocina, donde un policía estaba hablando con las amigas de Myrtle y tía Violet, escogí la puerta trasera, por donde también se accedía a la tienda, y entré —entramos, ya que todavía llevaba al gato en brazos— en un pequeño vestíbulo. La cocina quedaba a la izquierda, al pie de la escalera; a la derecha, la nueva sala, aunque esa noche las sillas bloqueaban la puerta por el otro lado, y, justo enfrente, la tienda.

Me detuve un momento a pensar cómo el asesino habría podido robar las agujas de hacer punto. El viejo y laberíntico edificio ofrecía varias opciones.

Por ejemplo, el excusado, que era como llamábamos al aseo que se encontraba justo después de la escalera, tenía dos puertas: una en esa parte, para uso de los clientes, y otra en la cocina, la cual solía estar cerrada con llave después de que tía Violet encontrara a un cliente dormitando en el sillón, con una taza de té y un paquete vacío de sus galletas favoritas. Le gustaba que la clientela se sintiera como en casa, pero eso era pasarse un poco.

¿Habíamos echado la llave esa noche? Llamé a la puerta. No había nadie dentro, así que giré el pomo, que traqueteaba un poco, y entré. Estrecho y con el techo inclinado, el excusado debió de ser un armario en algún momento. Solo había un lavamanos de porcelana con unas manchas que no se iban y un retrete muy viejo. Y las paredes eran de un amarillo mostaza feísimo. Estaba el primero en mi lista de redecoración.

Oí un murmullo de voces al otro lado de la puerta que daba a la cocina y me acerqué despacio tratando de no hacer ruido. ¿Podría comprobar si estaba cerrada sin que se dieran cuenta? Contuve la respiración y avancé de puntillas por el suelo de linóleo, con el gatito aún en brazos.

Las voces se hicieron más audibles.

—Hacía siglos que no veía a Myrtle. —Persephone—. Ni siquiera recordaba la última vez que había hablado con ella cuando me llamó el otro día.

—A mí también me llamó —dijo Ruth—, pero no la veía desde la reunión de antiguas alumnas de hace cinco años.

Debían de referirse a las llamadas de Myrtle para pedirle a Persephone que diera el recital. Una idea espantosa pasó por mi cabeza: ¿Myrtle seguiría viva si no hubiéramos organizado esa velada?

Medio mareada por la falta de aire y la consternación, di un pequeño traspié y rocé la puerta sin querer. Que giró sobre unas bisagras muy escandalosas. «Ayayay».

Cinco rostros sorprendidos en mayor o menor medida se volvieron hacia mí.

—Disculpad —dije—. Estaba usando el baño.

Y escuchando a escondidas. Agarré el pomo y cerré la puerta con firmeza.

Al menos ya conocía la respuesta a mi pregunta, aunque comprendí que no era concluyente. La puerta no estaba cerrada con llave en esos momentos, pero una de las mujeres podría haber utilizado el excusado. Y había otras dos opciones para llegar hasta la cesta de hacer punto: la puerta trasera y las puertas francesas del jardín. Además, claro está, de la que comunicaba la cocina con la tienda, en la que ponía «Solo personal autorizado».

Pensé en el hombre del callejón. Ojalá lo hubiera visto mejor. Tal vez se tratara de un vecino o de un invitado que se había ido pronto. En cualquier caso, la cuestión era: ¿por qué había huido? Que no se me olvidara mencionárselo al inspector.

En la librería, un policía apostado en la puerta abierta de la tienda anotaba el nombre y la dirección de la pequeña cola de clientes que pretendían irse. En la sala nueva, Daisy, Tim y Kieran ayudaban a un George de cara larga a apilar sillas y a recoger, y mi madre se había puesto las gafas de lectura y estaba sentada detrás del mostrador principal usando una sumadora antigua.

Se levantó y se las quitó.

—Molly. ¿Estás bien?

—Eso iba a preguntar yo. —Daisy salió de inmediato de la sala contigua. Hizo una mueca y puso los ojos en blanco señalando al policía de la puerta—. Ya nos hemos enterado. Qué horror. —Fue a abrazarme cuando reparó en el gato negro—. Veo que tienes un nuevo amigo.

Lo miré y me eché reír.

—Eso creo. No quiere soltarme. ¿Ves?

Le enseñé cómo se aferraba a mi ropa.

—Tendrás que ponerle nombre a este señorito. —Curvó los labios—. O señorita.

Siempre que tía Violet, y Clarence, no pusieran objeciones a que me quedase el gato, claro. Allí quien mandaba era Clarence.

—Molly.

Kieran se acercó a nosotras y sentí que se me aceleraba el pulso. ¿Adrenalina residual o estaba empezando a colarme un poquitín? Sería mejor que echara el freno. Aparte de unas partidas de dardos y una cerveza en el jardín trasero, apenas nos conocíamos. Una cerveza interrumpida por el hallazgo de una víctima de asesinato.

—¿Todo bien con tía Violet y las señoras? —preguntó.

Hice una mueca.

—Más o menos. Al menos no se han ido. Un policía está hablando con ellas en la cocina ahora mismo. Espero que puedan ayudar, aunque parece que no tenían una relación muy estrecha con Myrtle.

—No la tenían, no como nosotros —intervino George con voz abatida—. La veía a diario. —Sacudió la cabeza—. Era capaz de sacar de quicio a cualquiera, pero, a pesar de nuestros problemas, voy a echar de menos a esa mujer.

—Y que lo digas. —Nunca había visto a Tim tan serio—. Alquilaba nuestras bicis para ir a hacer la compra. Por supuesto, siempre le pasaba algo a la que le dábamos.

Su socio y él rieron con gesto apesadumbrado.

Kieran alargó la mano para acariciarle la barbilla al gato.

—«Ese alegre rondador nocturno» —murmuró.

—Puck —dije al reconocer la cita del travieso duendecillo de *Sueño de una noche de verano*—. Es perfecto. ¿Vale tanto para chico como para chica?

—Es un chico —aseguró Kieran—. Por lo que parece, lo han llevado al veterinario para castrarlo, pero aún no hemos encontrado a su dueño.

Estreché a Puck contra mí con instinto protector. Al pobrecito lo habían abandonado. Tenía que quedármelo.

—Pues ya tienes nombre.

Cerca de la puerta de la tienda se armó un pequeño jaleo que llamó nuestra atención. Ya no quedaba ninguno de los invitados al recital, pero una mujer joven quería entrar y el policía se lo impedía.

—Lo siento, señorita. La librería está cerrada.

—No vengo por eso —soltó ella, exasperada. Era morena, con el pelo de punta, esbelta y bastante alta; vestía unos vaqueros y una camiseta sin mangas que dejaban a la vista un brazo completamente tatuado.

Kieran gruñó.

—Mejor me ocupo yo. —Se volvió hacia mí—. Dile al inspector que me llame. Tiene mi número. Estaré aquí al lado, en casa.

Qué cosa tan rara. ¿Por qué iba el inspector a tener su teléfono? ¿Y quién era esa joven? ¿Una empleada? ¿Una novia? Cuando Kieran se acercó a la puerta, la chica levantó una cámara y sacó varias fotos.

—¿Por qué haces esto, Kelsey? —protestó Kieran.

Ella se echó a reír.

—¿Cómo quieres que pague el alquiler si no?

Kieran salió y oí que ella respondía con una carcajada a lo que él hubiera dicho.

—Es una *paparazzi* —me explicó George viendo mi desconcierto—. Trabaja para los tabloides.

Por fin lo entendía.

—Pero ¿por qué...?

Antes de que pudiera acabar la frase, un hombre mayor entró por la puerta de la librería, que continuaba abierta, y, para mi sorpresa, el policía ni siquiera hizo el amago de impedirle el paso. Era delgado, no muy alto, con una buena mata de pelo blanco y vestía un traje evidentemente caro.

Daisy ahogó un grito y juntó las manos.

—Es sir Jon. Esperaba que hoy apareciera por aquí —dijo con voz soñadora—. Bond. James Bond.

Debí de poner cara de despiste absoluto, porque Tim se echó a reír.

—Veo que aún no conoces a nuestro agente del MI6 particular. Retirado, por descontado. También tiene una librería en Cambridge, la Crow's Nest. ¿Y sabes en que está especializada? En novelas de espías.

Me guiñó un ojo.

—«Curiosisísimo». —Como decía Alicia en el País de las Maravillas—. No, no lo conozco.

Pero me encantaría. El hombre tenía un porte elegante y majestuoso, y unos ojos azules de mirada perspicaz. El policía parecía totalmente pendiente de lo que decía.

La puerta de la cocina se abrió y tía Violet y sus amigas salieron acompañadas por otro policía. Parecían tristes y apenadas, hasta que vieron a sir Jon, momento en que les cambió la cara y corrieron a rodearlo como admiradoras en un concierto de *rock*.

George rio entre dientes.

—El tipo era todo un personaje de joven. Quizá yo también tendría que haber trabajado de lo mismo sirviendo a la reina.

Viendo el encanto natural y sosegado de sir Jon mientras las saludaba una por una, tuve que reconocer que entendía su fascinación. Era de esas personas que parecen prestarte atención absoluta cuando hablan contigo. Y también se le daba bien sacarse a la gente de encima, por lo que las tres viejas compañeras de universidad no tardaron en salir por la puerta y seguir su camino la mar de felices.

Tía Violet había estado esperando a un lado y, por fin, se lanzó a los brazos de sir Jon.

—Has venido. Cuánto me alegro.

Él le devolvió el abrazo y luego la soltó.

—Iba a llegar antes, pero me han entretenido en Londres. —Le puso las manos en los hombros—. Veo que me he perdido toda la diversión.

Había empleado un tono irónico; era evidente que la situación distaba mucho de resultarle divertida.

—Ya puedes decirlo. —Tía Violet se quitó las gafas para secarse las lágrimas—. Es horrible, horrible. Pobre Myrtle.

Sir Jon apretó la mandíbula.

—Desde luego. ¿Quién está al mando?

Los ojos azul eléctrico pasaron sobre mí y fue como si sufriera una pequeña descarga.

—Creo que está detrás, en el escenario del crimen —dije.

Se me hizo un nudo en el estómago al pensar en el inspector Ryan. Todavía no había prestado declaración.

—Iré a buscarlo, sir Jon —se prestó el policía de la puerta.

—Se lo agradezco mucho, muchacho. Bueno, Violet, preséntame a esas parientes de las que tanto he oído hablar.

Otro amigo de tía Violet que sabía más de nosotras que nosotras de él. Aunque no podía negarse que la mujer tenía conocidos muy interesantes.

Un par de horas más tarde, después de haber prestado declaración y de que se fuera la policía, mi madre, tía Violet, sir Jon, George y yo estábamos sentados alrededor de la mesa de la cocina con una taza de té sin teína en la mano. Ah, y Puck, que estaba hecho un ovillo en mi regazo, a salvo de las miradas asesinas de Clarence. El gran gato atigrado volvía a ocupar su sillón, pero la cesta de hacer punto había desaparecido, junto con la prenda a medio terminar.

—No puedo creer que el inspector me haya pedido que no abandone la ciudad. —Tía Violet apoyó la barbilla en la mano—. ¿Adónde quiere que vaya? Esta es mi casa.

Además, ¿por qué iba a matar a alguien en la tienda? Salvo que lo hiciera en un acceso de ira, cosa que me costaba mucho imaginar.

—Es absurdo —dije—. No tienes un móvil. Si ha sido gracias a Myrtle que hemos podido organizar un evento con tanto éxito.

Hasta que la habían asesinado. «¿Cómo afectará esto a la tienda?», me pregunté. Eso también era injusto. El asesinato de Myrtle podría suponer el principio del fin para la librería en apuros. Y que hubieran utilizado la aguja de hacer punto de tía Violet, la puntilla, por decirlo de alguna manera.

—Lamento decir que, en realidad, no necesitan un móvil para detener a alguien —apuntó sir Jon—. Basta con una causa probable.

—En ese caso, me alegro de que no te hayan detenido esta noche —dijo mi madre—, teniendo en cuenta que el arma era tuya, tía Violet. O eso creen. —Había estado bastante callada todo el rato, tratando de hacerse a la idea. Por lo que supe después, la policía la había interrogado antes de irse, tanto a ella como a Daisy y a George, y había hecho hincapié en los movimientos de la gente. También les habían preguntado si habían visto a Myrtle, a lo que los tres habían contestado que no—. Pero le dejé claro al inspector que no abandonaste la sala una vez que empezó el recital.

—Igual que los demás —añadí—. Hasta que Kieran y yo salimos al jardín. —Recordé algo que no había mencionado—. Vimos a un hombre en el callejón después de encontrar a Myrtle, pero salió corriendo cuando Kieran quiso hablar con él.

Me estremecí al volver a pensar en aquella figura oscura y corpulenta, con aquel aire tan amenazador.

—Un extraño misterioso —musitó sir Jon—. Eso es raro.

George se encogió de hombros.

—O igual no. Mucha gente ataja por ese callejón. Seguramente yo también habría echado a correr si hubiera visto a ese joven salir disparado detrás de mí.

—Tienes razón —dije—. Le he comentado al inspector lo del tipo que merodeaba, pero no ha parecido darle mucha importancia. —¿Por qué iba a dársela teniendo una sospechosa tan obvia como tía Violet?—. También podría haber sido alguien que acabara de dejar el recital. No me fijaba en quién llegaba o se iba.

—Había gente entrando y saliendo todo el rato —confirmó mi madre—. Indiqué a varias personas dónde estaba el excusado.

El excusado por el que podía accederse a la cocina y al arma homicida desde el lado de la tienda.

—Dejad que os enseñe algo. —Cogí a Puck, lo coloqué con cuidado en mi silla y me acerqué a la puerta del excusado para mostrarles con qué facilidad podrían haberse hecho con la aguja—. Podría haber ocurrido incluso antes de que empezáramos. —Hice el gesto de llevarme una aguja de la cesta, inexistente en esos momentos. Solo se necesitarían unos segundos—. Había mucha gente rondando por aquí mientras lo preparábamos todo. —Señalé la puerta que daba al vestíbulo trasero—. También podrían haber accedido por ahí, aunque eso plantea una cuestión delicada: tenían que saber que las agujas estaban aquí, junto al sillón.

—Y eso significaría que el asesino conoce muy bien esta casa y los movimientos de Myrtle —apuntó sir Jon—. O bien la interceptó, o concertó un encuentro en el jardín. Buen trabajo, Molly.

Me miró con algo parecido a la admiración.

Solté una risita, halagada.

—Bueno, sabemos que no ha sido tía Violet, así que intentaba averiguar quién podría haberlo hecho. Y cómo. —Volví a colocar a Puck en mi regazo—. Aunque también me gustaría saber por qué, tanto si a la policía le interesa como si no.

Sir Jon se frotó la barbilla.

—He dicho que a la policía le es indiferente el móvil en cuanto al procedimiento de investigación, pero puede ser una herramienta muy útil para averiguar quién ha cometido un crimen. Muy pocos asesinatos son fortuitos.

Al unísono, todos cogimos las tazas y bebimos un sorbo mientras rumiábamos lo que acababa de decir.

—¿Quién tenía un motivo? —murmuré—. Uno bueno para matar a Myrtle.

George levantó la mano.

—Yo.

CAPÍTULO SEIS

Tía Violet ahogó un grito. Estampó el puño sobre la mesa y una cucharilla se estremeció con un tintineo.

—George Flowers. ¿De qué estás hablando?

Los demás nos habíamos quedado igual de patidifusos, aunque la reacción de sir Jon fue discreta, apenas un leve temblor de las aletas de la nariz.

George se encorvó y dibujó un círculo sobre la mesa con el índice.

—Myrtle me debía mucho dinero. El caso es que soy su casero, en Ivy Close —se explicó—. Iba muy, muy atrasada con los pagos. Varios meses, de hecho. Tuve que amenazarla con echarla.

—Pero es más difícil cobrar una vez muerta —apuntó sir Jon con sequedad.

—Cierto. —Los labios de George esbozaron una sonrisa fugaz—. Por desgracia, ayer por la mañana tuvimos una señora discusión. Creo que nos oyó toda la calle. —Agitó una de sus manazas—. Me prometía una y otra vez que se pondría al día. «Está a punto de entrarme un dinero inesperado», dijo. «Me pondré al corriente». Le contesté que yo también tenía que pagar facturas y que no podía saldarlas con promesas. —A medida que hablaba, su rostro rubicundo adquiría un tono rojo remolacha—. Y antes de que me acuséis de no tener compasión con una jubilada, sé que estaba forrada. Solo hay que ver su piso.

Tía Violet frunció los labios.

—Qué curioso. Siempre hablaba de lo caro que estaba todo y de cuánto le costaba llegar a fin de mes con su pensión.

Pensé en Myrtle y en la cena gratis.

—Creo que también convenció a Steve, el del *pub,* de que era pobre. La otra noche cenó allí sin pagar.

—Típico de Myrtle —dijo George—. Olía un alma cándida a kilómetros. —Puso cara de disgusto—. Me dio varios sablazos, hasta que aprendí.

—Eres un buen hombre, George —aseguró tía Violet—. Y nadie me convencerá de lo contrario.

—Estoy de acuerdo —convino mi madre—. Hay que buscar en otra parte.

George inclinó la cabeza tratando de ocultar su sonrisa complacida.

—Os lo agradezco mucho.

Sir Jon se aclaró la garganta y todos lo miramos.

—Me gustaría conocer la procedencia de ese ingreso extraordinario. No debe hablarse mal de los muertos, pero la tal Myrtle me parece un tanto sospechosa. Me da en la nariz.

Viniendo de un ex agente secreto, su intuición era algo que tener en cuenta.

—Me pasa lo mismo —afirmé—. Y creo que la mataron aquí para incriminarte a ti, tía Violet. O a ti, George. —Noté que la determinación se asentaba en mi pecho—. Y no vamos a permitir que el asesino se salga con la suya.

Sir Jon me miró con aprobación.

—Ese es el espíritu. —Con un dedo, dibujó un círculo en el aire en el que nos incluyó a todos—. Con los cerebros y el talento que hay en esta mesa, creo que llegaremos al fondo del asunto. —Encogió un solo hombro—. No es que pretenda pasar por encima de la policía, que conste, pero ellos tienen que ceñirse a unas normas. —Una sonrisa contagiosa transformó su expresión y pareció rejuvenecer varias décadas. En ese momento, entendí muy bien tanto suspirito—. Nosotros no tenemos ese problema.

La esperanza animó el rostro de tía Violet, y George asintió pensativo. En cuanto a mi madre, me lanzó una mirada fugaz con las cejas enarcadas. Le sonreí, adivinando lo que pensaba. Nuestra aventura en Cambridge había dado un nuevo giro, pero ya era demasiado tarde para arrepentirse. Había que salvar a tía Violet. Y a George.

Me despertó un cosquilleo en la mejilla. Abrí los ojos y descubrí a Puck sentado en mi pecho y mirándome fijamente con esos ojos amarillos. Parpadeó y sacudió los bigotes como diciendo: «¿Tengo que volver a hacerlo?».

Me reí y me volví para mirar el reloj.

—¿Es hora de levantarse? —Bien. Pasaban de las siete. No era escandalosamente temprano. Lo aparté con suavidad y me incorporé en la cama—. Seguro que necesitas salir, ¿verdad?

Ni siquiera había pensado en un arenero para el pequeñín. Clarence tenía uno, pero no quería iniciar la Tercera Guerra Felina dejando que lo usara Puck.

Esperó con paciencia mientras me ponía los vaqueros y una camiseta y luego buscaba las zapatillas de deporte debajo de la cama. Mi plan para ese día, además de ayudar en la tienda, era empezar con mi proyecto «Libros en su hábitat natural».

A colación del recital de Persephone de la noche anterior, quería utilizar a poetas locales famosos para nuestra primera campaña en redes sociales. Cambridge contaba con montones entre los que elegir, además de antiguos lugares de encuentro de artistas que fotografiar.

El pulso se me aceleró cuando recordé la misión más importante de todas: teníamos que investigar un asesinato. Las amigas del St. Hildegard's estaban en mi lista de personas con las que quería hablar, junto con Steve, el del *pub*. Por otro lado, George trataría de enterarse de si los demás inquilinos y los vecinos sabían algo. Con suerte, como sir Jon había asegurado, una pista llevaría a otra.

Me até las zapatillas y agarré al gato, impaciente por empezar el día. Lo primero de todo: dar de comer a Puck y, luego, a por un café.

La calle estaba tranquila esa mañana; no quedaba ni rastro de la actividad policial de la noche anterior. Puck y yo cruzamos los adoquines hasta la cafetería disfrutando de los rayos de sol matutinos que se colaban entre los venerables edificios. Susie estaba barriendo la entrada del *pub* y había varios huéspedes disfrutando de su desayuno en el pequeño patio trasero del Holly & Ivy, donde se alojaba Ruth. Tía Violet hablaría con ella antes de que regresara a Londres.

—Buenos días —me saludó Daisy cuando entré en la cafetería después de dejar al pobre Puck al otro lado de la puerta. Sus ojos azules me estudiaron con preocupación—. ¿Cómo estás, cariño?

—Bien, dadas las circunstancias. —Eché un vistazo a mi alrededor y vi que el local estaba vacío en esos momentos, así que podía hablar con libertad—. Anoche formamos un equipo para investigar la muerte de Myrtle. ¿Quieres ayudarnos?

Interrumpió el café de filtro que estaba preparándome.

—¿Una investigación? ¿De verdad?

—Por desgracia, sí. No es por criticar a la policía, pero resulta que tía Violet y George son sus principales sospechosos. —Me acerqué un poco más al mostrador y me apresuré a contarle en voz baja los problemas de George con Myrtle y la mención del misterioso ingreso extraordinario—. Por eso, con el asesoramiento de sir Jon, mi madre, tía Violet, George y yo vamos a ver qué podemos averiguar. Puede que le debiera dinero a más gente.

—Eso sí que suena interesante. —Daisy dejó mi café en el mostrador—. Aunque, ¿no te parece raro que la mataran durante el recital? Es decir, ¿por qué justo entonces? ¿Por qué no en otro momento?

Saboreé el primer sorbo celestial.

—Eso mismo estaba preguntándome yo. ¿Fue porque el recital ofrecía una distracción? ¿O el asesino estaba allí por el recital?

—¿Te refieres a sus amigas de la universidad? —preguntó Daisy en un susurro.

Lo pensé un instante. ¿De verdad tres septuagenarias podían considerarse sospechosas de asesinato? Bueno, ¿por qué no? Al fin y al cabo, tía Violet encabezaba la lista de la policía.

—Supongo que sí. Aunque, según ellas, habían perdido el contacto con Myrtle. De hecho, hacía años que no la veían.

Daisy lo rumió mientras abría el expositor de la bollería y sacaba dos *scones* de arándanos y queso crema, agarrándolos con una servilleta.

—Toma —dijo, colocando uno en un plato para mí. Le dio un mordisco al otro—. Disculpa, no suelo comer cuando estoy en el mostrador, pero es que todavía no he desayunado.

Con la boca llena de bollito, agité una mano para restar importancia a sus reparos.

—Tu tía se llamaba Joan, ¿verdad? —Asintió con la cabeza—. Creo que anoche estuvieron hablando de ella. En relación con Myrtle.

Le conté que las había escuchado a escondidas mientras comprobaba lo de la cesta de hacer punto.

—El baúl que Joan tenía en la universidad está en el ático —dijo Daisy señalando el techo con un dedo—. Su hermano, mi tío abuelo, era quien llevaba la panadería antes de que me encargara yo. Su mujer y él dejaron un montón de cosas cuando se trasladaron hace cinco años y todavía no he decidido qué hacer con la mayoría de ellas.

Sentí un hormigueo por todo el cuerpo, una sensación que experimentaba siempre que iba detrás de una pista, por poco clara que fuera.

—Quizá suene descabellado (que lo era), pero a lo mejor hay algo útil. Solo por ser exhaustivas, creo que deberíamos echarle un vistazo.

—Yo también —convino Daisy—. Por eso lo he mencionado. Aunque no sé cómo algo que ocurrió hace décadas puede estar relacionado con que anoche mataran a Myrtle.

—Yo tampoco —reconocí antes de meterme el resto del bollito en la boca. Después de tragar, recordé algo más—. Quería preguntarte una cosa: ¿por qué anoche esa mujer le sacaba fotos a Kieran?

—¿Te refieres a Kelsey Cook? —Cogió el móvil y buscó algo. Luego me hizo una seña para que me acercara—. Mira.

Fui bajando por la pantalla mientras veía una foto tras otra de Kieran acompañado de mujeres guapísimas junto a titulares del estilo «Kieran sale de paseo», «¿Irá a Ascot o no?», «¿A quién invitará al baile el soltero más codiciado de Cambridge?». Kelsey había hecho la mayoría de las fotos.

—No entiendo nada —confesé—. ¿Es una estrella de un *reality* o algo así?

Daisy se echó a reír.

—Ay, se moriría si oyera eso. —Se inclinó hacia mí—. Su padre es lord Graham Scott. Y su madre, lady Asha, es una filántropa famosa. Y un bellezón.

Lo que significaba que Kieran procedía de una familia con título nobiliario y que pertenecía a la aristocracia británica. Todo lo que sabía sobre él cambió, las piezas del puzle formaron una imagen nueva. Más o menos.

—Sigo sin entenderlo —insistí—. ¿Por qué vive aquí, en Magpie Lane, y lleva una tienda de bicis?

—No quiere saber nada del mundo de sus padres —contestó Daisy—. Estudió en Cambridge, por supuesto, y podría haber elegido un puesto de alto nivel, pero, según me contó, lo único que desea es llevar una vida sencilla. Además, le gusta trabajar para él mismo.

—¿Heredará el título? —Se me escapó un gallo al pronunciar la última palabra. No podía creer que estuviera preguntando algo así de alguien que conocía. Era como sacado de una novela.

Daisy negó con la cabeza.

—No, tiene un hermano mayor, pero, si le ocurriera algo y su hermano no tuviera hijos, entonces sí; Kieran es el siguiente en la línea sucesoria. —Esbozó una sonrisa—. Me dijo que brinda a diario por la salud de su hermano.

—Eso me pega. —Vi que un grupo entraba en la cafetería y recogí mi café—. Será mejor que me ponga en marcha, pero ¿hablamos luego? Me gustaría echar un vistazo a las cosas de Joan.

La librería estuvo llena hasta los topes desde que abrimos. Me habría gustado pensar que era por el recital de Persephone —al fin y al cabo, aún se celebraba el festival literario—, pero sospechaba que se debía al asesinato de Myrtle.

Los periódicos locales habían cubierto la noticia, por descontado, y entre la multitud que se paseaba frente a las estanterías descubrí a más de un periodista. Kelsey no se encontraba entre ellos, pero vi la foto que había sacado, en la que Kieran aparecía con cara sorprendida, en la portada de un tabloide morboso que alguien había dejado olvidado.

—¿Qué tal ha ido? —le preguntó tía Violet a mi madre después de que cerráramos para comer.

Ante su insistencia, nos habíamos sentado en la mesa del jardín trasero. Aunque la cinta de la policía aún se agitaba cerca del cobertizo, tía Violet se negaba a dejarse intimidar. Su determinación por averiguar la verdad acerca de la muerte de Myrtle y hacerle justicia parecía fortalecerse a medida que pasaba el tiempo.

Mi madre le dio las cifras entre bocado y bocado de rosbif con pan crujiente, mayonesa y pepinillos. Tía Violet asintió.

—Hacía siglos que no teníamos una mañana tan buena. —Le echó un vistazo al cielo azul y torció el gesto—. No hay mal...

Acabé mentalmente el refrán. «Que por bien no venga».

Tía Violet dejó su bocadillo de rosbif y lo cambió por una servilleta, que usó para secarse los ojos con unos toquecitos.

—Ay, Myrtle, vamos a hacer cuanto podamos por ti.

Mi madre y yo coincidimos con un murmullo.

—¿Se sabe algo de George? —pregunté.

Ese día todavía no lo habíamos visto. Le tiré sin querer, y no tan sin querer, un trocito de ternera tierna a Puck, que acechaba debajo de la mesa.

Tía Violet negó con la cabeza.

—Prometió que se pasaría luego, a la hora del té.

O sea, sobre las cuatro. En ese caso, tenía tiempo de sobra.

—¿Os importa si esta tarde salgo un rato? —pregunté—. Quiero sacar fotos para nuestra campaña de promoción en redes sociales de «Libros en su hábitat natural». —Sonreí—. Voy a empezar con lord Byron y Wordsworth. Y, cuando pueda, iré a Newnham, por Sylvia Plath.

Plath había estudiado en Newnham, una universidad femenina como el St. Hildegard's.

—Magnífica elección. ¿Por qué no lo llamamos «Poetas en su hábitat natural»? —propuso mi madre.

—Me gusta.

Hacer referencia al género crearía de inmediato una imagen mental de los libros que queríamos enseñar.

—Vuelve a recordarme lo que habías pensado —pidió tía Violet.

Como esperaba, el nuevo tema alivió momentáneamente el dolor por la muerte de su vieja amiga. Me hizo un montón de propuestas y, para cuando terminamos de comer, había concretado las dos primeras localizaciones.

Después de envolver con cuidado dos libros preciosos encuadernados en piel, los metí en la mochila, busqué un mapa de Cambridge y salí a Magpie Lane. «Y así empieza la aventura». Con el pulso un poco más acelerado de lo habitual, como cualquier friki de los libros entendería, me encaminé hacia mi primer destino: el Trinity College y la Biblioteca Wren.

Cruzar la entrada con sus torres gemelas fue como atravesar el portal de un castillo. Justo a continuación, estaba el Great Court, una amplia extensión de hierba recorrida por anchos senderos y flanqueada por edificios de piedra clara. Me detuve un momento a admirar las ventanas con vitrales, chimeneas y paredes cubiertas de enredaderas, elementos con mucho encanto de esa universidad fundada por el rey Enrique VIII. Había partes que incluso eran más antiguas que la librería.

Atravesé el patio, emocionada de estar allí, con la esperanza de pasar desapercibida y que no se notara demasiado que no era una estudiante y que venía de fuera.

La biblioteca se encontraba en el Nevile's Court, un patio más pequeño rodeado de edificios con soportales. Para acceder a cualquier libro del catálogo, había que contar con un carné de lector y una recomendación, y quizá en otra ocasión tuviera motivos para conseguirlos, pero ese día solo necesitaba permiso para sacar fotos.

La mujer del mostrador de recepción me miró con escepticismo hasta que le dije quién era.

—¿La sobrina de Violet? —Su receló se transformó en una sonrisa cordial—. Qué duda cabe que los Marlowe nos han ayudado muchísimo a lo largo de los siglos. Creo que hoy podemos hacer lo mismo por ti.

—Etiquetaré la biblioteca en mis publicaciones —prometí. No era que necesitaran la promoción, pero tampoco les haría daño, ¿no?

Con la supervisión de un empleado, saqué varias fotos del libro colocado en una mesa, con estanterías detrás. Luego, él me sacó una a mí, con el libro abierto y escondiendo la cara, delante de la estatua de Byron, que se alzaba bajo una vidriera. Posando con una pluma apoyada en la barbilla, el poeta parecía sumido en sus pensamientos, ocupado componiendo una de sus famosas obras.

—Tenía un oso; sí, señor —me informó el empleado—. En sus aposentos.

—¿De verdad?

No sabía si estaba bromeando.

Asintió con solemnidad.

—Como no le dejaban tener un perro... También pasaba mucho tiempo apostando, yendo de fiesta en fiesta y boxeando. «Loco, malo y peligroso de conocer», como lo describió una de sus amigas.

—Un estudiante modélico, supongo —dije, ganándome una amplia sonrisa—. Gracias por su ayuda.

—No hay de qué —contestó antes de excusarse para ayudar a otra visita.

Mi siguiente parada se encontraba un poco más adelante: la capilla del King's College, un edificio icónico y absolutamente imponente. Además de las torres de los extremos y las agujas centrales, contaba con vidrieras de estilo Tudor y la bóveda de abanico más alta del mundo. William Wordsworth calificó el edificio de «obra gloriosa de gran inteligencia», el lugar perfecto para fotografiar su libro de poemas. Poeta del Romanticismo como Byron, Wordsworth estudió en Cambridge a finales del siglo XVII.

Después de admirar boquiabierta la capilla principal durante un rato, encontré una lateral, más pequeña, ideal para las fotos. Recortado contra una vidriera, *Wordsworth's Poems for the Young* no podía lucir mejor sobre una repisa.

Igual que la Biblioteca Wren, aquella iglesia rezumaba historia. Me senté un rato en la capilla lateral e imaginé a los antiguos estudiantes de esa otra época, rezando, vestidos con atuendos medievales. Habían cambiado muchas cosas desde entonces, pero la búsqueda del conocimiento y la excelencia se mantenían. Era asombroso que, igual que esos magníficos edificios antiguos, la obra de mis dos poetas hubiera sobrevivido a los siglos.

Con energías renovadas después de ese descanso, volví a la carga. Unos narcisos que se mecían al sol me recordaron el poema de Wordsworth sobre ese heraldo de la primavera.

—«Erraba solitario como una nube» —recité mientras cruzaba la puerta de la universidad. ¿Qué tenía que hacer a continuación?

—¿Molly? —Oí que me llamaban y di un respingo. Me volví en redondo y vi a Kieran, que, como de costumbre, llevaba unos vaqueros gastados, que le sentaban muy bien, y una camiseta—. Había pensado que igual te encontraba por aquí.

CAPÍTULO SIETE

—Ah, hola.

Me quedé mirando a Kieran sin saber qué decir, lo que se alejaba bastante de la facilidad con que solíamos comunicarnos. ¿Qué me pasaba? ¿Por qué me sentía como si estuviera en *Downton Abbey* y él fuera un Crawley y yo una de las criadas? Era absurdo. No tenía intención de seguirle el juego a ese asunto de la aristocracia. Además, la muerte, los robos y los incendios hacen a todos los hombres iguales. O al menos eso era lo que decía Dickens.

—He estado visitando las universidades y haciendo fotos para las redes sociales de la librería —le expliqué cuando recuperé el habla—. De libros de Byron y Wordsworth. Ahora estaba dando una vuelta.

—Acabo de encontrarme con tu madre en el banco —dijo—. Me ha dicho que estabas por aquí, de paseo. ¿Te importa si te acompaño? —Cuando asentí, echamos a caminar—. Así que Byron, ¿eh? ¿El Byron de «Avanza envuelta de belleza como la noche»?

¿Había otro?

—El mismo —asentí, con las mejillas encendidas.

Estaba casi segura de que Kieran quería ligar, pero ¿por qué conmigo? No era una supermodelo ni pertenecía a la aristocracia.

Sentía su mirada en mi cara mientras avanzábamos por la calle adoquinada, sorteando estudiantes y turistas. Al cabo de unos minutos esquivando gente, se detuvo y tiró de mí con suavidad hacia un lado, junto a una cabina telefónica. Por favor, qué bonitas eran, con sus pequeños emblemas de coronas doradas. Luego, gruñí para mí misma. La clase a la que pertenecía Kieran era la que llevaba coronas, no la mía.

—Ya te has enterado, ¿verdad? —No era una pregunta. Al verme asentir, se pasó una mano por el pelo y suspiró exasperado—. Era solo cuestión de tiempo, claro, sobre todo con Kelsey detrás de mí.

—Es una *paparazzi* —dije para hacerle saber que estaba familiarizada con la jerga.

—Ajá, y de las persistentes, por cierto. —Abrió la boca, luego la cerró y, tras un parpadeo, añadió—: Huyo de esa clase de vida, Molly, pero parece que de vez en cuando da conmigo, no sé si me explico. —Volvió a pasarse una mano por el pelo—. Hay quien cree que estoy loco por darle la espalda, incluidos mis padres.

—¿«Loco, malo y peligroso de conocer»? —pregunté mirándolo de soslayo.

Se echó a reír y me señaló, dando a entender que reconocía la cita.

—Espero que no. En cualquier caso, adoro la vida que llevo en Magpie Lane, la tienda de bicis y salir con mis amigos. —Me ofreció el brazo invitándome a que entrelazara el mío—. Así que, ¿y si buscamos un kebab? Me muero de hambre.

—¿Te refieres a un *shish kebab*?

Mientras le daba el brazo, imaginé una brocheta de carne y verduras asadas.

Negó con la cabeza y frunció los labios.

—No exactamente. Te lo explicaría, pero mejor que lo veas.

Me guio hacia St. Mary's Passage, una calle estrecha que rodeaba la iglesia de St. Mary's, al final de la cual había una plaza con hileras de puestos de mercado con toldos de rayas de colores. Antes de entrar en el mercado, se detuvo delante de una encantadora y pequeña gastroneta.

—¿Te apetece? —preguntó, soltándome el brazo y echando mano a la cartera—. ¿O prefieres otra cosa?

Los aromas que salían de la gastroneta me hicieron salivar, así que, aunque solo hacía dos horas que había comido, dije que sí a un kebab, pero sin patatas. Se puso a la cola y volvió pocos minutos después con la comida y dos botellitas de agua.

Encontramos un banco por allí cerca, nos sentamos y me pasó mi kebab, envuelto en papel blanco. Lo desenvolví mientras se me hacía la boca agua.

—¿De qué es? —pregunté antes de darle un mordisco a la pita rellena. El sabor de la carne sabrosa, el de la salsa fuerte y picante y el de las verduras frescas y crujientes se mezclaron en mis papilas gustativas. Delicioso.

—De cordero —contestó con la boca llena—. También los hay de ternera y pollo. Pero este es mi favorito.

—Me encanta —aseguré mientras me limpiaba la boca—. Qué rico.

Me pasó una de las botellitas, quité el tapón y bebí.

Cualquiera que nos mirara solo vería un joven normal y corriente, pero muy guapo, y a mí, una estadounidense feliz probando su primer kebab. La gente paseaba por la plaza y se detenía ante los alegres puestos para mirar o comprar.

—Me gustaría echar un vistazo al mercado después de comer.

Alargué la mano para robarle una patata y él fingió que me daba una palmada. Un delicioso bocado salado y grasiento estalló en mi boca.

—Sin problemas —dijo—. Este mercado lleva aquí desde el tiempo de los anglosajones, ¿sabes?

Es decir, desde el siglo V hasta el XI; lo sabía. Imaginé la escena: vacas y cerdos cebados en corrales de madera, pilas de pescado plateado, paños de lana fina y puede que incluso seda. Carne asada en espetones —pensándolo bien, más o menos como un kebab— y jarras de peltre de grog y cerveza. Ya no había ganado, pero vi una pescadería y puestos de prendas coloridas.

—La iglesia de St. Bene't's, en la calle de al lado, tiene mil años —prosiguió Kieran—. La torre forma parte de la iglesia original.

—Oh, eso quiero verlo. ¿Se puede entrar? —Miré un momento a Kieran y vi que estaba sonriéndome—. ¿Qué?

—Me encanta tu entusiasmo. Ir contigo es como verlo todo por primera vez —contestó.

—Sí, así soy yo, a veces me paso de entusiasta. Como un cachorrito.

Asumámoslo, nunca sería de esas personas distantes e imperturbables.

—Me gustan los cachorritos —aseguró, y continuamos comiendo. Cuando acabamos de zamparnos hasta la última miga, arrugó el papel y dijo—: Poniéndonos serios, ¿se sabe algo más de lo de anoche?

Alargó la mano para que le diera mi envoltorio y, luego, lo tiró todo en una papelera que había cerca.

Repasé lo que había ocurrido después de que él se fuera, incluida la charla alrededor de la mesa de la cocina con sir Jon. ¿Hasta dónde debería contarle? Es decir, Kieran me caía bien y me gustaría confiar en él, pero, como diría tía Violet, el discreto a nadie fía su secreto.

Notó que vacilaba.

—Yo tenía algunos problemillas con Myrtle. Prefiero adelantarme y ponerlo sobre la mesa. Antes de que te enteres por terceros.

—¿Enterarme de qué? —pregunté con prudencia. No iría a confesar algo, ¿verdad? Y menos allí, sentados en un banco de la plaza del mercado.

Kieran se mordió el labio inferior.

—¿Cómo lo explico sin parecer un niñato egocéntrico? —Cambió de postura para ponerse un poco más cómodo—. Myrtle vendía información sobre mí a los tabloides.

Se me escapó la risa.

—¿En serio? Qué mal. ¿Cómo lo sabes?

Volvió a cambiar de postura y colocó un brazo a lo largo del respaldo del banco antes de pensárselo mejor y unir las manos entre las rodillas.

—No puedo asegurarlo al cien por cien, pero lo sospecho. El caso es que intentó sacarme dinero para no acudir a ellos.

—Vaya, eso está muy feo.

En contraste con lo nervioso que se le veía, la sorpresa y el desconcierto me robaron la capacidad de reacción. Myrtle me había parecido una persona entrometida y con tendencia a hacer comentarios que incomodaban, pero ¿una extorsionadora?

—Como he dicho, no tengo pruebas, pero, después de negarme, la cantidad de *paparazzis* y periodistas que merodeaban por la calle aumentó de manera significativa. Además, aparecían de pronto, como si supieran dónde iba a estar por adelantado.

Pensé en otra posibilidad.

—¿Y no podría tratarse de un empleado?

Además de Tim, que trabajaba en la tienda a jornada completa, también tenían estudiantes a tiempo parcial.

Lo pensó un momento y, luego, negó con la cabeza.

—Qué va. Ya tienen suficiente con sus vidas para fijarse en lo que yo hago o dejo de hacer con la mía. Myrtle siempre andaba rondando por allí. Pensé en comentárselo a tu tía y a George, pero sé que son amigos de toda la vida y no me pareció bien.

Arrugó la nariz.

A mí me habría ocurrido lo mismo.

—Además, siendo sinceros, igual habrías parecido un poco paranoico al acusar a una anciana de espiarte.

—Ya, eso también. —Inclinó la cabeza hacia atrás—. Al final, cansa tener que estar en guardia a todas horas. Esperaba no tener que hacerlo en mi entorno habitual.

Me lo imaginaba. La mala fama era uno de los inconvenientes de ser rico y conocido, no lo dudaba. Eché un vistazo a mi alrededor preguntándome si alguien habría sacado una foto de Kieran comiendo kebab. «A los famosos les gustan los kebabs, igual que a nosotros». Uf.

Le sonó el teléfono.

—Disculpa, será mejor que lo coja. —Contestó—. Sí, mamá, lo he visto. —Su madre, la guapísima lady Asha Scott—. No, claro que no. —Me miró y arqueó las cejas—. No tienen ni idea de quién ha sido. —Debía de llamar por lo del asesinato, cosa comprensible—. Eso no me preocupa. —Una pausa y a continuación—: ¿Podemos hablar luego? Ahora estoy ocupado. —Colgó y murmuró—: Disculpa.

—No pasa nada. Si mi madre no se hubiera encontrado allí, estoy segura de que le faltaría tiempo para llamarme.

Él seguía mirando su móvil. Con un gruñido, escribió un mensaje.

—Disculpa otra vez, pero tengo que volver a la tienda. Uno de los empleados no se ha presentado.

Se levantó y se metió el teléfono en el bolsillo.

Decepcionante, pero comprensible.

—No te preocupes. Gracias de nuevo por invitarme. —Recordé algo que quería preguntar—. ¿Sabes dónde está la librería de sir Jon?

Puede que me pasara a echar un vistazo.

Se volvió para señalar hacia la derecha del mercado.

—No está muy lejos. En Queen's Crescent. —Sacó el móvil una vez más, buscó un callejero y me enseñó la ruta—. ¿Quieres que te lo envíe?

Negué con la cabeza.

—No, me acordaré. Además, me apetece dar un paseo.

Me encantaba explorar los lugares que no conocía, aunque a veces me perdiera.

—Muy bien. —El móvil regresó al bolsillo—. Nos vemos luego. —Estudió hasta el último centímetro de mi cara con esos cálidos ojos castaños y, luego, para mi sorpresa, se inclinó y me besó en la mejilla—. Que disfrutes de tu tarde.

Lo seguí con la mirada y una mano en la mejilla, hasta que me di cuenta del aspecto bobalicón que debía de tener. Puede que hubiera imaginado el coqueteo, pero ese beso no me lo había inventado. Me sacudí y me volví para estudiar el mercado mientras me esforzaba por apartar a Kieran Scott de mis pensamientos. ¿Por dónde empezaba?

Me paseé entre los puestos, saludando a los tenderos cuando me detenía a admirar los artículos expuestos y sacaba algunas fotos. Tendría que volver otro día y comprar pescado para cenar, además de verduras de la zona. Algunas de las artesanías eran bonitas y vi un cartel donde se anunciaba que había un mercado de artesanos cerca. También tendría que pasarme por allí en algún momento. Compré un ramo de anémonas, jacintos y peonías. A mi madre le encantaría y, además, alegraría la tienda.

Un hombre de mediana edad y con gorra plana casi chocó conmigo cuando ya me iba del puesto de las flores.

—Disculpe, señorita —dijo, tocándose el ala de la gorra. Era Steve Baker, el dueño del *pub.*

—Hola, Steve —lo saludé. Al ver que me miraba confuso, añadí—: Molly, de la librería. La de Magpie Lane.

Desarrugó la frente.

—Ah, Molly, claro. Disculpa, muchacha, no te había reconocido. —Le echó un vistazo a las flores—. ¿Haciendo algunas compras?

—Poca cosa —contesté riendo mientras me metía el cambio en el bolsillo—. Pero es una gozada pasearse por aquí.

—Entonces, te dejo a lo tuyo.

Se despidió con un gesto de cabeza y se marchó sorteando la multitud. Sin embargo, en lugar de detenerse en un puesto, se dirigió al otro extremo de la plaza. Era el mismo camino que yo debía tomar para ir en busca de la tienda de sir Jon, así que eché a andar hacia allí.

Durante un rato, Steve, que vestía de manera informal con una camisa de manga corta azul y unos pantalones *sport* claros, solo fue una figura que caminaba por delante de mí. Avanzamos sin prisa por callejuelas y cruzamos calles atestadas. Luego, aflojó el paso, echó un vistazo a su alrededor y se desvió con disimulo hacia un callejón.

Qué raro. Por pura curiosidad, aceleré para reducir la distancia entre nosotros y, al llegar al callejón, me escondí detrás de una pila de cajas y me asomé para echar un vistazo mientras él estudiaba la hilera de edificios.

Si Steve no hubiera actuado de manera tan sigilosa, no habría despertado mis sospechas. Puede que solo quisiera atajar entrando por detrás. Quizá por allí se accedía a una escalera, como la de la parte trasera de nuestra tienda. O, como me temía, no quería que nadie supiera adónde iba en realidad.

Encontró la puerta que buscaba y, tras echar un vistazo a su alrededor, se coló dentro, agazapado. En ese momento, tuve la certeza de que se traía algo entre manos.

Sin salir de mi escondite, sopesé la idea de seguirlo, pero el callejón era estrecho, oscuro y bastante sórdido, y desprendía ese olor a basura que a veces se queda impregnado en los sitios. En su lugar, conté las puertas para no equivocarme de edificio. Cuatro.

En la esquina, doblé hacia una calle flanqueada de tienditas bastante anodinas. El cuarto edificio era de ladrillo amarillo y tenía un cartel sencillo en el que se leía «Apuestas». Unos pósteres con números, billetes de lotería e imágenes de deportes ocupaban el escaparate por completo.

Steve había entrado en una casa de apuestas. Y, a juzgar por su actitud, no quería que nadie lo supiera. ¿Puede que ni siquiera su mujer? Una idea asomó en mi cabeza: ¿y si Myrtle había chantajeado a Steve para comer gratis en su *pub*? No me habría extrañado.

Pero ¿cómo podía asegurarme? Lo último que quería era enfadar a Steve con preguntas impertinentes y que me vetara la entrada a su local.

En cualquier caso, era mejor que me pusiera en marcha antes de que la gente pensara que estaba merodeando por allí. A Queen's Crescent. Estuviera donde estuviese. Me di cuenta de que había olvidado por completo las indicaciones de Kieran, así que saqué el móvil y busqué un callejero.

Encajada entre una lujosa sastrería para caballeros y Boots, una famosa cadena de cosmética, salud y belleza, la Crow's Nest era diminuta; solo tenía espacio para una única ventana mirador. Alargué la mano hacia la puerta, pero me detuve un momento, tentada con la idea de pasar por Boots, de la que tanto había oído hablar. ¿Y si iba a buscar un pintalabios de marca inglesa? Aunque casi nunca me maquillaba, o muy poco, en todo caso.

Conteniéndome, abrí la puerta de la librería. Sonaron unas campanillas y entré en un espacio bien iluminado, lleno de estanterías y pilas de libros. Sir Jon salió de la trastienda vestido con pantalones oscuros y una camisa blanca con las mangas enrolladas.

—Ah, hola —lo saludé—. He salido a dar un paseo y se me ocurrió pasarme por aquí.

—Me alegro de que lo hayas hecho —dijo—. Estaba preparándome un té. —Me indicó con un gesto la zona de lectura, amueblada con un sofá y sillones de terciopelo rojo—. Ponte cómoda, enseguida estoy contigo.

Me senté en el sofá, agradeciendo poder dar un respiro a mis pies cansados, y dejé el ramo de flores envuelto en una mesita auxiliar. La mochila se quedó en el suelo.

Mientras esperaba a que sir Jon volviera, eché un vistazo a los cartelitos que había en las distintas secciones, en lo alto de la estantería: historia militar, novelas de espionaje, títulos náuticos, aviación. Desde luego, compartían una temática y me pregunté en voz alta hasta qué punto la vida personal del hombre habría influido en esas elecciones.

—Bastante, de hecho —dijo sir Jon poco después respondiendo a mi pregunta mientras servía el té en dos tazas de porcelana—. En lugar de escribir de lo que sabes, se trata de vender de lo que sabes. —Me tendió una taza—. Ahí tienes la leche.

—Tiene toda la lógica. —Me serví una gotita de leche en el té y lo removí con una cucharita de plata. Todo era obviamente caro; el servicio de té chapado en plata, la porcelana, incluso la bandeja—. ¿Le hacen muchas preguntas sobre su anterior profesión? No voy a hacerle ninguna, no se preocupe —me apresuré a añadir, aunque, por descontado, me picaba la curiosidad.

—Es muy habitual —confirmó sir Jon—. Pero no puedo hablar de ello. Es secreto, ya me entiendes. —Me guiñó un ojo con complicidad—. Así que desvío la conversación hacia Ian Fleming, que trabajó para los servicios secretos navales durante la guerra.

Ian Fleming era el autor de las novelas de James Bond.

—Tendré que leer sus libros en busca de pistas —bromeé. El té era fuerte y estaba muy caliente, como me gustaba. En ese país no había tisanas insípidas—. Hablando de pistas, acabo de ver a Steve Baker, del Magpie Pub, tratando de pasar desapercibido.

Sir Jon dejó la taza en la mesa con cara atenta.

—Cuéntame.

Le puse al corriente de lo de Steve y la casa de apuestas.

—Quizá Myrtle lo chantajeaba —concluí—. Hoy me he enterado de que lo intentó con Kieran.

—Has estado ocupada —murmuró—. ¿Qué intentó con Kieran? Parece un muchacho recto y honrado.

—No por nada que haya hecho —me expliqué—, sino por quién es. Cree que Myrtle ha estado poniendo a los periódicos sobre aviso acerca de sus movimientos. Quiso sacarle dinero para no hacerlo.

Con mirada absorta, sir Jon cogió su taza y bebió.

—Descubrir realidades desagradables durante una investigación de asesinato no suele ser plato de gusto para nadie. Sin embargo, en este caso, no puedo decir que me haya dejado sorprendido del todo.

Se me encogió el corazón.

—¿Estaba al tanto de las inclinaciones de Myrtle? —No sabía de qué otra manera llamarlo. ¿Hábito chantajista? ¿Compulsión extorsionadora?

Arrugó la cara y parpadeó.

—No exactamente. Nunca me resultó muy simpática en los tiempos de la universidad. Había algo...

Dejé la taza en la mesa, entusiasmada.

—¿La conocía de la universidad? ¿Y a tía Violet y a las demás también?

Esbozó una sonrisa evocadora.

—Desde luego. Espera un momento. —Se levantó del sillón y se acercó a un inmenso escritorio labrado que hacía las veces de mostrador. Rebuscó en el primer cajón—. El otro día encontré algo y pensé en enseñárselo a tu tía.

Me tendió una fotografía cuadrada y en blanco y negro en la que aparecían varias jóvenes junto a un sir Jon con muchos menos años, y tremendamente atractivo, todos tocados con sombreros curiosos.

—Fue durante el Rag Day —dijo—. Los estudiantes se disfrazan y recaudan fondos para obras benéficas. Aún se celebra.

Reconocí sin problemas a la escultural Fiona, a la adorable Ruth y a Persephone, que llamaba la atención con su expresión altanera y la larga trenza rubia. A un lado de sir Jon, había una joven con facciones marcadas y pelo ensortijado.

—¿Esta es Myrtle?

Asintió.

—Y esta es tía Violet. —Era guapa y menuda, con el pelo oscuro y gafas—. Se parece mucho a mi madre.

—La verdad es que sí. —Sir Jon sonrió con afecto ante la joven Violet y me pregunté...

—¿Quién es esta? —Había otra estudiante cerca del borde de la fotografía. Era alta y rubia, con el pelo muy lacio y peinada con raya en medio.

—Ah, Joan Watson. Vaya, eso sí que fue triste. —Suspiró—. Tenía tanto potencial...

—Es la tía abuela de Daisy. Ya sabe, Daisy, la del Tea & Crumpets. ¿Qué le ocurrió?

Daisy me había dicho que Joan había muerto, pero no me había contado cómo. Y yo no había querido preguntar, por el parentesco que la unía a Joan.

—Se suicidó —dijo sir Jon con cara sombría—. Tanta presión... Según tengo entendido, tenía mucho talento y un gran futuro por delante.

—Vaya —murmuré consternada—. Qué horror.

—Así es —convino sir Jon—. Y ocurre demasiado a menudo.

En la fotografía aparecía alguien más: un joven alto y apuesto, de pelo rizado y también con gafas. Lucía una chistera ladeada.

—¿Quién es este? —pregunté—. ¿El novio de alguien?

Sir Jon frunció el ceño.

—Es tu tío Tom. El hermano mayor de Violet. ¿Nunca habías visto una foto suya?

Negué con la cabeza.

—Hasta hace poco ni siquiera sabía que tenía un tío. Mi madre, eeeh..., siempre ha sido muy hermética respecto a su familia.

Por suerte, sir Jon no insistió.

—Pensé que te gustaría ver cómo éramos por entonces —dijo en su lugar.

—Me encanta. —Miré a mi alrededor, pero no vi equipo de oficina—. ¿Tiene escáner? ¿O fotocopiadora? Me encantaría tener una copia.

—Pues claro. Te haré una. —Sir Jon desapareció en la trastienda y regresó un minuto después con una fotocopia—. No queda tan bien como un duplicado fotográfico, pero espero que sirva de momento. Sacaré una copia para Violet cuando pueda.

—Es perfecta, gracias. —Doble la hoja y la metí en el bolsillo trasero con cremallera de la mochila. Eché un vistazo al móvil y dije—: Me ha encantado la visita, pero será mejor que vuelva a la tienda.

Empezaba a sentirme culpable de que mi madre y tía Violet se cargaran todo el trabajo, aunque las dos me habían animado a salir a ver la ciudad.

—Me alegro mucho de que te hayas pasado por aquí —dijo sir Jon—. Por favor, vuelve otro día. Y dile a Violet que me llame si me necesita. No pienso alejarme mucho hasta que se haya solucionado lo de Myrtle.

«¿Y después?». Oculté una sonrisa. Me encantaría que sir Jon y tía Violet fueran pareja. Estaba prácticamente segura de que el hombre estaba colado por ella cuando iban a la universidad. Mejor tarde que nunca, ¿no?

—Ya estás aquí —dijo tía Violet cuando entré en la Thomas Marlowe media hora después. Estaba ocupada colocando unos libros en una mesa cerca de la puerta. Vi que se trataba de títulos antiguos de crónica negra y tuve que reprimir una carcajada. La mujer tenía arrestos—. ¿Qué tal ha ido?

—Genial —dije, y le di las flores, que aceptó con un murmullo de satisfacción—. Después del Trinity y de la capilla del King's College, he ido al mercado. He vuelto a comer con Kieran y luego me he pasado por la Crow's Nest. —Tía Violet miró el ramo con más atención, lo que me hizo añadir—: Las he comprado yo. —Aunque pondría en aviso a sir Jon para que le trajera flores la próxima vez que se pasara por aquí. Me quité los tirantes de la mochila de los hombros—. Tengo que devolver estos libros a su sitio.

—Qué ganas de ver las fotos —dijo mi madre desde el mostrador.

—Tienes que ir a ver las universidades, mamá —le recomendé mientras sacaba los ejemplares de lord Byron y Wordsworth—. Lo digo en serio. Son alucinantes.

A veces, se me olvidaba que mi madre había vivido en Cambridge, donde conoció a mi padre.

Después de devolver los libros a su estantería, advertí que Clarence estaba de vuelta en su ventana habitual y que Puck dormitaba en la otra. Todo un progreso. Al menos, Clarence no lo había echado a patadas de la tienda.

La puerta de la cocina se abrió y George entró en la tienda tan campante.

—¿Has venido a por un té? —preguntó tía Violet.

—No te digo que no —contestó George—, pero traigo noticias. La policía ha terminado de inspeccionar el piso de Myrtle. Así que, si queréis echarle un vistazo, podemos ir cuando sea.

Todos intercambiamos una mirada.

—Sí, la verdad es que querríamos —dijo mi madre—. ¿Qué os parece después de cerrar?

—Estupendo —dijo George—. Pondré la tetera al fuego. —Estaba a medio camino de la puerta cuando se volvió—. ¿Quedan de esas galletas que me gustan?

—Arriba, en el armario de la derecha —contestó tía Violet—. Pon algunas en un plato.

Durante la pausa del té, informé a todo el mundo sobre la visita furtiva de Steve Baker a la casa de apuestas y la confesión de Kieran acerca de que Myrtle había querido chantajearlo.

—Estamos haciendo progresos —aseguró George mientras mojaba una McVitie's en el té. Entendía por qué le gustaban tanto: esas galletas integrales llevaban una buena capa de chocolate negro—. He hablado con los demás inquilinos, pero no me han dicho mucha cosa. —Se encogió de hombros—. Tampoco me sorprende; son gente tranquila, pagan el alquiler cuando toca y no causan problemas.

—Parecen los inquilinos ideales —observó mi madre.

—No puedo quejarme —convino George—. Es decir, no podía. Hasta ahora.

Tía Violet echó un vistazo a la calle, que estaba desierta.

—Creo que deberíamos cerrar antes. La cosa ha ido muy floja desde la tres.

—Tú decides —dijo mi madre.

En respuesta, mi tía le dio la vuelta al cartel de la ventana y echó la llave. Enderezó la espalda.

—Me acabo el té y vamos.

Con George al frente, acortamos hasta Ivy Close yendo por detrás, por el callejón. Sin poder remediarlo, imaginé a Myrtle usando aquel atajo la noche que murió y, probablemente, muchas veces antes. Se tardaba menos que caminando hasta Trinity Street para doblar hacia Magpie Lane.

Ivy Close era una callejuela corta y sin salida, con edificios de ladrillo de tres plantas. Ya cerca de Trinity, un par de ellos tenían tiendas en los bajos, pero los demás parecían ser todos de pisos.

—Hoy en día no podría permitirme comprar el edificio —dijo George, rebuscando las llaves mientras avanzaba por la callejuela—. Siempre ha sido de la familia.

—Como la librería —dijo tía Violet—. Somos muy afortunados, ¿verdad?

—Ya lo creo. —George abrió el portal, que daba paso a un vestíbulo cuadrado. Una escalera amplia conducía a los pisos superiores, y había puertas a ambos lados—. Myrtle vivía en la primera planta, en la parte de atrás —dijo—. Tengo seis pisos en total. Los seis bastante decentes.

Empezó a subir la escalera sin prisa y lo seguimos. Todo estaba como los chorros del oro, si bien algo desfasado; nuestros pasos eran lo único que se oía en ese edificio de paredes gruesas.

Ya en la primera planta, George estaba a punto de abrir el piso de Myrtle cuando dijo:

—Qué raro.

Empujó con un dedo la puerta de madera maciza, tras la que nos esperaba una escena desconcertante.

Alguien había puesto el lugar patas arriba.

CAPÍTULO OCHO

—¡Por todos los demonios! —exclamó George—. ¿Quién ha hecho esto?

Entró en el piso totalmente estupefacto.

Todas nos apiñamos detrás procurando quedarnos en la entrada de un espacioso salón decorado con mobiliario antiguo de aspecto cómodo. Los cojines del sofá y las butacas estaban tirados en la moqueta y habían sacado todos los libros de las estanterías que flanqueaban la repisa de una chimenea falsa. La puerta de la cocina estaba abierta y vi el suelo embaldosado cubierto de un polvo blanco. ¿Harina? ¿Azúcar? Los armarios también estaban abiertos y el contenido se repartía por la encimera y el suelo.

—La policía no lo ha dejado así —dijo mi madre. No era una pregunta.

—Desde luego que no —aseguró George—. Vine a echarle un vistacito cuando se fueron. —Sacó el móvil del bolsillo del pantalón—. Voy a llamarlos ahora mismo.

Estudié el escenario con más detenimiento y comprobé que, a pesar del desbarajuste, lo que suelen buscar los ladrones seguía en su sitio: la enorme pantalla plana montada sobre la repisa de la chimenea, un equipo de música caro dentro de una vitrina, lo que parecían cuadros antiguos y valiosos colgados en las paredes...

—Parece que no se han llevado lo más valioso —observé, señalando al mismo tiempo las lujosas pertenencias de Myrtle—. Pero, entonces, ¿qué hacían aquí?

¿Dejar este caos para enviar un mensaje? ¿O buscar algo que no estaba a la vista?

Tía Violet examinaba la estancia con esos ojos que las gafas agrandaban tanto. Se puso tensa y señaló algo.

—¿Qué es eso?

En la pared del fondo, sobre el escritorio, había pegada una hoja de papel de gran tamaño. El encabezado se leía incluso desde donde estábamos: «Árbol genealógico de la familia Marlowe». Debajo se extendían las típicas líneas que se usan para indicar las relaciones familiares con los descendientes.

—¿Para qué quería eso? —pregunté—. ¿Estaba haciendo un estudio de nuestra familia?

Tía Violet puso cara extraña un instante.

—Ni en broma —contestó de manera críptica y se dispuso a cruzar la habitación. Los cristales rotos crujían bajo sus zapatos.

George estaba hablando por teléfono, así que me volví hacia mi madre.

—¿Quieres ir a echar un vistazo? Mientras no toquemos nada...

También atravesamos el salón entre crujidos y nos reunimos con tía Violet delante del escritorio. Estaba estudiando el diagrama y musitaba mientras seguía las líneas. Al estar más cerca, comprobé que el árbol empezaba en Thomas Marlowe, el fundador de la librería.

—¿De qué va todo esto? —preguntó mi madre.

—Myrtle y yo somos primas —anunció tía Violet. Esbozó una sonrisa fugaz al ver que ahogábamos un grito—. Primas lejanas. —Señaló una línea que correspondía a la familia en el siglo XVII—. Su rama descendía de otro Thomas, que solía ser el nombre que se le ponía al primogénito.

«Como mi tío Tom», pensé.

—Nosotras descendemos de Samuel Marlowe, su hermano pequeño —prosiguió.

Tardé unos segundos en comprenderlo.

—Si su antepasado era el primogénito, ¿por qué hemos heredado nosotras la librería? Creía que en aquella época las propiedades acostumbraban a pasar al hijo mayor.

Por fortuna, las leyes hereditarias habían cambiado. Incluso había oído que, por fin, las mujeres podían recibir los títulos en lugar de que estos pasaran al siguiente pariente varón más cercano, como en *Downton Abbey.* Si lady Mary viviera en la actualidad, la herencia habría sido suya en lugar de Matthew.

—Cierto, el primogénito era el que heredaba —dijo tía Violet—, salvo que existiera un testamento que especificara que esos bienes pasaban a una persona distinta. —Se encogió de hombros—. Eso es lo que siempre he tenido entendido, que Samuel disfrutó de ese privilegio por el motivo que fuera.

—Si había un testamento, ¿para qué quería Myrtle ese árbol genealógico? —pregunté—. ¿Le interesaba la genealogía?

Nada más decirlo, comprendí que aquel interés general no era probable, debía de tratarse de otra cosa. Por lo que sabía de Myrtle, nunca hacía nada de manera desinteresada, siempre había una razón. Aunque cuestionar una herencia tres siglos después igual era pasarse un poco.

—Sí que me había dado algo a entender —reconoció tía Violet—, pero no le hice caso. Ahora que lo pienso, todo empezó después de que Clive me echara encima a los de Best Books. El día que los visteis no era la primera vez que se pasaban por allí. —Se oyeron unos pasos en el rellano y todos nos volvimos. ¿Ya había llegado la policía? Si George prácticamente acababa de colgar—. Hablando del rey de Roma —masculló tía Violet.

Clive Marlowe apareció en la puerta, con las llaves del coche en una mano y cara de desconcierto.

—¿Dónde está Myrtle? —quiso saber.

Las preguntas se agolparon en mi cabeza. ¿No sabía que había muerto? Y si no lo sabía, ¿qué hacía allí? ¿También lo chantajeaba a él o era que estaba conchabado con ella?

—Ay, Clive, ¿no te has enterado? —Tía Violet se apresuró a cruzar el salón en su dirección—. Myrtle ha fallecido. Anoche.

Clive sacudió la cabeza.

—Acabo de volver de Londres. Fui ayer por asuntos de negocios. —Se llevó una mano a la frente y bajó la barbilla, como si tratara de reponerse. Cuando volvió a alzar la vista, paseó la mirada por el salón revuelto como si reparara en el desorden por primera vez—. ¿Qué es todo esto? —Se quedó boquiabierto de la impresión—. ¿Alguien entró en la casa y la mató?

—No —dijo George—. No estaba aquí cuando hicieron esto.

Me percaté de que George tampoco parecía muy dispuesto a compartir los detalles del asesinato de Myrtle.

Mi madre, quc había estado observando hasta ese momento, preguntó:

—¿Qué te trae por aquí, Clive? ¿Myrtle y tú erais amigos?

Vi cómo se formaba una idea en su mirada. Mi madre le había proporcionado una salida del atolladero, aunque, dicho sea en su favor, Clive se aclaró la garganta y reconoció que no.

—No, no éramos íntimos. —Luego, una expresión astuta cruzó su rostro y adiviné que se avecinaba una mentira—. Pero éramos primos, y la mujer estaba mayor, así que me preocupaba por ella. Me pasaba por aquí de vez en cuando.

—¿Como haces conmigo? —preguntó tía Violet con resentimiento—. Hay que ver qué buena persona. Por favor, pero si solo sé de ti cuando quieres dinero.

Clive, rubicundo ya de por sí, se sonrojó aún más.

—Ahora que lo mencionas, no olvides que la semana que viene vence otro pago. —Asintió con la cabeza en dirección a mi madre—. Gracias por poneros al día con el préstamo. Que siga así.

Dicho aquello, hizo tintinear las llaves y dio media vuelta. Poco después oímos que bajaba la escalera con ligereza.

Tía Violet cerró las manos en un puño y gruñó.

—Ese hombre me pone furiosa.

—No dejes que te saque de tus casillas —dijo George—. Le divierte hacértelo pasar mal. —Señaló el árbol genealógico con un gesto de la cabeza—. Creo que Clive y Myrtle tramaban algo. —Apoyó un codo en una mano y se dio unos golpecitos en la barbilla con la otra—. Y a saber si es verdad que anoche estuvo en Londres. Eso es lo que deberíamos preguntarnos.

—George, eres una bocanada de aire fresco. —Tía Violet se le echó encima y lo besó en la mejilla—. ¿Recordáis al hombre que Molly vio merodeando por el callejón? Puede que fuera Clive.

—Es verdad —dije—, puede que sí. Desde luego, tenían la misma complexión.

Es decir, más bien alto y fornido.

Alguien dio unos porrazos en el portal.

—Esa sí es la policía. —George echó a andar, pero se detuvo enseguida—. Si la puerta de abajo está cerrada, ¿cómo ha entrado Clive?

Todo el mundo sabía la respuesta cuando corrió a abrir a la policía.

Clive disponía de una llave propia. Solo eso ya revelaba que su relación era más estrecha de lo que insinuaba y que iba más allá del mero parentesco. Si mentía acerca de eso, ¿sobre qué más estaría mintiendo? ¿Había matado a Myrtle y tenía intención de registrar el piso esa noche para eliminar las pruebas que pudieran relacionarlo con ella o se trataba de otra cosa?

Oímos pasos de varias personas en la escalera. Para mi sorpresa, el inspector Ryan fue el primero en cruzar la puerta, seguido por una agente y George. Jamás habría imaginado que enviaran a un inspector para investigar un allanamiento, aunque quizá lo había pedido él por si tenía algo que ver con el asesinato.

—¿Qué hacen ustedes aquí? —nos saludó.

Las tres intercambiamos una mirada.

—Hemos venido a echar un vistazo, invitadas por el casero —contestó mi madre—. Teníamos entendido que la policía ya se había ido y podíamos entrar.

El inspector Ryan asintió con la cabeza dándole la razón.

—¿Y qué esperaban encontrar?

Su frialdad me intimidaba y eso me enfureció. No habíamos hecho nada, no nos habían acusado de nada y no nos habían detenido.

—Alguna pista sobre el asesino —solté sin más—. Porque, desde luego, no fue mi tía.

El inspector paseó rápidamente la mirada por la estancia.

—Entiendo que esto no es cosa suya.

Mi madre empezaba a sentirse contrariada. Lo sabía por la forma de apretar los dientes.

—Pues claro que no. Lo hemos encontrado así, por eso les ha llamado George. —Se cruzó de brazos y lo fulminó con la mirada—. Y hablando de pistas, Clive Marlowe acaba de estar aquí.

Por lo visto, tiene llaves, tanto de la portería como del piso, cosa que me resulta muy extraña. Quizá le convendría hablar con él.

Ryan miró a la agente, que se preparó para tomar nota.

—¿Clive Marlowe, su sobrino? —le preguntó a tía Violet—. No estuvo en el recital de anoche, ¿no?

—No, estaba en Londres —contestó tía Violet—. O eso ha dicho. —Se volvió hacia la agente con una sonrisa un tanto suficiente—. Tengo su información de contacto si la quiere.

Cómo me gustaría ser una mosca en la pared cuando Clive recibiera la llamada.

Mientras la agente anotaba la información de contacto de Clive, el inspector Ryan se adentró en el piso, mirando a su alrededor. Se detuvo en mitad de la moqueta y señaló el árbol genealógico de la pared.

—Eso no estaba antes.

—Desde luego que no —corroboró George—. Me pasé a echar un vistazo cuando su equipo se marchó.

Lo que significaba que quien hubiera allanado el piso había pegado el diagrama en la pared. ¿Para aportar pistas sobre los tejemanejes de Myrtle o para incriminar aún más a tía Violet?

El inspector Ryan lo estudió.

—No sabía que estaban emparentadas, Violet.

Tía Violet volvió al escritorio.

—Como ve, eso era hace siglos. Nuestros retatara lo que sea eran hermanos.

El inspector no parecía darse cuenta de lo que implicaba esa conexión ni de que la herencia de la librería procedía del hermano pequeño. Y, si lo hizo, no dijo nada. Nosotras, por descontado, no pensábamos señalárselo.

Sin embargo, mi esperanza de que se le hubiera pasado por alto lo del árbol se hizo añicos cuando se volvió hacia la agente.

—Lléveselo como prueba, por favor. Es evidente que alguien quería que lo viéramos. —Volvió la cabeza hacia nosotros—. Gracias por avisarnos. Les llamaremos si tenemos más preguntas.

Y listos. Nuestra búsqueda en el piso de Myrtle se había detenido en seco. Al menos, de momento.

—Buenos días, cariño —me saludó tía Violet a la mañana siguiente cuando entré en la cocina con paso tambaleante y Puck pisándome los talones. Estaba frente a los fogones con una sartén, donde se cocinaba algo delicioso—. ¿Te apetece una tortilla? Estará lista en un santiamén.

—Perfecto, gracias. —En mi sitio ya había un vaso alto del Tea & Crumpets —. Oh, me has traído café.

Me senté a la mesa y Puck se encaramó al asiento de al lado. Desde su sitio habitual, el sillón, Clarence le lanzó una mirada de pocos amigos. El día anterior le había bufado. Progresábamos.

Mi tía se encogió de hombros.

—Pensé que así te ahorraba un viaje. —Cogió su propio vaso y bebió un sorbo—. No está mal, ¿no?

¿Tía Violet bebiendo café? Vaya. Mientras yo iba dándole traguitos al mío, la observé moviéndose por la cocina: preparó una tostada, cortó un trozo de tortilla, la colocó en un plato y, luego, lo dejó todo delante de mí, junto con el salero y el pimentero.

La tortilla rezumaba queso, champiñones salteados y cebolla, y la tostada era una gruesa rebanada de pan de trigo casero untada con una reluciente mantequilla derretida. Apenas ninguna caloría. Cogí el tenedor y me dispuse a hincarle el diente.

—Eres una cocinera fabulosa —gemí después de haber saciado mi hambre mañanera—. Esto está buenísimo.

Puck no apartó los ojos de mí, esperanzado, hasta que le di un trocito de huevo.

Mi tía me sonrió satisfecha y se sentó con un plato.

—Así me gusta, una chica que disfruta de la comida. —Se echó sal y pimienta en sus huevos—. Es agradable volver a cocinar para alguien. Cuando Tom vivía, solíamos comer juntos.

Qué sola debió de sentirse tía Violet cuando murió su hermano, sobre todo teniendo en cuenta que los dos trabajaban en la librería.

—Qué lástima que no llegara a conocerlo —dije.

Tal vez podría honrar su memoria catalogando su colección de libros infantiles. Al menos, teníamos eso en común: el amor por la literatura para los más pequeños. Me prometí que no lo pospondría mucho.

Tía Violet asintió.

—Te habría adorado, Molly. Sois clavaditos. Listos, buenas personas, con don de gentes...

Me sonrojé con tanto halago.

—Gracias —murmuré—. Por cierto, ¿dónde está mi madre? ¿Sigue durmiendo?

Tía Violet cortó un trozo de tortilla.

—Ya está en la librería, peleándose con las cuentas. Está decidida a sacar el próximo pago de Clive de donde sea.

—Si alguien puede, esa es mi madre. Es una maga de las finanzas.

Alargué la mano hacia el estante en el que había tres tarros de mermelada y unté la tostada con una cucharada de la de fresa.

—Todo lo contrario de mí. —Tía Violet suspiró—. Mi hermano era el que se encargaba de esas cosas.

—Hablando de tío Tom —dije después de tragar un bocado de tostada con mermelada—, sir Jon me dio una foto que tienes que ver. —Lo había olvidado por completo hasta ese momento. Dejé la tostada y retiré la silla—. Espera, vuelvo enseguida.

La mochila estaba en un colgador, junto a la puerta trasera, en el que también había varias chaquetas, sombreros y paraguas. Sin bajarla, abrí la cremallera y saqué la fotocopia.

—Mira. —Le entregué la hoja mientras volvía a mi asiento—. Es una foto genial.

Tía Violet sonrió contemplando el grupo de caras jóvenes.

—Creo que recuerdo ese día. Era un Rag Day.

—Eso me contó sir Jon. —Terminé de desayunar. ¿Lo decía o no? Venga, ¿por qué no?—. Creo que estaba colado por ti.

Se sonrojó.

—Pamplinas. ¿Qué te hace pensar eso?

¿Que los ojos le hacían chiribitas cuando la miraba? Cambié de tema.

—Me ha gustado mucho ver a todos tus amigos de entonces. Sobre todo a Joan. Era pariente de Daisy, ¿sabes?

—Sí, lo sé. —Tía Violet frunció el ceño—. Nunca olvidaré el día que nos enteramos de que había muerto. Fue horrible. —Tragó saliva—. La encontró Fiona.

Dejé el tenedor en el plato imaginando la trágica escena.

—Ay, tía Violet, qué horror.

Y ahora ya habían muerto dos personas del antiguo grupo, aunque en el caso de Myrtle no cabía duda de que se había tratado de un asesinato. Asintió.

—Sí, cariño. Todas apreciábamos mucho a Joan. Aunque era tímida y callada, tenía salidas divertidísimas. Y mucho talento. Estábamos convencidos de que un día sería una gran poeta.

—Es lo que dijo sir Jon. —Tía Violet había dejado la fotografía en la mesa y le eché un vistazo—. Cambiando de tema, ¿qué había entre Fiona y tío Tom? Parecen muy amigos.

Estaban muy juntos; él, sonriente, la rodeaba a ella con el brazo.

—Oh, salieron un tiempo. Todos pensábamos que acabarían casándose. —Se encogió de hombros—. Pero, al final, Fiona escogió a Gregory. No tengo nada en su contra, pero está chapado a la antigua y es un poco mojigato.

—A saber por qué se casaría con él en lugar de con tío Tom.

Mi tío parecía un tipo genial. Si algo me había enseñado la experiencia respecto a los hombres, era que no había que dejar escapar a los buenos.

—Creo que sus padres la presionaron —dijo tía Violet—. Gregory procede de una familia rica y con el tiempo ha llegado a diputado. No es que Fiona no se valga por sí misma. Ocupa un puesto de gran relevancia en el St. Hildegard's. En fin, terrateniente rico frente a librero a dos velas. Como podrás imaginar, Tom no tenía ninguna posibilidad.

Estábamos hablando de hacía cincuenta años, así que supuse que podía imaginarlo.

—Bueno, pues yo habría elegido a Tom —dije, testaruda—. Si no fuera mi tío, quiero decir.

—Ojalá Fiona también. Mi hermano estuvo bastante tiempo sin levantar cabeza. Y nunca se casó. Después de lo de Fiona, los libros se convirtieron en su vida.

Todo indicaba que lo mismo podía decirse de tía Violet y me pregunté qué historia habría detrás en su caso.

—Voy a indagar un poco sobre tus compañeras del St. Hildegard's —anuncié mientras rebañaba el plato—. Después de que abra la cuenta de Instagram de la tienda.

Tía Violet sacudió la cabeza.

—No voy ni a preguntar qué es eso. —Retiró su silla y se levantó—. Pero te lo agradezco en nombre de la Thomas Marlowe.

Mi madre tenía que ir a hacer unos recados, de manera que me llevé el portátil al mostrador. No hubo mucho movimiento en la tienda a primera hora, así que pude abrir las cuentas en las redes sociales prácticamente sin que nadie me molestara. Resultó muy divertido ver @thomasmarlowebooks en mis páginas personales.

—Ven a echarle un vistazo, tía Violet —la llamé—. Cuando puedas.

Estaba subida a una escalera de tijera para quitar el polvo a los libros de los estantes más altos. Dejó el plumero en el superior y bajó.

—Estaba buscando una excusa para soltarlo —dijo riendo—. Odio limpiar el polvo.

—Yo también. —Suspiré—. Pero hay que hacerlo. Ya lo hago yo si quieres.

—Ah, no te preocupes, me va bien subir escaleras, así circula la sangre.

Tía Violet acercó una silla al mostrador y le enseñé las nuevas páginas. Estaba especialmente orgullosa de las publicaciones en Instagram, que ya se habían ganado varios me gusta y diversos seguidores.

«¿El libro aún está disponible?», preguntaba alguien sobre el ejemplar de Byron. «Sí —contesté—. Llámanos». Incluí el teléfono fijo de la tienda en la respuesta.

—Pero esto es maravilloso —exclamó tía Violet—. ¿De dónde es esa persona?

Lo miré en su perfil.

—De Londres. Estoy casi segura de que también habrá gente interesada de Estados Unidos, pero ahora aún están durmiendo. —En la costa este de Estados Unidos, eran cinco horas menos; en la oeste, ocho—. Tenemos que crear una página web.

—Pero si ya vendemos libros por internet —dijo tía Violet. Nombró un par de plataformas importantes—. Se vende bastante de esa manera.

—No lo dudo. —Esas páginas eran perfectas para encontrar libros por el título—. Pero una propia contribuye a crear fidelidad a una marca. Se despierta el interés de la gente a través de las redes sociales y, luego, se le proporciona la manera de que puedan echarle un vistazo al resto del catálogo.

Tía Violet aprobó el plan con una sonrisa de satisfacción.

—Qué buena idea. Así demostramos que somos especiales, ¿verdad?

Lancé un resoplido burlón.

—Ya lo creo. Desde hace cuatro siglos. Hasta el edificio atraerá el interés. —¿Quién no querría comprar libros en una tienda tan bonita y pintoresca?—. O sea, en serio, ¿dónde preferirías comprar, en un almacén sin ninguna gracia o aquí?

—Ya conoces la respuesta, Molly. —Tía Violet unió las manos sobre el regazo dando una palmada—. Por eso hay que librarse de Clive. Puede que Best Books conserve el edificio, pero venderán lo mismo que en el resto de sus tiendas. Que ya me parece bien, siempre se necesitan libros nuevos, pero la Thomas Marlowe se dedica a otra cosa.

Navegué por el perfil para buscar la publicación de Wordsworth. También estaba recibiendo me gusta y comentarios.

—He pensado en subir unos cuantos poetas más. De momento, a Sylvia Plath, por eso iré al Newnham para hacer fotos. Y también me gustaría tener una de Persephone en el St. Hildegard's.

—Una gran idea —dijo tía Violet—. Qué bien que puedas mostrar a una poeta viva.

—Exacto. —La palabra «viva» me recordó que había planeado hacer algo de investigación en relación con el asesinato—. Me gustaría mucho hablar con tus amigas para ver lo que saben sobre Myrtle.

Tía Violet rio sorprendida.

—¿De verdad crees que tuvieron algo que ver con su muerte?

Ay, no. ¿Había metido la pata? Lo último que quería era disgustar a mi tía.

—En estos momentos, no creo nada. —Cosa que era cierta—. Pero toda información que obtengamos ya será más de lo que sabemos ahora mismo.

—Supongo que tienes razón. —Tía Violet se dio tironcitos en el labio inferior—. Sé muy bien que Myrtle les era bastante indiferente, pero la conocíamos de toda la vida y nos habríamos sentido mal dándola de lado.

Comprensible. Si no fuera porque alguien había hecho algo mucho peor que desairarla.

—¿Podrías ayudarme a ponerme en contacto con ellas? Lo último que sé es que Persephone se quedaba en casa de Fiona y que Ruth se alojaba en el Holly & Ivy, en esta misma calle. Salvo que ya se hayan ido de la ciudad.

Como toda respuesta, tía Violet cogió el teléfono del mostrador.

—Hola, Monique —dijo después de que alguien respondiera—. ¿Cómo estás? Bien, bien. Escucha, quería saber si Ruth Orforo aún sigue ahí. ¿Sí? ¿Podrías pasarme con su habitación? —Y tras una breve pausa—: Buenos días, Ruth. ¿Qué te parece si te vienes y tomamos un té? Sí, de aquí a una hora es perfecto. Nos vemos. —Colgó y se volvió hacia mí con una sonrisa—. Una menos.

—Eso parece. ¡Bien!

Aunque me alegraba que fuéramos a hablar con Ruth, también me invadió cierta inquietud. Nunca había interrogado a nadie en relación con un asesinato. ¿Por dónde empezaba? Ni idea.

Exactamente una hora después, las campanillas de la puerta tintinearon y Ruth Orforo entró en la tienda luciendo un elegante vestido suelto de color amarillo y unas sandalias a juego, que complementaba con un brazalete de oro macizo, unos pendientes gruesos y pesados y una cinta del pelo con un estampado geométrico que mantenía el pelo rizado lejos de la cara. Tía Violet corrió a abrazarla mientras la amplia falda se le arremolinaba alrededor de los pies. Un lápiz se le cayó del moño.

—Ruth. Guapísima, como siempre.

Su amiga le devolvió el abrazo y ahogó una risita.

—Tú, que me miras con buenos ojos. —Se separó de ella, con las manos en los brazos de Violet, y la estudió con atención—. ¿Cómo lo llevas?

—Estoy bien —aseguró tía Violet mientras se encogía de hombros y deslizaba su brazo por el de Ruth—. Vamos a la cocina. La tetera está al fuego.

Recogí el lápiz, que había rodado hasta mis pies.

—¿Necesitas ayuda por aquí? —le pregunté a mi madre, que estaba sentada tras el mostrador.

Me despidió con un gesto de la mano.

—Adelante. —Enarcó las cejas al tiempo que se llevaba una mano a la boca—. E infórmame después —susurró.

Se me hizo un nudo en el estómago. Ojalá tuviéramos algo de lo que informar. Esa mañana aún no sabíamos nada de la policía y era como tener la espada de Damocles encima. ¿Iban a irrumpir en la tienda para detener a tía Violet? ¿O a George?

En la cocina, tía Violet charlaba mientras ponía la mesa para el té.

—Tengo unas mariposas deliciosas que he comprado en la pastelería de enfrente. —Abrió la caja, que contenía unas magdalenas rellenas de mermelada y nata coronadas con dos trocitos de magdalena en forma de alas.

Ruth unió las manos.

—Oooh, mariposas, mis preferidas. —Me miró con cara traviesa—. Una de las cosas buenas de hacerse mayor es dejar de preocuparse si te das un capricho de vez en cuando. —Sacudió la cabeza—. Con la de años que me he reprimido.

Tía Violet colocó una magdalena en un plato y se lo puso delante.

—El vivo al bollo. —«Y el muerto al hoyo». Fue como si las palabras tácitas resonaran en la silenciosa cocina. Mi tía torció el gesto—. Lo siento, una elección desafortunada.

—Olvídalo. —Con expresión pícara, Ruth cogió la magdalena y la sujetó con delicadeza—. «Nunca sabes lo que te deparará la vida. Empieza por el postre». Lo dijo Ernestine Ulner y yo siempre intento seguir su ejemplo. Guiñó un ojo antes de darle un buen bocado.

Tía Violet sirvió el té, y yo fui repartiendo las tazas. Ruth había escogido el asiento que quedaba de espalda al jardín, como era comprensible. Yo me senté frente a ella e hice cuanto pude para no mirar hacia el cobertizo, que me recordaba al momento en que encontré a Myrtle.

—Qué ilusión que vayas a publicar una retrospectiva de Persephone. —Solté lo primero que se me ocurrió. Supuse que era mejor dar un rodeo para poder hablar con calma sobre la muerte de Myrtle que lanzarse de cabeza—. No nos dedicamos a las novedades, pero esta la venderemos, por supuesto. Estoy en plena planificación de una campaña en redes sociales.

A Ruth se le iluminaron los ojos.

—¿De verdad? —Se limpió la nata del labio dándose unos toquecitos con la servilleta—. Cuéntame.

Entre bocado y bocado, y algún dedito de nata para Clarence y Puck, la puse al día sobre el proyecto «Poetas en su hábitat natural», que recibió con entusiasmo y aprobación.

—Quería ponerme en contacto con Persephone esta semana y hacerle fotos en vuestra antigua universidad —dije para concluir—. ¿Sabes si sigue en la ciudad?

El corazón se me aceleró un poco esperando su respuesta. No solo quería fotografiar a la poeta, también esperaba poder preguntarle sobre Myrtle y sobre quién podría tener algún motivo para matarla.

—Estará en casa de Fiona hasta el funeral de Myrtle —dijo Ruth—. ¿Se sabe algo al respecto?

Tía Violet asintió.

—Se celebrará en la Round Church una vez que la policía dé su autorización.

Supuse que se refería a que entregaran el cadáver para poder enterrarlo.

—Perfecto —dijo Ruth—. Le encantaba esa iglesia. ¿Ya se ha organizado algún ágape para después?

—Sí, en el Magpie —contestó tía Violet—. Los Baker se han ofrecido a hacerse cargo de la comida y pondrán barra libre. La gente va a salir haciendo eses, ya verás.

—Qué generosos —observó Ruth—. Entonces, igual yo me ocupo de las flores.

Tuve que darle la razón en lo de la generosidad de los dueños del *pub,* sobre todo teniendo en cuenta que todo apuntaba a que Myrtle había estado chantajeando a Steve. Después de haberlo visto entrar con disimulo en una casa de apuestas, él también estaba en la lista de personas con las que quería hablar.

—Me alegro de que Myrtle vaya a tener una bonita despedida —dijo tía Violet—. A pesar de… —Apretó los dientes—. A pesar de no ser una persona de trato fácil.

Ruth rio con ironía.

—¿Fácil? Menudo eufemismo, querida. ¿Alguna vez te he contado lo que me hizo? —Torció el gesto, dolida, mientras estrujaba la servilleta de papel que tenía en la mano—. O lo que quiso hacerme, mejor dicho. Al final, todo acabó bien, pero, en aquel momento, creí que me moría.

CAPÍTULO NUEVE

Tía Violet y yo nos miramos.

—¿Qué te hizo, Ruth? —preguntó tía Violet con voz suave.

Ruth agachó la cabeza, un gesto que delataba que luchaba con sus recuerdos. Continuaba estrujando y haciendo cachitos la pobre servilleta con los dedos hasta que al final la lanzó a la mesa, riendo.

—Me parece que la he roto un poco. —Levantó la taza, bebió un sorbo, volvió a dejarla donde estaba y la movió hasta que quedó como ella quería—. Catherine. Tuvo que ver con Catherine.

Tía Violet supuso acertadamente que yo no sabía de qué hablaba y me susurró:

—Su compañera, en todos los sentidos.

Ah. Lo pillaba. Cincuenta años atrás todo era muy distinto y Myrtle tenía un don para identificar las vulnerabilidades de una persona. La rabia y el asco me revolvieron el estómago. Cuánta maldad.

—Te amenazó —dijo tía Violet ahorrándole tener que entrar en detalles.

Ruth asintió con los ojos anegados de lágrimas.

—Justo antes de que mis padres vinieran a verme. Myrtle se lo contaría, ¡a no ser que le pagara! —exclamó con voz ofendida—. Yo no es que fuera rica, pero sí que disponía de algo de dinero. —Tragó saliva—. Quería hasta el último penique.

—¿Qué hiciste? —pregunté horrorizada por el dilema al que había tenido que enfrentarse. ¿Ruth siguió guardándole rencor a Myrtle a pesar de los años que habían pasado? ¿Quién no lo hubiera hecho?

Su respuesta me sorprendió.

—Se lo conté a mis padres. —Alzó la barbilla—. Me costó la vida, pero fue mucho mejor de lo que esperaba. —Recuperó la servilleta hecha trizas y se secó los ojos con unos toquecitos—. Eran maravillosos. Violet, ¿te he contado que invirtieron en la editorial? —El orgullo le iluminó el rostro—. Y, cuando tuvimos nuestro primer éxito de ventas, pudieron añadir una buena suma a su plan de jubilación.

—¡Qué bien! —se alegró tía Violet—. El primero de muchos éxitos, por lo que he visto. Y también premios.

Ruth asintió.

—Catherine tiene muy buen ojo. Entre su gusto exquisito y mi olfato para los negocios, no nos ha ido mal.

Cogí el móvil y busqué la empresa de Ruth, Virginia's House. El catálogo era impresionante, bastante reducido, pero incluía buena poesía, obras de ficción reconocidas y autobiografías. Tía Violet tenía razón sobre lo de los premios, muchos títulos habían recibido uno. La línea editorial se centraba en la voz de las mujeres y, según la descripción, el nombre de la editorial se inspiraba en el famoso ensayo de Virginia Woolf: *Una habitación propia*. Las mujeres por fin tenían una «casa» editorial propia.

Aunque me sentí tentada a seguir indagando en alguno de los títulos, dejé el móvil. Había que aprovechar la ocasión para hablar con Ruth de Myrtle.

—¿Alguien quiere otra taza? —Tía Violet levantó la tetera, que estaba resguardada bajo una funda de punto con forma de casita.

Ruth consultó la hora y, luego, sacudió la cabeza.

—Lo siento, cariño, pero he de irme. —Lanzó una risita—. Tengo varias entrevistas consecutivas con autoras potenciales.

Vaya. Todavía no habíamos comentado nada del asesinato.

—Antes de que te vayas, ¿viste algo fuera de lo habitual la noche que murió Myrtle? —me apresuré a decir—. ¿O a alguien que se comportara de manera rara?

Ruth echó la cabeza hacia atrás.

—¿A qué te reficres? ¿Durante el recital?

—O antes. —Señalé la cocina—. A alguien fisgoneando por aquí, por ejemplo. —Tía Violet asintió animándome a proseguir. En cualquier caso, dado que los periódicos se habían limitado a informar de que Myrtle había muerto apuñalada, no mencionaría la aguja de hacer punto—. Tía Violet es la principal sospechosa, aunque, por suerte, aún no la han detenido.

—Qué horror. —Ruth se llevó la mano a la garganta—. ¿Porque sucedió en tu jardín, Vi? Pero esa noche aquí había decenas de personas. Podría haber sido cualquiera.

—Lo sabemos —gruñí—. Eso lo complica todo. —De pronto, tuve una revelación—. Puede que el asesino aprovechara la situación para que todo fuera más confuso.

Una decisión atrevida, ya que el riesgo de que lo descubrieran era alto, pero le había salido bien.

Nuestra invitada jugueteó con el brazalete mientras trataba de recordar. Finalmente, negó con la cabeza.

—Lo siento, la verdad es que no vi ni oí nada fuera de lo normal. —Se encogió de hombros con elegancia—. Estaba absorta en el recital, emocionada por la expectación que había creado el nuevo libro de Persephone. —Miró a tía Violet con una sonrisita—. Y por volver a veros, claro.

La frustración se dibujó en el rostro de mi tía, pero su expresión se suavizó cuando dijo:

—Yo también me he alegrado mucho de veros. De todas maneras, hazme un favor si no te importa: si se te ocurre algo que arrojara un poco de luz sobre el asunto, por favor, díselo a la policía.

—O a nosotras —intervine, reacia a quedar al margen—. Nos encargaremos de que el inspector Ryan lo sepa.

Ruth se levantó de la silla.

—Si recuerdo cualquier cosa extraña o inusual sobre esa noche, prometo que os informaré.

Tía Violet se puso en pie para besarla en ambas mejillas.

—Pásate otro día, ¿vale? Antes de que te vayas.

—Lo haré, descuida —aseguró. Miró a su alrededor e inspiró hondo—. Adoro esta tienda. Es el sueño de cualquier amante de los libros.

Se despidió con la mano y se marchó. Las campanillas sonaron tras ella.

—Voy a ponerme otra taza —dije cuando se hubo ido—. Me he quedado de piedra cuando he oído lo que Myrtle le hizo a Ruth. Qué feo.

Tía Violet apretó los labios hasta que formaron una fina línea.

—Fue una canallada. —Tía Violet dejó la tetera con estrépito cuando terminó de servir—. Ojalá Ruth hubiera confiado en mí. Habría denunciado a Myrtle a la dirección de la universidad.

—Empiezo a ver un patrón —dije—. Kieran Scott me contó ayer que Myrtle quiso chantajearlo para que le diera dinero.

Le dijo que, si le pagaba, no avisaría a los tabloides de dónde iba a estar.

Tía Violet redondeó los labios.

—Pero qué sinvergüenza. ¿Kieran accedió?

Negué con la cabeza.

—No. Y, mira por dónde, parece que los tabloides siempre saben dónde encontrarlo —observé con sequedad—. Incluida la noche del recital. Kelsey Cook lo fotografió saliendo de la tienda.

Tía Violet ahogó una risita.

—Estoy segura de que a los padres de Kieran les habrá encantado. Sobre todo después de que Myrtle...

No acabó la frase, pero sabía lo que quería decir. Puede que a lady Asha no le hiciera mucha gracia que Kieran apareciese en el escenario de un crimen.

—Yo estaba delante cuando lo llamó su madre —dije—. No daba la impresión de estar muy contenta.

—Asha es un encanto —aseguró tía Violet—, pero la obsesiona el decoro. —Frunció los labios—. Vaya si metió en vereda a lord Graham.

—¿Qué quieres decir? —pregunté muriéndome por saber más sobre la familia de Kieran.

Mi tía se echó a reír.

—Era un cabeza loca, créeme. Sé que no aprueban que Kieran tenga una tienda de bicis, pero diría que, en el fondo, lord Graham lo envidia. Siempre tuve la sensación de que el título lo oprimía.

No sabía que tía Violet conociera tan bien a los padres de Kieran. Me guardé esos pedacitos de información. En cualquier caso, lo que acababa de contarme solo confirmaba mis dudas acerca del lugar que yo ocupaba en la vida de Kieran. Si a sus padres no les gustaba que tuviera una tienda de bicis, una librera estaría muy lejos de parecerles conveniente para su hijo. «Ellos se lo pierden», me dije. En mi mundo, los títulos nobiliarios no tenían nada que hacer ante los libros.

Esa misma tarde, fui dando un paseo hasta el St. Hildegard's, donde había quedado con Persephone para una sesión de fotos. La universidad se alzaba en la otra orilla del río y el camino que había elegido pasaba por Trinity Street y el King's College, desde donde cruzaría el puente.

Persephone había sonado ilusionada por teléfono, casi como una niña.

—Es increíble el interés que está despertando mi nuevo libro —dijo con una risita—. Por lo que parece, estoy viviendo un pequeño renacer.

Me alegraba por ella, por descontado, pero mientras esquivaba a los estudiantes y turistas que atestaban las calles adoquinadas, no pude evitar preguntarme si la muerte de Myrtle no había contribuido a darle relevancia. El titular de un tabloide en un puesto de periódicos llamó mi atención y ofrecía una posible respuesta a mi pregunta: «Antiguas alumnas del St. Hildegard's unidas en la vida… y en la muerte». Debajo aparecían los retratos de Myrtle, Ruth, Fiona, tía Violet y Persephone de sus tiempos de estudiantes universitarias.

Alargué la mano hacia un ejemplar con la intención de comprarlo. Los periódicos sensacionalistas no eran precisamente conocidos por su rigurosidad, pero quizá averiguara algo. Cuando me volví con el diario en la mano, estuve a punto de chocarme con un hombre de mediana edad, con el pelo entrecano y muy corto, que vestía unos pantalones con peto y una camiseta.

—Lo siento.

—Disculpe —dijo él al mismo tiempo.

Nos reímos y, al momento, se apartó para que pudiera entrar en la tienda y pagar el diario.

Me detuve en el puente del King's College a contemplar el Cam. Las bateas se deslizaban por el río y, en las orillas, la gente paseaba o se sentaba al sol. Igual que los patios de las universidades, el río ofrecía un oasis de belleza serena en mitad de la bulliciosa ciudad. Apoyé las manos en el pretil y aspiré con fuerza un aire impregnado del olor a hierba recién cortada, a agua de río y piedra caliente. Qué paraíso en el que perderse durante una tarde soleada.

En el puente se percibía un tráfico constante de personas, que lo cruzaban en ambas direcciones. Un hombre se detuvo para apoyarse en el pretil y se puso a hojear un periódico.

Di un respingo al darme cuenta de que era el del puesto de periódicos. ¿Estaba siguiéndome? «Claro que no». Se trataba de un lugar muy transitado, eso era obvio; además, si no hubiera estado a punto de chocarme con él, ¿me habría fijado siquiera? De todas las personas que había en el puente, ¿cuántas no habrían estado paseando por Trinity Street al mismo tiempo que yo? Aparté aquella idea ridícula de mi cabeza y comprendí que tenía que ponerme en marcha o llegaría tarde.

Cuando terminé de cruzar, seguí el mapa hasta el St. Hildegard's, un complejo de edificios de ladrillo victorianos. Aunque ni de lejos era tan majestuosa e impresionante como las demás universidades, tenía una presencia imponente y elegante. Me di cuenta de que iba mirando atrás de vez en cuando, pero, para mi alivio, no volví a ver al hombre del periódico. Habrían sido imaginaciones mías.

Una de las dos verjas de la entrada, con sus filigranas metálicas, estaba abierta y, después de cruzarla, me detuve a firmar en la portería.

—¿Dónde está el parterre isabelino medieval? —le pregunté al amable y anciano portero.

El jardín estaba inspirado en la obra de la patrona de la facultad, santa Hildegarda de Bingen, naturalista además de mística, compositora, teóloga y poeta. Una mujer que emular, digna de verdadera admiración. El hombre sacó un plano, trazó la ruta y señaló el jardín con una equis.

—No tiene pérdida —dijo con una sonrisa cordial, empujando la fotocopia hacia mí.

—Gracias. Que tenga un buen día.

Cogí el mapa y entré en el recinto, donde edificios de ladrillo neogóticos cubiertos de enredaderas se repartían aquí y allá, detrás de setos y entre arriates de flores. El St. Hildegard's se había construido en la década de 1870 y su estilo arquitectónico reflejaba la época a la perfección.

Rodeé varios edificios siguiendo el plano y no tardé en encontrar el parterre isabelino, un jardín a un nivel más bajo, con macizos de flores y hierbas aromáticas que formaban un dibujo. Una fuente adornaba el centro y, allí, apoyada en el borde, como una ninfa, estaba Persephone. Ese día llevaba suelta la abundante melena gris y lucía un vestido vaporoso largo hasta la rodilla y unas sandalias de gladiador.

Se levantó con un saltito cuando vio que me acercaba.

—Ah, Molly, ya estás aquí. ¿Verdad que hace un día precioso? —Abrió los brazos, inclinó la cabeza hacia atrás y respiró hondo—. Este lugar es mágico. La inspiración fluye, hazme caso. Ya he escrito dos poemas.

En el césped, junto a sus pies, había un cuaderno abierto de hojas pautadas, con una pluma en el pliegue. La libreta me dio una idea. ¿Y si Persephone posaba como si estuviera componiendo un poema allí, en el jardín?

—Desde luego es un sitio especial —dije mientras me descolgaba la mochila de los hombros. Dentro llevaba el primer poemario de Persephone, un libro delgadito publicado a finales de la década de 1960. Podríamos usarlo de atrezo, con ella sentada en el cenador cubierto de soberbias rosas blancas.

Antes de trasladarnos allí, le saqué varias fotos en la fuente, con su primer libro. Haciendo como que leía. Mostrando la tapa con discreción para que se viera el título. Sosteniéndolo en alto en una pose exuberante mientras el sol se reflejaba en las gotas de agua que la rodeaban.

—Han quedado perfectas —aseguré mientras les echaba un vistazo, contenta de que todas tuvieran ese algo que llama la atención y que era tan difícil de conseguir.

Persephone quiso parecer modesta.

—No sé si sabes que hice mis pinitos como modelo, hace mucho tiempo. Desfiles de moda locales, fotos para revistas, un par de cubiertas de álbumes...

—¿De verdad? Qué guay.

Aunque no destacaba por su altura, era muy fotogénica y, por la foto antigua que había visto, en sus tiempos tenía un estilo Carnaby Street que me recordaba a Patti Boyd y a Twiggy.

La poeta se estiró, orgullosa.

—Nos lo pasábamos tan bien. —Cogió su bolsón y se dirigió al cenador con paso tranquilo—. Mi madre también era modelo. Mi padre, Geoffrey Brightwell, se quedó totalmente prendado de ella cuando la conoció en una discoteca de Londres.

«Geoffrey Brightwell». Ese nombre me sonaba. Hice una búsqueda rápida con el móvil mientras caminábamos y descubrí que había formado parte de un grupo ilustre llamado The Movement, junto con Philip Larkin y Kingsley Amis. Por lo visto, de tal palo tal astilla.

Persephone dejó el bolsón en el césped y se acomodó en el banco del cenador.

—¿Cómo quieres que me ponga?

—Me encantaría que hicieras como que escribes un poema. —Alcé la vista hacia las exuberantes y tupidas flores y aspiré su fragancia dulzona—. Esas rosas podrían inspirarme incluso a mí. Son preciosas.

—¿Verdad que sí? —Persephone se acercó una para olerla—. Los días que pasé en esta universidad fueron los mejores de mi vida.

—Ya será menos, aunque debieron de ser memorables —dije en tono ligero mientras le indicaba cómo tenía que sentarse. Qué triste que alguien creyera que sus días de universidad, o incluso de instituto, habían sido el punto culminante de su vida. Prefería pensar que lo mejor aún estaba por llegar. Sobre todo en esos momentos, que tenía el trabajo de mis sueños y vivía en una ciudad tan bonita y con tanta historia.

Me estudió con atención y frunció los labios.

—¿A qué universidad fuiste, Molly? ¿A una de la Ivy League?

—A la Universidad de Vermont. Estudié Biblioteconomía. La UVM es una de las más antiguas del país, y muy buena. —Me mordí el labio, molesta conmigo misma por esa necesidad de justificarme. Odiaba lo de catalogar a las personas según su *alma mater,* algo muy común en ciertos círculos.

—Por supuesto —murmuró con tono condescendiente.

«Grrr». Pasé por alto su esnobismo y me concentré en la tarea que tenía entre manos.

—Cuando quieras.

Obedientemente, Persephone empuñó su pluma y fingió que escribía en el cuaderno. La luz rosácea que se colaba entre las rosas la favorecía y no tardé nada en sacarle unas fotos magníficas.

—Mira. Dime cuáles son tus favoritas —le pedí, sentándome a su lado.

La mujer estaba haciéndome un favor y quería tenerla contenta.

Con las cabezas juntas, escogimos las mejores y las guardé en una carpeta en la nube para acceder a ellas con facilidad.

—Si tienes tiempo, ¿podrías hablarme un poco del St. Hildegard's? —le pregunté—. Es para las redes sociales.

«Y, con suerte, descubrir algo que nos ayude a resolver el asesinato de Myrtle». Puede que su muerte no tuviera nada que ver con sus amigas de la universidad, pero había que estudiar todas las opciones. ¿La reunión para el recital fue una coincidencia o un factor que instigó el asesinato?

—Claro, de lo que quieras. —Persephone alargó la mano hacia el bolsón—. ¿Te apetece un té con galletas?

Sacó un termo de té caliente, dos tazas y un paquete de McVitie's, de las que le gustaban a George.

—Oh, estas me encantan —dije, abriendo el paquete cuando me lo tendió.

—A mí también. —Desenroscó la tapa del termo y me llenó una taza—. Ya tiene leche. Espero que no te importe.

Acepté el té.

—Lo tomo así. —Entre sorbos y bocados, saqué mi cuaderno—. ¿Myrtle y vosotras erais buenas amigas en la universidad? —Al ver que me miraba con curiosidad, añadí—: No la traté mucho. ¿Cómo era de joven?

Persephone le dio un mordisquito a una galleta.

—La verdad es que no la conocía muy bien. Era de esas personas con las que te vas juntando hasta que al final forman parte del grupo.

—¿Coincidíais en alguna clase? —pregunté con ganas de saber más.

La poeta negó con la cabeza.

—No. Vivíamos en la misma residencia. —Señaló un edificio—. Cada una tenía su propio dormitorio, pero en plantas distintas. El de Myrtle estaba en la misma de Joan, que era amiga de Violet. Fiona y Violet se conocieron a través de mí y al final todas congeniamos.

La otra noche, las había oído hablar de Joan y Myrtle en la cocina, así que aquello encajaba.

—Sir Jon me enseñó una foto que os sacaron durante un Rag Day —dije dando un rodeo.

Persephone se echó a reír.

—Ay, sir Jon. Todas estábamos enamoradas de él. Aunque por entonces no era sir, eso vino después, cuando lo invistió la reina.

—Era muy guapo. Todavía lo es. Igual que mi tío Tom.

Una leve tristeza me invadía cada vez que pensaba en mi difunto tío y en que nunca lo conocería.

—Tom era un encanto —aseguró Persephone—. Siempre pensé que Fiona y él... Bueno, los misterios del corazón. Gregory y ella llevan una eternidad tirando juntos del carro. —Ladeó la cabeza y me miró con desconcierto—. ¿No conociste a Tom? ¿Cómo es eso posible?

Negué con la cabeza.

—Ni tampoco conocía a tía Violet hasta que nos hemos mudado aquí.

Mi confesión estaba envuelta de vergüenza y me arrepentí de haber sido tan sincera. No dudaba que mi madre tuviera sus buenas razones para irse de aquí y, aunque me encantaría conocerlas, no tenía la intención de convertir el tema en un debate público.

Como temía, Persephone insistió.

—Qué raro. ¿Y a tus abuelos? ¿Los conociste?

Me sonrojé, abochornada.

—No, nunca tuve la oportunidad.

¿Sería muy grosero levantarme e irme? ¿Y si decía que había quedado con alguien?

—Qué triste. —Me dio unas palmaditas de consolación en el brazo que me parecieron un poco falsas—. Y muy extraño, la verdad. Igual es que los estadounidenses no le dan tanta importancia a la familia como los británicos.

¿Por qué me provocaba?

—No, para nada —contesté antes de obligarme a cerrar la boca.

Había sido mi madre quien había decidido cortar toda relación con su familia, no mi padre. Además, no le debía ninguna explicación a esa mujer sobre una dinámica familiar que incluso yo seguía sin entender.

Al ver que seguía callada, Persephone prosiguió.

—Myrtle también era una Marlowe, ¿sabes? Bueno, si nos remontamos muy atrás, a varias generaciones. Así que erais una especie de primas.

—Sí, estoy al tanto. —Gracias a la visita al piso de Myrtle, la noticia no tuvo el impacto que supuse que Persephone buscaba. Me levanté de un salto del banco y empecé a recoger mis cosas—. Vaya, me temo que tengo que irme. Gracias por las fotos, te avisaré cuando las publique. Ah, y el té estaba buenísimo. Muchas gracias.

Sentí que me observaba mientras cruzaba el precioso jardín prácticamente a la carrera, con la mochila golpeándome la espalda. Qué mujer tan desagradable, a pesar de su talento.

CAPÍTULO DIEZ

—Ten cuidado, los escalones son bastante empinados —me avisó Daisy por delante de mí mientras subíamos la angosta escalera de caracol que conducía al ático de la cafetería, donde íbamos a echarle un vistazo a las pertenencias de Joan.

Daisy no mentía. Era evidente que esos peldaños tan estrechos estaban hechos para pies mucho más pequeños que los míos, que debía colocar con cuidado. El edificio no era tan antiguo como la librería, pero hacía que la casa de campo de Vermont pareciera nueva. Aunque a mucha gente no le gusta el olor a polvo, madera y yeso viejos, yo lo aspiraba con agrado; me hacía sentir extrañamente conectada con las generaciones precedentes. Otra mujer había pisado esa escalera cuando a Newton le cayó la manzana en la cabeza, mientras Jane Austen escribía sus novelas, el año que la reina Victoria ascendió al trono.

Ya en el descansillo, una ráfaga de aire seco y caliente se escapó por la puerta cuando Daisy apretó el resorte de la cerradura y la abrió.

—Hace bastante bochorno aquí arriba —me avisó y tiró de un cordón para encender la bombilla que colgaba del techo—. Es uno de los motivos por los que todavía no he acabado de hacer limpieza. Además de que esto es un cajón de sastre.

El cajón de sastre de una persona era el tesoro oculto de otra. Los techos repetían las vertientes pronunciadas del tejado y la luz natural entraba por dos diminutas ventanas, situada una en cada extremo de aquella habitación abarrotada de objetos interesantes y atractivos. De camino al baúl de Joan, divisé una hilera de jarras de cerveza con forma de hombre tocado con sombrero de tres picos y una careta de Guy Fawkes en la cabeza de un maniquí, que también lucía un sombrero chambergo con pluma.

Daisy se volvió con una sonrisa.

—Mis tíos abuelos eran excéntricos, por decir algo. Él se ponía esa máscara cada vez que usaba esos zancos. —Señaló los largos palos que había apoyados en un rincón—. Y esa capa.

La prenda en cuestión era negra, con capucha y estaba salpicada de lunas y estrellas.

—Debía de ser todo un espectáculo —dije—. En serio; si necesitas ayuda, dímelo. Me encanta revolver entre antigüedades.

A juzgar por lo que había visto hasta ese momento, allí arriba había un montón de sorpresas maravillosas esperando a ser descubiertas.

—Puede que te tome la palabra —contestó Daisy, que se arrodilló en el suelo y abrió la tapa de un baúl metálico de color negro—. Como puedes ver, guardaron de cualquier manera lo que encontraron en la habitación de Joan.

Me senté a su lado con las piernas cruzadas y echamos un vistazo al interior del baúl, que contenía un batiburrillo de libros, cuadernos, papeles sueltos, plumas, un par de tazas, un cepillo de dientes y muchas más cosas. Imaginé a los padres de

Joan destrozados, vaciando cajones y recogiéndolo todo, las reliquias de una vida que, en ausencia de su hija, dejaban de tener importancia. O quizá les diera reparo descubrir algún secreto, como me había pasado esa tarde a mí con las insinuaciones de Persephone sobre mi familia.

—¿Por dónde empezamos? —pregunté, reacia a ponerme a revolver entre las pertenencias de la difunta estudiante.

Daisy sacó un libro y suspiró.

—Por lo que tengas más a mano, supongo. Separémoslo por categorías.

Juntas, vaciamos el baúl y lo apilamos todo a nuestro alrededor. Además de libros de texto, encontramos varios de bolsillo, amarillentos y muy manoseados, casi todos de poesía y literatura.

—¿Hay algo que valga la pena? —preguntó Daisy.

Los estudié con más atención.

—Esta primera edición de Wordsworth es interesante. —Lo busqué en el móvil—. No es que sea una rareza, esos pueden llegar a valer una pasta, pero es probable que ronde los mil dólares. —Hice la conversión—. Unas setecientas u ochocientas libras.

Un libro caro para una estudiante becada, incluso cincuenta años atrás. ¿De dónde lo habría sacado? ¿Lo habría encontrado por sorpresa en el Market Square de Cambridge? ¿O habría sido un regalo, quizá, de un amigo muy generoso?

—¿Podrías darme un precio definitivo? —preguntó Daisy—. Les preguntaré a mis tíos si quieren venderlo. Estoy segura de que no les vendría mal un dinerillo extra.

—Sin problemas. —Dejé el libro a un lado—. ¿Seguimos?

—Venga. —Daisy miró el móvil—. Todavía tenemos un cuarto de hora.

Habíamos quedado con Kieran y Tim en el *pub* para cenar y jugar a los dardos.

Le eché un vistazo a unas fotografías. En una aparecía Joan sentada a su escritorio, con Myrtle a su lado, y ambas sonreían. Otra era de un joven que estaba de pie junto a la fuente del jardín del St. Hildegard's. Alguien había escrito «Gregory» detrás.

—Gregory. ¿No se llama así el marido de Fiona? —pregunté.

Daisy asintió.

—Sí, Gregory Fosdyke. Es diputado, está en la Cámara de los Comunes.

¿Por qué tenía Joan una fotografía suya?

—Cámara de los Comunes. Así que no pertenece a la aristocracia —dije.

El Parlamento estaba compuesto por dos órganos de gobierno, y los miembros de la Cámara de los Comunes eran elegidos por el pueblo, no eran nombrados o designados de manera interna como en el caso de la Cámara de los Lores.

—Es abogado —dijo Daisy mientras hojeaba un cuaderno manuscrito—. Y representante de Cambridge. Es una persona muy respetada.

Dejé las fotos y me puse con las libretas. La mayoría de ellas tenían cubiertas de cartulina y eran de espiral, las típicas que usan los estudiantes, pero había una encuadernada en piel, pesada, cara y muy suave. Se me aceleró el pulso cuando la abrí, intuyendo que esa era especial.

> Primer día de clases, St. Hildegard's, 1964
>
> Sola. En mi propia habitación, sentada a un escritorio con vistas a un jardín espectacular, viviendo algo que jamás hubiera soñado

Dejé de leer al comprender que estaba inmiscuyéndome en algo que no se había escrito para que yo lo leyese.

—Daisy. —Le di un ligero codazo—. Creo que es el diario de Joan.

Lo cogió y lo hojeó. Todas las páginas estaban fechadas y contenían una entrada; a veces, larga, y otras, corta. Por lo que parecía, también había fragmentos de poemas. Las del final estaban en blanco.

Se me erizó el vello de los brazos. ¿Era el último diario de Joan? No me extrañaba que sus padres lo hubieran remetido en el fondo del baúl.

Daisy me lo dejó en el regazo.

—Llévatelo, ¿vale? Por favor. ¿Lo leerás? —Frunció el ceño—. Yo no puedo. Pero igual hay algo, una pista. Nunca hemos sabido por qué, por qué ella... Además, a lo mejor, ¿quién sabe?, quizá haya algo importante sobre Myrtle.

Honrada por la confianza que depositaba en mí, estreché el cuaderno contra el pecho.

—No te preocupes, está en buenas manos.

Igual que los secretos de Joan.

Después de dejar el diario a buen recaudo en la librería, Daisy y yo fuimos al *pub*. La pizarra del caballete de la puerta anunciaba que esa noche había *cottage pie*.

—Ya sé qué me voy a pedir —dijo Daisy—. Susie hace el mejor del mundo.

No estaba muy segura de qué era un *cottage pie*, pero estaba decidida a probarlo. Dentro, Kieran y Tim nos esperaban sentados a una mesa para cuatro. Kieran nos saludó con la mano al vernos y luego se levantó, igual que Tim. Qué educados. Me fijé en que ya nos aguardaban dos cervezas.

—Tostada, ¿no? —preguntó Kieran, que no volvió a sentarse hasta que lo hice yo.

Halagada de que lo recordara, sonreí mientras cogía el vaso.

—Perfecto.

La cerveza inglesa era un poco más amarga y tenía un sabor a lúpulo que había acabado gustándome.

Tim jugueteó con el menú.

—Nosotros pediremos *cottage pie*. ¿Y las señoras?

—Lo mismo —dijimos a la vez, y nos echamos a reír.

Tim se levantó dando unas palmaditas en la mesa.

—Voy a pedir.

—Te acompaño —dijo Daisy—. Tengo que hablar con Susie.

Después de que se fueran a la barra, Kieran y yo estuvimos un buen rato sin decir nada, bebiendo en silencio. Era ridículo, pero me sentía cohibida, como una adolescente. ¿Se debía a que lo encontraba irresistiblemente atractivo? ¿O a que su notoriedad y la familia de la que procedía me intimidaban? «Espabila, Molly —me dije—. No estamos en la Edad Media».

—¿Qué has estado haciendo? —preguntó Kieran al final. Sonrió pesaroso—. Disculpa que te dejara tirada en el mercado.

—No pasa nada. —Me encogí de hombros esperando que pareciera un gesto natural y despreocupado—. El trabajo es lo primero. Como reciente dueña de una librería, lo entiendo a la perfección.

Repasó con el índice el cerco húmedo que había dejado el vaso de cerveza mientras hacía una mueca que recordaba a un puchero.

—Pero yo quería enseñarte el mercado. Y hacer un poco de turismo. ¿Me darás otra oportunidad?

«Te daré mucho más», pensé con atrevimiento, aunque decidí hacerme la dura.

—Claro, encantada.

Cogí mi vaso y bebí un sorbo. Pensé en proponer una fecha, pero me contuve; que fuera él quien diera el primer paso.

Tim y Daisy volvieron a la mesa.

—Han dicho que la cena estará en nada —nos informó Tim. Retiró la silla para que Daisy se sentara; un detalle bonito.

—Me he ofrecido a echarle una mano a Susie con el ágape del funeral —dijo Daisy—. Voy a hacer mariposas. A Myrtle le encantaban.

—Están riquísimas —aseguré—. Esta mañana he probado una cuando Ruth se ha pasado por la tienda. A ella también le chiflan, que lo sepas.

Daisy sonrió, complacida.

—Es bueno saberlo.

—¿Ruth Orforo, la editora? —preguntó Kieran—. Estudió con tu tía, ¿no?

Asentí.

—Ruth era de la cuadrilla, junto con Myrtle, Persephone y Fiona Fosdyke. Todas estaban en el recital.

—Lo recuerdo —dijo Kieran—. Un grupo distinguido de mujeres, desde luego.

—Mi tía también era amiga suya —apuntó Daisy—, pero murió cuando iba a la universidad.

—Cuánto lo siento —dijo Tim compadeciéndose de ella.

Kieran le dio sus condolencias.

La puerta de la cocina se abrió de golpe y Susie apareció llevando en alto dos cazuelitas ovales. Steve la seguía con otras dos.

—Cuidado, que aún queman.

Susie las colocó delante de Daisy y de mí y se apartó para que Steve dejara las suyas y la cesta del pan, que sujetaba en el hueco del brazo. La dueña del *pub* se limpió las manos en el delantal.

—¿Os traigo algo más?

Nos miramos y sacudimos la cabeza.

—Sois muy amables al encargaros del ágape de Myrtle —dije mientras untaba el bollo caliente con mantequilla—. Decidnos si podemos ayudaros en lo que sea.

—Me lo pienso y os aviso —convino Susie—. Si eso es todo...

Asintió con la cabeza y regresó a la cocina con paso decidido.

Steve echó un vistazo a nuestros vasos.

—Llamadme cuando queráis otra cerveza —dijo, pero, en lugar de irse, se quedó mirando el taburete que había ocupado Myrtle la última vez—. Esa mujer era un incordio, ¿sabéis?, pero ahora que no está, hasta la echo de menos.

Kieran jugueteó con el tenedor.

—Como todos, amigo. Era una vecina más. —Torció el gesto—. Aunque de vez en cuando intentara sacarle dinero a la gente.

Steve se echó hacia atrás, boquiabierto. ¿Estaría pensando en la visita secreta a la casa de apuestas?

—Yo de eso no sé nada —balbució al final.

Un grupo de personas sentadas en la barra se volvieron hacia él con el vaso vacío en la mano y Steve aprovechó la oportunidad para escapar.

—Será mejor que vaya a servir a la masa enfurecida. Que aproveche.

—No pareces sorprendida —me dijo Tim un poco después—. ¿Te lo ha contado Kieran?

—Sí. Me he quedado de piedra.

A Daisy tampoco parecía haberle desconcertado el comentario sobre los tejemanejes de Myrtle, así que también debía de estar al tanto. Kieran y Tim nos miraban, sin comer, hasta que comprendí que estaban esperando a que empezáramos nosotras. Cogí el tenedor y lo hundí en la gruesa y tostada capa de puré de patatas y queso. Un aroma delicioso se alzó hasta mi nariz y empecé a salivar.

Durante unos minutos, solo se oyeron el tintineo de los cubiertos y nuestros murmullos complacidos. El *cottage pie* era lo que en Estados Unidos llamaban *shepherd's pie,* un pastel de carne picada de ternera, maíz y, en este caso, guisantes, bajo la capa de puré de patata gratinado. Luego, me enteré de que en Inglaterra siempre se hacía con cordero.

—Myrtle también lo intentó con más gente —dijo Tim alargando la mano hacia su cerveza. Bebió un largo trago y prosiguió—. Clive Marlowe, por ejemplo. Más de una vez vi que le deslizaba un fajo de billetes.

—Puede que le diera pena —apuntó Daisy—. Myrtle solía pasarse por la cafetería para preguntar si sobraba algo del día anterior.

Se me escapó un resoplido burlón que hizo que los tres me miraran.

—Perdón, pero Myrtle no estaba a verlas venir, precisamente. —Preferí obviar que habíamos estado en su piso, así que añadí—: Según George, su casero, tenía todo tipo de electrodomésticos de alta gama y obras de arte.

—No me extraña —dijo Kieran—. Costaba tragarse ese cuento de «pobrecita de mí». Para empezar, llevaba zapatos de piel italianos hechos a medida.

No me había fijado en ese detalle, pero su observación puso de relieve que él procedía de un mundo distinto, uno donde la gente llevaba zapatos hechos a medida.

—Hablando de Clive. —Tim le hizo una seña a Ollie, el jugador de dardos, que se encaminaba a la barra—. Conozco a alguien que sabe algo.

Interesante. Me pregunté cuál sería la relación con mi primo.

Ollie cambió de rumbo hasta nuestra mesa y cogió una silla vacía, a la que le dio la vuelta.

—¿Qué hay, colega? —Enarcó las cejas cuando nuestras miradas se cruzaron—. Vermont. Veo que has vuelto para machacarnos.

Flexioné los dedos riendo.

—Puede. No siempre gano, como ya sabes.

Le lancé a Kieran una sonrisa maliciosa. Ollie no pareció muy convencido y se volvió hacia Tim, quien dijo:

—Quería preguntarte sobre Clive Marlowe y sus trapicheos.

Tim se frotó los dedos haciendo el gesto universal del dinero.

—Clive, ya. Tengo un amigo que trabajaba para él. —Me miró de nuevo—. Pero no quiero meter la pata. Sois parientes, ¿no?

—No pasa nada —lo tranquilicé—. Pretende venderle la librería a Best Books, así que no puede decirse que le tenga un gran aprecio. El día que llegamos mi madre y yo, había un grupito de esta cadena en la tienda, echándole un vistazo.

Mis compañeros de mesa exclamaron sorprendidos y escandalizados. Kieran hizo una cruz con los dedos, como si se protegiera del mal.

—Por favor, no. Es que no tienen nada que ver.

—Bueno, estamos haciendo todo lo posible para impedirlo —aseguré—. Por desgracia, tía Violet le debe dinero a Clive, y él lo utiliza para presionarla. Queremos saldar la deuda lo antes posible.

Daisy me apuntó con el tenedor.

—Ahora sí que voy a promocionar la librería de verdad. Va a reventar de clientes.

—Y nosotros —dijo Tim—. ¿Verdad, Kieran?

Kieran asintió y contestó que por supuesto.

Me emocionó esa demostración de apoyo incondicional.

—Muchísimas gracias. —Me volví hacia Ollie y sonreí—. Venga, escúpelo.

Ollie descansó la barbilla en los brazos, que tenía apoyados en el respaldo de la silla, delante de él.

—Clive es de los que tocan todos los palos. Siempre tiene algún proyecto en marcha: reforma pisos por aquí, moderniza tiendas por allá, esa clase de cosas. Pero, según mi amigo, que es jefe de una cuadrilla de albañiles, no es un tipo de fiar. —Frunció el ceño—. Sobornos, favores, de todo. —Se llevó un dedo a los labios—. Y no puedo decir nada más.

Tim había visto a Clive dándole dinero a Myrtle, cosa que encajaba con lo que Ollie acababa de contarnos. ¿Myrtle se habría enterado de sus trapicheos? ¿Por eso Clive había ido a su piso la otra noche, para pagarle? Una idea más siniestra pasó por mi cabeza. O quizá fuera para borrar sus huellas.

—Gracias por la información —le dije a Ollie—. Desde luego, ahora veo a mi primo de otra manera.

Pensándolo bien, ¿quién necesitaba enemigos con parientes como Clive? Sentí un vacío en el estómago. ¿Sería eso lo que le pasaba a mi madre con su familia más cercana? ¿Le habrían hecho algo imperdonable? Dejé el tenedor, incapaz de seguir comiendo.

—¿Ya está? —Ollie se levantó de la silla al ver que Tim asentía—. Pues será mejor que vaya tirando. Nos vemos de aquí a un rato.

Se abrió paso hasta la barra, donde pidió una cerveza y se rio de algo con Steve.

—Espero que haya sido de ayuda —me dijo Kieran. Debí de poner cara rara porque vi la preocupación en su mirada—. ¿Estás bien? ¿Ha dicho algo que te ha molestado?

Agité una mano.

—No pasa nada. Aún estoy asimilado la información, eso es todo. —Forcé una sonrisa y pregunté—: ¿Quién quiere que lo machaque, como ha dicho Ollie?

Sin embargo, al final no estuve muy acertada a los dardos. Tenía la cabeza en otra parte; no dejaba de darle vueltas al asesinato de Myrtle, a los posibles sospechosos y al misterio de la familia de mi madre. Estaba alejada de la calma y la atención que se necesitan para lanzar como es debido.

Me había quedado sola en un rincón, bebiendo cerveza y viendo cómo se desarrollaba el juego, cuando Kieran se acercó.

—Reconócelo —dijo con una sonrisa—. Forma parte de tu estrategia.

—¿A qué te refieres?

No pude evitar devolverle la sonrisa. Tener a Kieran cerca producía ese efecto en mí; de pronto, me sentía llena de vida.

Dejó su cerveza en la mesa alta que había al lado.

—Quieres hacernos creer que has perdido tu toque antes de volver al juego y, ¡zas!, dejarnos con tres palmos de narices.

Se me escapó una risita.

—Sí, es eso. ¿Cómo lo has sabido?

Nuestros hombros casi se tocaron cuando se acercó y noté que saltaban chispas entre nosotros. ¿O solo era cosa mía? Es decir, quizá estuviera imaginándomelo todo.

—Lo de antes iba en serio —dijo con voz grave, íntima—. Haré todo lo que pueda para ayudar a descubrir quién mató a Myrtle. No sé cómo alguien puede pensar que lo hizo tu tía, es absurdo. —Se acercó un poco más—. Me salvó la vida cuando abrí la tienda, ¿sabes?

Me volví hacia él y mi cara quedó a escasos centímetros de la suya. Nuestras miradas coincidieron y se me hizo un nudo en la garganta que prácticamente me impidió articular palabra.

—Ah, ¿sí?

Menudo piquito de oro.

Él apartó los ojos y los clavó en la mesa.

—No fue nada fácil montar el negocio y lograr que arrancara. Hubo momentos en que estuve a punto de tirar la toalla y de volver a casa con el rabo entre las piernas, pero ella me preparaba un té y me animaba a seguir adelante. Y también enviaba a sus clientes a la tienda para que alquilaran bicis. —Soltó una risita—. A veces, tenía la sensación de que prácticamente los obligaba.

La querida tía Violet.

—No me extrañaría.

Un grito junto a la diana llamó nuestra atención. Tim y Ollie estaban a punto de terminar una partida reñida rodeados de espectadores que los animaban o se lamentaban, según tocara.

—Molly —dijo Kieran con voz vacilante—. Me preguntaba si tú... O sea, a lo mejor...

Antes de que acabara de soltarlo, Tim encajó tres dardos en la diana y Ollie pateó el suelo en broma, con gesto de derrota.

—¡Te toca, Kieran! —lo llamó al tiempo que fingía que tiraba los dardos—. A ver si tú puedes con ese tipo.

Un poco desconcertado, Kieran me sonrió con pesar.

—Parece que me reclaman. ¿Hablamos luego?

Recuperó su cerveza y volvió junto a sus amigos con una respuesta que los hizo estallar en carcajadas.

¿Por qué tenía la clara sensación de que había estado a punto de pedirme una cita? Mientras lo veía enderezar la espalda para el primer lanzamiento de dardos, me di cuenta de otra cosa: Kieran Scott, hijo de aristócratas, se había puesto nervioso. Me retiré el pelo hacia atrás mientras se me escapaba la risa. Vaya, vaya. Interesante.

—¿Qué tal? —Daisy se paseó hasta mi mesa con una cerveza en la mano—. Kieran y tú parecíais muy amiguitos. —Tenía un brillo travieso en la mirada.

Le hice una seña con el dedo para que se acercara un poco más. Apoyamos los codos en la mesa y juntamos las cabezas.

—¿Es muy descabellado pensar que igual le gusto?

Todos los que tenemos una edad sabemos lo fácil que es malinterpretar las señales. Y que hay quien se divierte jugando con los demás. Por lo que había visto, Kieran tonteaba con cualquiera que se le pusiera a tiro.

—¿Te refieres a gustarle, gustarle? —Daisy asintió—. Ajá. —Lazó una mirada fugaz a Kieran y a Tim, que estaban junto a las dianas—. Está coladito. Hasta las trancas.

«¿En serio?». Me invadió una sensación cálida y reconfortante.

—Pero ¿por qué yo? Es decir, tengo un pase, vale, pero él ha salido con supermodelos. Y con futuras princesas.

Se me escapó una carcajada al pensar en lo surrealista que era que, hoy en día, aún existiera la realeza. Aunque las bodas eran espectaculares.

Daisy me miró por encima del borde de su vaso.

—Porque sus padres lo obligaban. Es un tío como cualquier otro. Trátalo como a una persona normal y será tuyo para siempre.

Ojalá tuviera razón. Bueno, salvo en lo de «para siempre». Esas cosas es que ni me las planteaba.

—¿Y qué tal para una cita o dos? Tampoco nos pasemos.

Me miró con ojos traviesos.

—No, mejor no. —Se quedó callada un momento—. Cambiando de tema: Tim me ha pedido salir. —Suspiró exageradamente—. Por fin.

—Quiero saberlo todo —dije con sinceridad. Hacía mucho tiempo que no tenía una amiga con la que hablar de relaciones sentimentales. Había olvidado lo divertido que era.

CAPÍTULO ONCE

—Buenas noches —me despedí de los demás a la salida del *pub,* un poco después. Daisy se dirigió a la cafetería; Kieran, a su tienda, y Tim, que vivía a pocas calles de allí, se fue en su bici.

Una figura pequeña y negra salió disparada del callejón de la librería y vino a mi encuentro en mitad de la calle.

—Puck, qué cosa tan bonita que eres.

Me agaché para cogerlo y hundí la cara en su suave pelaje. Por encima de las chimeneas, una luna creciente surcaba el firmamento mientras paseábamos sin prisa sobre adoquines que aún conservaban el calor del día. Incluso de noche, vivir en Magpie Lane era como hacerlo en un clásico de la literatura infantil. *Mary Poppins. El jardín secreto. El viento en los sauces,* con Rata y Topo «haciendo el tonto en las barcas». Después de ver las bateas en el Cam, yo también quería hacer el tonto en una barca.

Un cubo de basura volcó en el callejón y la tapa salió rodando y cayó al suelo con estrépito.

—Por todos los demonios —masculló una voz masculina.

Arrancada de mi amable mundo de fantasía, aterricé con dureza en una novela de suspense.

—¿Quién anda ahí? George, ¿eres tú?

Maldecía como George, de eso no cabía duda.

No hubo respuesta, pero una figura oscura se apartó de las sombras y oí unos pasos, lentos al principio, pero quien fuera echó a correr enseguida.

¿Otra vez? Ni hablar. Abrí la tienda a toda prisa, hice entrar a Puck para ponerlo a salvo y salí tras el hombre.

—¡Pare! —grité—. ¡He dicho que pare!

Me faltaba el aliento cuando llegué a la boca del callejón, donde por poco no tropiezo con la tapa del cubo de basura. La aparté de una patada y continué.

El hombre era rápido, como la persona a la que Kieran había perseguido la noche de la muerte de Myrtle. ¿Sería el asesino, que había vuelto al escenario del crimen? ¿Por qué no se mantenía alejado del lugar?

Llegué a la intersección con el callejón trasero y me detuve para ver si había ido por la derecha o por la izquierda, pero entonces oí que unos pasos se alejaban hacia Ivy Close. ¿Sería un inquilino de George que volvía a casa por un atajo? Pero ¿por qué no había dicho nada cuando lo había llamado?

—¡Que pare! —volví a gritar—. Menudo valiente, merodeando entre las sombras para asustar a las mujeres.

Mi voz resonó en el cañón que formaban los edificios que me rodeaban. De pronto, me di cuenta de lo silenciosa que era esa calle. Y lo vacía que estaba.

Mi rabia se desvaneció al tiempo que se me ponían los pelos de punta. ¿Qué estaba haciendo allí sola? ¿Perseguir a un posible asesino? ¿Y si me esperaba escondido en alguna parte?

Me estremecí de arriba abajo, muerta de miedo, y eché a correr de nuevo, esta vez de vuelta a casa.

Con las prisas, había olvidado cerrar la puerta con llave. Qué descuido. Estaba a punto de entrar en tromba, ansiosa por sentirme a salvo, cuando me percaté de que había una nota pegada en la ventanilla oval. Sin detenerme a leerla, la arranqué, me la llevé dentro, eché la llave y me aseguré de que la puerta hubiera quedado bien cerrada.

Puck se frotó contra mis tobillos, maullando.

—Espera un segundo, enseguida te doy de comer.

Primero quería ver qué decía la nota y, en la tenue penumbra de la tienda, leí: «Lo siento. C.». Le di la vuelta, pero eso era todo.

«¿C?». La primera persona que se me pasó por la cabeza fue Clive. ¿Había cambiado de opinión respecto a su intención encubierta de vender la librería? ¿O estaba confesando el asesinato de Myrtle?

Puck insistió, esta vez con el maullido lastimero con el que exigía atención, y me apresuré a ir a la cocina, con la nota aún en la mano. Él salió disparado y me adelantó.

El papel acabó en la mesa y, tratando de no hacer ruido, puse unas cuantas bolitas de pienso en su plato y llené un vaso de agua para llevármelo a mi cuarto. Clarence estaba arriba con tía Violet, pero también puse pienso en el suyo.

—Molly, ya has llegado.

Mi madre estaba en la puerta de la cocina, envuelta en un albornoz y con el pelo aún húmedo de la ducha.

—Espero no haber armado mucho jaleo —dije antes de beber un trago de agua—. He intentado ser silenciosa.

Bueno, salvo por los gritos de fuera. Pero las paredes de aquella casa centenaria eran gruesas.

—No, no he oído nada. —Mi madre se ahuecó el pelo mientras entraba en la cocina—. ¿Quieres un cacao? Yo voy a hacerme uno y me lo llevo a la cama con un buen libro.

—Perfecto, me apetece muchísimo. —El cacao era una de nuestras bebidas favoritas cuando queríamos darnos un capricho, y nos divertíamos probándolo cada vez con algo distinto. La menta y el licor de cacao eran dos de mis añadiduras preferidas—. Será el primero que nos tomamos aquí, en Inglaterra.

Había visto una botella de aguardiente en el armario y fui a buscarla.

—En Sainsbury's tenían una marca ecológica y de comercio justo. ¿Qué es esto? —Mi madre miraba la nota que había encima de la mesa—. ¿De dónde ha salido?

Me reuní con ella junto a la mesa, con la botella en la mano.

—Estaba pegada en la puerta. Pensé que a lo mejor la había dejado Clive.

Mi madre se dejó caer en una silla. De pronto, se había quedado blanca. Cogió la nota con dedos temblorosos.

—¿Qué pasa, mamá? —pregunté preocupada—. ¿Qué ocurre?

Apoyó la cabeza en la mano.

—No estaba preparada para esto.

Separé una silla y me senté.

—Dime qué pasa, por favor. Estás asustándome.

Mi tono de voz debió de abrirse paso a través de su angustia, porque mi madre alargó la mano y me dio unas palmaditas en el brazo.

—Lo siento, Molly. He tratado de reunir el valor para contártelo, pero mi hermano se me ha adelantado. —Señaló la nota—. Reconocería esa letra en cualquier parte. Además, siempre firma con una ce porque toda la vida se han burlado de su nombre: Christopher Marlowe.

Christopher Marlowe había sido un dramaturgo, contemporáneo de Shakespeare.

—¿«Mi hermano»? —Tardé un momento en asimilar lo que eso implicaba—. ¿Quieres decir que tengo un... tío?

Esbozó una débil sonrisa.

—Y una tía. Janice. Y también un primo. Charlie tiene más o menos tu edad. Trabaja en el negocio familiar de las cubiertas vegetales, con su padre. Los Marlowe llevan dedicándose al techado con paja casi tantos años como tiene esta librería.

—¿También tengo un primo? —Alcé las manos al tiempo que me echaba hacia atrás—. ¿Y por qué nunca he sabido nada de ellos?

Dominada por una ansiedad que me impedía continuar sentada, me levanté, me acerqué a los armarios y empecé a abrirlos y cerrarlos al tuntún buscando el cacao. Mi madre me había ocultado la existencia de esos parientes toda la vida. Bueno, salvo por los susurros que me llegaban de alguna conversación oída a escondidas y que no entendía. Me di la vuelta.

—Papá lo sabía, ¿verdad?

Mi madre estudiaba la nota mientras pasaba el dedo sobre las palabras.

—Claro. —Torció el gesto, llena de dolor—. Él fue el..., eeeh..., «incidente desencadenante», como suele decirse en literatura. —Se levantó de la silla—. Siéntate, por favor, ya preparo yo el cacao mientras te lo explico.

Mi madre y yo compartíamos el hábito de no poder estarnos quietas cuando nos enfrentábamos a situaciones o a conversaciones difíciles.

Incapaz de encontrar el cacao, que al final estaba en la encimera, le hice caso. Puck se acercó y se encaramó a mi regazo. Pareció darle igual que empezara a acariciarlo de manera compulsiva. Sentí que el estómago se me encogía de angustia mientras esperaba su explicación. Mi padre era hijo único, de modo que no tenía primos ni tíos en Estados Unidos. Cuánto había echado en falta una larga sobremesa navideña rodeada del afecto de tus parientes o el respaldo de una familia extensa con la que siempre podías contar.

—No sé por dónde empezar —dijo mi madre riendo con sequedad mientras sacaba la botella de leche de la nevera—. Llevo años tratando de olvidarlo, de olvidarlos. —Un cajón traqueteó cuando lo abrió de un tirón—. Pero puede que la nota de Chris sea una buena señal. Quizá lo sienta de veras.

Sacó un vaso medidor y lo llenó de leche.

—¿Qué te hizo? —pregunté con voz estrangulada. Empecé a darle vueltas en la cabeza a las posibilidades, que parecían acechar burlonas entre las sombras.

Mi madre se volvió hacia mí de inmediato.

—Nadie me puso nunca un dedo encima, si te refieres a eso, pero la dinámica familiar distaba mucho de ser sana. El caso es que Chris era el favorito. Y yo, la que nadie quería.

Se me partió el corazón.

—No, mamá, ¿cómo va a ser así?

Pero asintió, reafirmándose en sus palabras.

—¿Sabes esos cuentos en que un niño es sustituido por otro? ¿Esos en que las hadas se llevan al niño de la cuna y dejan a otro en su lugar? Mi madre me decía que yo era uno de esos, un duendecillo enviado para amargarle la existencia.

Ahogué un grito, incrédula.

—Mamá, qué horror.

Se encogió de hombros.

—Con los años, he comprendido que mi madre no estaba bien de la cabeza. Y yo tampoco fui una niña fácil: espabilada, curiosa y poco dada a dar mi brazo a torcer. Pero casarme con tu padre y tenerte a ti curó muchas heridas. —Se sonrojó ligeramente—. He conocido el amor. Soy muy afortunada.

—¿Y qué pasa con tu hermano? ¿Él también creía que eras uno de esos niños?

Mis abuelos habían muerto, pero aún podía volcar mi resentimiento en alguien. ¿Tío Chris era el hombre que acechaba fuera? ¿Tanto miedo le daba hablar con su hermana que había preferido dejar una nota? Quizá fuera a un posible distanciamiento entre mi madre y mis abuelos a lo que Persephone había hecho alusión esa mañana en el St. Hildegard's.

—Chris aceptó el papel de favorito, estaba encantado con la situación. —Mi madre disolvió unas cucharadas de cacao en un poco de leche—. Y cuando se casó con Janice... En fin, aquello ya no hubo quien lo cambiara. Janice no es la persona más agradable del mundo, dejémoslo ahí. De manera que después de conocer a tu padre e irnos a Estados Unidos, puede decirse que corté toda relación con ellos. —Se dio unos golpecitos en la cabeza—. Era imprescindible para mi salud mental.

—Ya veo. —Me asaltó una nueva preocupación—. Y volver te ha removido cosas, ¿verdad?

Ahora entendía la magnitud de su sacrificio al mudarnos a Cambridge. El peligro de reabrir viejas heridas.

—Estoy bien. —Midió el azúcar y lo añadió al cazo—. He estado sopesando si ponerme en contacto con Chris o no, pero parece que él lo ha decidido por mí.

Me quedé mirando la nota, tentada de arrugarla y tirarla a la basura.

—No tienes por qué hacer nada. Ignórala.

Mi madre cogió unas varillas de la vasija de barro y empezó a remover la mezcla.

—Puede que lo haga. Tengo que darle alguna vuelta más.

—Igual tío Chris era el hombre al que he perseguido esta noche.

Puck maulló débilmente, como si le molestara que comentase mi acto impulsivo. Si era mi tío, ¿qué debía de pensar de la chalada de su sobrina?

Mi madre dejó de remover.

—¿El hombre al que has perseguido? ¿De qué estás hablando?

Me eché a reír.

—Por eso te he preguntado si me habías oído. Había un hombre merodeando en el callejón. Como cuando encontramos a Myrtle. Le he gritado y ha salido corriendo, y yo, como una idiota, lo he seguido. —Sacudí la cabeza. ¿En qué estaba pensando?—. He encontrado la nota después de recuperar la cordura y volver corriendo a la tienda.

Mi madre se puso a remover de nuevo.

—Pues tiene pinta de que era él; pero no vuelvas a hacerlo, salvo que quieras acabar con mis nervios.

—Yo también los tengo a flor de piel.

Pensando en el último par de días, caí en la cuenta de que mi madre y yo apenas habíamos hablado de lo ocupadas que habíamos estado, dedicándonos a tareas que nos habían impedido compartir tiempo juntas.

—¿Quieres que te ponga al día sobre lo del asesinato?

Mi madre abrazó el tema con interés y, como yo esperaba, hizo que olvidara un poco sus cuitas familiares. Mientras nos tomábamos el cacao, le conté lo que había averiguado hasta el momento, incluyendo lo que Ollie nos había revelado sobre Clive.

—Como pensábamos —concluí—, hay muchas personas que tenían motivos para matar a Myrtle. Quiso chantajear a Kieran, aunque sin éxito. Ya lo había intentado con Ruth hacía años, así que puede que volviera a la carga. Y hay indicios de que chantajeaba a Steve, el del *pub,* además de a Clive. Por otro lado, me gustaría saber algo más sobre sus otras amigas, Persephone y Fiona. Persephone me ha dicho que no conocía a Myrtle muy bien. Pero, no sé, podría estar mintiendo.

Me mordí el labio y me guardé las insinuaciones de la poeta sobre nuestra familia. ¿Qué ganaba contándoselo a mi madre?

—Supongo que todo el mundo dirá lo mismo —opinó mi madre—. ¿O no lo harías tú?

—Sinceramente, sí —me reí—. En cualquier caso, hay que volver al piso de Myrtle y buscar bien. Con un poco suerte, puede que llevara algún registro o guardara otra información sobre sus víctimas.

—¿Además del árbol genealógico que incriminaba a tía Violet? —apuntó mi madre con una sonrisa apenada—. De verdad, espero que el inspector Ryan abandone esa línea de investigación. —La mirada se le encendió al mencionar su nombre—. Y, si no lo hace, tendremos unas palabras.

—Todo tuyo, mamá.

Es evidente de dónde he sacado mi temperamento.

—Ah, por cierto —prosiguió mi madre—, George se ha pasado por aquí esta noche. Ya se puede entrar en el piso de Myrtle a partir de mañana. La policía ha quitado el precinto. Otra vez.

—Bien. No veo la hora de volver.

Había sido frustrante tener que posponer la búsqueda tras descubrir que habían dejado la casa patas arriba. Esperaba que el intruso no se hubiera llevado las pruebas que necesitábamos.

Mi madre suspiró.

—Qué ganas de que el caso quede cerrado, como dicen en la tele—. Se inclinó hacia delante—. Hablando de otra cosa, ¿qué tal esta noche? Me alegro mucho de que hayas encontrado gente de tu edad con la que salir.

Mientras nos acabábamos el cacao caliente, le conté lo más destacable y, luego, saciadas, relajadas y listas, nos fuimos a la cama. Antes de subir, cogí el diario de Joan y dejé el libro de Wordsworth para que tía Violet le echara un vistazo por la mañana. En el caso de que Daisy y su familia quisieran venderlo, había pensado en subirlo a las redes sociales, como un favor.

Subí y me metí en la cama con Puck y el diario encuadernado en piel después de lavarme los dientes y ponerme el camisón. Una suave y agradable brisa nocturna se colaba por la ventana, abierta apenas un resquicio, acompañada del rumor lejano del tráfico. Cambridge, como la mayoría de las ciudades, nunca dormía, pero todo estaba tranquilo en nuestro pequeño oasis.

Acaricié la suave cubierta de cuero sintiéndome extrañamente reacia a empezar su lectura. Ese cuaderno recogía los sueños y los pensamientos privados de una joven, que los había escrito confiando en que solo los leería ella.

La posibilidad de que contuviera algo que arrojara luz sobre el asesinato de Myrtle fue lo único que me decidió a abrirlo.

Diario de Joan Watson

Primer día de clases, St. Hildegard's, 1964

Sola. En mi propia habitación, sentada a un escritorio con vistas a un jardín espectacular, viviendo algo que jamás hubiera soñado, y soy incapaz de escribir ni una maldita palabra. Ni una.

Hay mucho silencio. Demasiado. No puedo creer que esté diciendo esto, pero echo de menos los pisotones en la escalera y a los gemelos gritándose. A mi madre anunciando a voz en cuello que la cena está en la mesa y que va a enfriarse. A mi padre llamando a Sally, nuestra perra pastora, con un silbido para salir a echar un vistazo al rebaño antes de irse a la cama. Y al pequeño y querido Hazelhurst. Qué ganas tengo de ir a verte.

Quizá sea el peso de las expectativas lo que me asfixia. Una cosa es sentirse intimidada e inspirada por los grandes que me precedieron y otra darte de bruces contra su superioridad a cada instante. La suya y la de las demás alumnas, con sus acentos de colegio privado y sus sonrisitas de suficiencia.

Pero de noche todos los gatos son pardos, ¿no?, como solía decir mi abuela. Y esta pequeña gata de granja va a hacer cuanto pueda por destacar. Mucha gente tiene fe en mí y no pienso decepcionarla.

Alguien llama a la puerta. Será mejor que vaya a abrir.

(Más tarde). No me puedo creer lo que acaba de ocurrir. Persephone Brightwell, la del linaje literario ilustre, me ha invitado a una reunión distendida. Bueno, solo éramos seis chicas bebiendo jerez en su habitación, pero al final me lo he pasado de maravilla. Déjame que te hable del reparto:

Persephone: ya es nuestra abeja reina, elegante, graciosa, encantadora, un poco esnob. También es poeta y, por si fuera poco, su padre es famoso.

Fiona: una chica chapada a la antigua, de las que normalmente me abruman con su efusividad y su actitud avasalladora, aunque en el fondo es un cacho de pan.

Violet: ay, la querida Violet. Un ratón de biblioteca, buena persona y muy inteligente. Su familia es dueña de la legendaria librería Thomas Marlowe. Y, a juzgar por las risitas de las demás, su hermano también es legendario.

Ruth: ambición y determinación envueltas de dulzura, esa es nuestra Ruth. También es la monda, aunque muy discreta.

Myrtle: ah. Odio reconocerlo, pero no he congeniado con Myrtle. Es una pelota, y creo que P solo la ha invitado porque vive en mi planta y resulta que estaba en el pasillo cuando nos íbamos. Siempre está pendiente de todo, como si quisiera sorprenderte en un renuncio. No me fío de ella.

Así que Joan no confiaba en Myrtle. Y pensaba que Persephone era condescendiente, cosa que no había cambiado a juzgar por cómo me había tratado ese día. Qué observadora que era Joan. La caracterización de sus amigas me había encantado, me había permitido verlas tal como eran: un grupo de jóvenes sobresalientes con un futuro brillante por delante.

Cerré el diario y lo dejé en la mesita de noche con cuidado, junto a A. A. Milne. Joan ya me había ofrecido suficiente en lo que pensar esa noche.

CAPÍTULO DOCE

A la mañana siguiente, recibimos una visita inesperada: sir Jon y dos agentes de policía. Yo me encontraba delante de la cocina AGA cuando llegaron, preparando lo que mi madre llamaba «mi famosa tostada francesa»: rebanadas gruesas de pan blanco casero mojadas en huevo batido sazonado con nuez moscada y vainilla y fritas en mantequilla.

—Tú sigue, Molly —dijo tía Violet con cara de fastidio ante la intromisión—. ¿Les apetece un té? ¿O prefieren que envíe a Nina a por unos cafés? —preguntó aun así a los invitados, sin olvidar sus buenos modales.

El inspector Ryan dejó en la mesa la tableta y la carpeta que llevaba antes de quitarse el abrigo, que colgó en el respaldo de una silla.

—Un té, gracias. ¿Y usted, subinspectora Adhikari?

—Un té está bien, gracias —contestó su compañera uniformada, una mujer de aspecto cuidado, ojos y pelo negros como el carbón y piel suave y bronceada. Ella también llevaba una tableta.

—No me vendría mal otra taza —dijo sir Jon frotándose las manos—. Esta mañana hace un poco de fresco.

—Se supone que las temperaturas subirán a lo largo del día —apuntó Ryan, que se estremeció ligeramente—. Esperemos.

Cuando puse el cazo a hervir en el fogón, vi que me temblaban las manos y las cerré en un puño con la esperanza de detener el temblor. ¿Qué hacía allí la policía tan temprano? ¿Iban a detener a tía Violet? Aunque, si así fuera, ¿se tomarían un té primero? Tal vez en Inglaterra sí. El té parecía acompañar cualquier ocasión.

Le di la vuelta a las rebanadas a toda prisa, justo antes de que las tostadas se quemaran. Tía Violet se acercó para sacar la tetera y las tazas del armario y aproveché para darle un achuchón rápido y disimulado.

—Todo irá bien —le susurré, aunque sin el menor convencimiento en lo que decía.

Asintió.

—Claro. Sobre todo teniendo aquí a mi abogado. —Me sonrió con los labios apretados—. Sir Jon.

¿Había algo que ese hombre no supiera hacer? El sistema legal británico era ligeramente distinto del estadounidense. En el Reino Unido, había dos tipos de abogados: unos representaban a sus clientes en los tribunales superiores, mientras que los otros solo en los inferiores. Estos últimos, además, desempeñaban funciones de asesoría y notariado. Qué suerte que sir Jon, que pertenecía a los primeros, se hubiera pasado por allí esa mañana.

Coloqué la tostada francesa en una fuente.

—¿Quién quiere una? —pregunté en general recuperando mis modales—. Tenemos jarabe de arce de verdad.

Habíamos traído una garrafita porque aquí era muy caro. En Inglaterra no tenían arces azucareros como en Nueva Inglaterra.

La subinspectora Adhikari parecía que iba a aceptar la invitación, pero puso cara larga cuando el inspector Ryan dijo:

—Nosotros no, gracias. Pero, por favor, desayunen ustedes.

—Yo un par, Molly —pidió sir Jon con ojos brillantes—. Me has ganado con lo del jarabe de arce.

—Ojalá hubiera sabido que era así de fácil —bromeó tía Violet. Metió las bolsitas de té en la tetera y añadió el agua hirviendo.

Sus idas y venidas para servir el té ocuparon los siguientes minutos. Le di a sir Jon las dos primeras rebanadas de pan doradas, mojé dos más en el huevo batido y las puse en la sartén. Se me había quitado el hambre, pero así al menos tenía algo que hacer.

Mi madre bajó y se asomó a la cocina.

—Ah, no sabía que teníamos invitados —dijo. Parecía descansada y la falda ajustada de lino y la blusa sin mangas le sentaban muy bien, algo de lo que pareció percatarse el inspector Ryan. No vi que llevara alianza, pero eso no significaba que no estuviera comprometido.

«A ver, Molly, tranquila. Seguramente está aquí porque cree que tu tía es una asesina».

—Nina, siéntate, por favor —dijo tía Violet indicándole una silla vacía—. El interrogatorio todavía no ha empezado.

—Vale. —Mi madre no parecía muy convencida, pero se sentó frente a los policías. Sir Jon se encontraba en una punta de la mesa y tía Violet en la otra.

Señalé la sartén; luego, el plato de sir Jon, en el que ya apenas quedaba nada, y enarqué las cejas a modo de pregunta. Mi madre asintió y sonrió. Bien. La siguiente tanda era para ella.

—Gracias por el té, señorita Marlowe —dijo el inspector Ryan en un tono extrañamente formal—. Tenemos que hacerle unas preguntas, ¿hay algún lugar donde podamos hablar?

—Aquí mismo está bien. —Tía Violet apretó la mandíbula. Cogió la taza con las dos manos y bebió.

El inspector Ryan frunció el ceño.

—No sé...

Tía Violet dejó la taza de golpe.

—Sir Jon es mi abogado. —Sir Jon enarcó las cejas, pero no puso ninguna objeción y continuó engullendo su tostada francesa—. Y Molly y Nina son familia. No tengo secretos para ellas. Así que, salvo que vaya a detenerme...

Ryan miró a su compañera de reojo.

—Eh, no, no vamos a detenerla. —Cambió de postura en la silla, incómodo—. Procedamos, entonces. —Se tomó un momento para ordenar las ideas y prosiguió—: Se trata del árbol genealógico que encontramos en el piso de Myrtle.

La subinspectora apartó su té y empezó a tomar notas en la tableta.

—¿Y bien? —Tía Violet no parecía preocupada, pero, desde donde estaba, vi lo tensos que tenía los hombros.

El inspector Ryan dio unos golpecitos en la mesa con un dedo.

—Según ese árbol, el antepasado directo de Myrtle, Thomas Marlowe, era el primogénito de la familia. ¿Por qué la librería no pasó a su linaje, del que descendía Myrtle?

—Porque había un testamento —contestó tía Violet—. Y, en ese documento, se legaba la propiedad a mi antepasado directo, Samuel.

Sir Jon se limpió los labios con una servilleta y, luego, alzó una mano.

—Si me permiten. —Antes de proseguir, esperó un momento hasta estar seguro de que tenía la atención de todos—. La ley de sucesiones de 1540 permitió que los propietarios designaran a sus herederos en lugar de que la propiedad pasara de manera automática al primogénito varón. Un testamento invalidaría la reclamación de Thomas y de cualquiera de sus descendientes.

Ryan lo pensó un momento.

—¿Podemos ver una copia de ese testamento?

Tía Violet, que se había relajado ligeramente, de pronto se sentó más tiesa que un palo.

—Lo siento, pero el testamento se extravió —contestó con cierta sorna—. Estamos hablando sobre un documento que debe de tener trescientos años, inspector. ¿Conserva usted documentos familiares tan antiguos?

El inspector forzó una sonrisa.

—Mis antepasados eran campesinos irlandeses que vivían en una casa arrendada. —Adhikari le dio un codazo—. Pero eso no viene al caso. Lo que ahora nos ocupa es que la difunta Myrtle Marsh pretendía llevarla a juicio e impugnar la propiedad.

De lo que se extraía tácitamente que tía Violet quizá la matara para evitarlo.

Sir Jon abrió la boca para intervenir, pero la cerró de inmediato y sacó el móvil para buscar algo.

—Pero no lo hizo. —Tía Violet se colocó bien las gafas, como si quisiera ver mejor lo que planteaba el inspector—. Y a mí nunca me lo mencionó. Por lo tanto, ¿su teoría no es mera especulación?

Ryan frunció el ceño mientras abría la carpeta.

—¿Nunca se puso en contacto con usted por *e-mail*?

Tía Violet negó con la cabeza.

—No. Al menos eso creo. A no ser que fuera directo a la carpeta de correo no deseado.

Tía Violet no era una gran amante de los ordenadores. Solo usaba el suyo, viejo y anticuado, para las transacciones de la tienda por internet y comunicarse con clientes y proveedores.

El agente extrajo un papel y lo empujó hacia tía Violet sobre la mesa.

—¿Nunca recibió esto? —preguntó con un tono cargado de sospecha.

Tía Violet negó con la cabeza de manera rotunda.

—En absoluto. —Cogió la hoja y la leyó en alto—: «Querida Violet, el otro día me enteré de algo muy interesante. ¿Es cierto que Best Books va a comprar la tienda? Tenemos que hablar. Me he mantenido al margen toda mi vida mientras veía cómo la rama de tu familia la llevaba a la ruina. Esta vez no vais a dejar sin nada a una heredera legítima. Myrtle».

El papel se le escurrió de los dedos y cayó al suelo. Me agaché para recogerlo.

Mi tía había palidecido, estaba casi cadavérica.

—Nunca lo recibí. Lo juro.

—Menuda arpía —dijo mi madre. A diferencia de tía Violet, tenía las mejillas cada vez más encendidas, señal inequívoca de que empezaba a enfadarse—. Enviando mensajes tan desagradables mientras nos hacía creer que nos ayudaba a impulsar las ventas. —Se volvió hacia el inspector Ryan—. Myrtle le pidió a Persephone Brightwell que viniera a dar un recital. Fue idea suya.

Creía a tía Violet; sobre todo porque jamás habría aceptado la ayuda de Myrtle, y mucho menos le habría permitido volver a entrar en casa, si hubiera recibido esa amenaza tan grosera. ¿El mensaje había ido a la carpeta de correo basura o...? Miré mejor la dirección de envío y me dio la sensación de que estaba mal.

—Tía Violet, ¿cuál es tu correo electrónico? —Lo dijo en voz alta—. Bueno, pues ahí está. —Estampé el papel sobre la mesa con expresión triunfante—. Myrtle no tenía bien la dirección. Mi tía nunca recibió este mensaje.

Tía Violet cogió la hoja de nuevo.

—Molly tiene razón. No escribió bien mi correo. Si no me creen, el correcto está en la página web de la tienda.

La subinspectora Adhikari lo buscó en la tableta y, luego, le enseñó la pantalla a Ryan.

—Tiene razón, inspector. La señorita Marsh se equivocó.

—Aun así, me gustaría echar un vistazo a su ordenador —dijo el inspector Ryan—. Podemos obtener una orden si es necesario.

—Adelante, mire lo que quiera —contestó tía Violet con despreocupación—. No tengo nada que ocultar. —Se levantó de la silla—. ¿Por qué no lo comprobamos ahora mismo?

Sir Jon se puso en pie de un respingo.

—Espera, Violet. Como tu abogado, debo asegurarme de que todo sigue el cauce indicado. —Se volvió hacia el inspector Ryan—. Creo que será mejor que obtenga esa orden. —Esbozó una sonrisa gélida—. Aunque dudo que algún juez se la conceda.

El inspector Ryan recuperó el correo electrónico y lo metió en la carpeta. Se le había enrojecido la punta de las orejas, pero, a pesar de la reveladora señal de estrés, parecía tranquilo, incluso resignado.

—Seguiremos en contacto —dijo—. ¿Lista, subinspectora?

Después de que mi madre los acompañara a la puerta y se fueran, la calma se instaló en la cocina, igual que tras el paso de una tormenta repentina y violenta. Habíamos tenido que hacer frente a un huracán, pero habíamos salido más o menos ilesos.

Cuando mi madre regresó, le puse delante una tostada francesa.

—Puedo hacer más —le dije a sir Jon, que ya había dado cuenta de la suya.

—No, gracias, Molly, mejor no abusar. —Le echó un vistazo a su taza—. Aunque no diría que no a un poquito más de té.

—Pásame la taza —dijo tía Violet mientras tocaba la tetera, cubierta con funda—. Aún está caliente.

Sin que me lo pidieran, puse más agua a hervir, convencida de que ese no sería el último té. Había recuperado el apetito, así que mojé otras dos rebanadas de pan en el huevo y las freí en la sartén chisporroteante.

—Tendríamos que hablar de algo —apuntó sir Jon—: el testamento. ¿Crees que podrías encontrarlo?

—No sé —contestó tía Violet—. La última vez que supe de él, lo tenía Tom, pero de eso ya hace años.

—¿Por qué se necesita el testamento, sir Jon? —preguntó mi madre—. Después de trescientos años, es indudable que la tienda pertenece a la rama de la familia de tía Violet.

El hombre no parecía tan convencido.

—Diría que hasta el 2003, año en que se aprobó la nueva ley de registro de la propiedad, así fue. Hasta que entró en vigor, los propietarios tenían doce años para reclamar sus posesiones. Pasado ese tiempo, no había nada que hacer.

—Llevamos aquí mucho más de doce años. —Tía Violet resopló—. Además, nunca hemos sido okupas.

La mención del cambio legislativo me había intranquilizado.

—¿Qué dice la nueva ley? —pregunté.

Sir Jon suspiró con gesto apesadumbrado.

—Básicamente, que la persona que toma posesión de una propiedad debe elevar una petición al propietario legítimo a fin de notificarle que el registro de la escritura se transferirá al nuevo residente siempre que el propietario no se oponga. Se han dado muchísimos casos en los que alguien se instalaba en un terreno o en una casa abandonada y, pasados los doce años, se le consideraba el propietario legítimo. La nueva ley intentó solventar ese resquicio legal.

—Pero ¿por qué tía Violet tendría que elevar una petición a nadie? —apuntó mi madre—. Por lo que sabe, ella siempre ha sido la propietaria legítima.

Sir Jon frunció los labios.

—Ahí está la trampa, me temo. Si se fuera a juicio, Violet seguramente lo ganaría dado el tiempo que su familia lleva al frente de la tienda como dueña legítima. Sin embargo, Myrtle podría haberle complicado la vida muy mucho con una demanda.

—Por no hablar de la mala publicidad —añadió mi madre—. Ya estoy viendo los titulares: «Herederas se disputan la librería más antigua de Cambridge. "Nos engañaron", asegura Myrtle».

—Lo más probable es que quisiera dinero para que echáramos tierra sobre el asunto. —Le di la vuelta a la tostada francesa bien empapada en huevo y dorada a la perfección—. Parece que era su *modus operandi* habitual. —Se me ocurrió algo—. ¿Aquí los testamentos no se registran en un tribunal testamentario? En Estados Unidos sí. Igual por ahí podíamos obtener una copia.

Sir Jon, que parecía estar bastante al día en derecho sucesorio, se explicó.

—Hasta 1858, los testamentos solían inscribirse en tribunales eclesiásticos, como los bautismos, los matrimonios y las defunciones. El problema es que en los registros parroquiales hay muchas lagunas por toda clase de motivos. Sospecho que Myrtle ya buscó el testamento antes de tramar todo este plan.

—Es probable que lo hiciera. —El agua ya hervía y tía Violet se levantó para preparar otra tetera—. Tenía un puesto de investigadora en la universidad; podría decirse que era una experta en hurgar en registros históricos.

Una aptitud que, sin duda, había aprovechado para urdir sus chantajes. Si la hubiera empleado para hacer el bien, probablemente no estaríamos investigando su asesinato.

Esa misma mañana, más tarde, George se reunió con el equipo de investigación —sir Jon, mi madre y yo— en el portal de su edificio. Tía Violet se había excusado, señalando que, como «principal sospechosa», dicho por ella misma, sería mejor que se mantuviera alejada del hogar de la víctima.

—Qué elegante vas, George —comenté cuando entré en el vestíbulo. Lucía una camisa blanca impoluta, corbata y pantalones de *tweed* con la raya marcada.

—Es que esta mañana he ido a ver al abogado. —Echó a andar hacia la escalera—. Para mi gran sorpresa, me ha dicho que Myrtle me nombró su albacea. —Sacudió la cabeza desconcertado—. Esa mujer no solo incluye una disposición para pagarme los alquileres atrasados que existieran, sino que destina el resto de su patrimonio a fundar una beca en el St. Hildegard's dirigida en exclusiva a chicas jóvenes de Hazelhurst. La verdad es que es un poco raro, dado que Myrtle era de King's Lynn.

Mi madre era de Hazelhurst. Igual que Joan Watson, recordé con un respingo. ¿Por qué Myrtle había escogido ese pueblo en concreto? ¿Por lástima o culpabilidad?

—Qué generoso de su parte —dijo mi madre, que fue la primera en subir la escalera, con un bolsón colgado al hombro en el que llevaba todo lo que necesitaríamos. Esta vez veníamos mucho mejor preparados gracias a sir Jon.

—Me he quedado un poco a cuadros, no voy a mentiros. —George sacó un llavero del bolsillo e introdujo la llave en la cerradura de Myrtle—. No tenía la menor idea. —Empujó la puerta—. Vamos allá.

Entré primero y me topé con una pila de cajas desmontadas y apoyadas contra una pared. Aunque el piso seguía siendo un caos, habían limpiado la harina, el azúcar y los cristales rotos.

—Has hecho progresos —le dije a George.

Gruñó.

—Un poco. No solo me toca recoger y meterlo todo en cajas, también tengo que deshacerme de ellas. Igual pongo un puesto en el mercado.

Se echó a reír para que supiéramos que bromeaba. Las obras de arte y los muebles de Myrtle eran demasiado valiosos para un mercadillo.

—Cuando murieron mis padres —intervino sir Jon—, buscamos una empresa que se encargara de todo. Vienen, hacen una tasación y luego venden lo que tú decidas. Si quieres te paso el contacto.

—Puede que te tome la palabra —dijo George—. La verdad es que se me hace un mundo.

—¿Y si te ayudamos a poner un poco de orden mientras buscamos? —propuse—. O, al menos, a apartar lo que creamos que podría ser valioso. —Señalé las estanterías—. La última vez que estuve aquí me fijé en que tenía varios libros que no estaban mal.

No íbamos a venderlos nosotras siendo tía Violet sospechosa, pero quizá pudiera hacerlo sir Jon.

—Yo me encargo de la ropa —se ofreció mi madre; una tarea para la que se necesitaba cierta entereza—. Lo que valga lo donarás y lo que no lo tirarás, ¿no?

—¿De verdad? —A George se le iluminó la mirada—. No quería ni acercarme a sus... Sus innombrables. —Desplegó un par de cajas, las reforzó con cinta de embalar y las dejó en la moqueta—. Aquí tienes, muchacha.

—Gracias —contestó mi madre—. Muy bien, sir Jon, pues usted dirá. —Sacó unos guantes desechables del bolsón y nos los pasó—. He traído esto, como recomendó.

El hombre había estado paseándose por la estancia, tomando nota mental de todo. Señaló el escritorio abarrotado de papeles y carpetas, en el que un hueco con forma de rectángulo delataba dónde había estado el ordenador de Myrtle.

—¿Por qué no te encargas tú del escritorio, George? La policía ya se habrá llevado las libretas bancarias y todo lo demás, pero, como albacea, lo lógico es que seas tú el que busque por ahí.

—Toda la razón —dijo George dirigiéndose hacia allí—. Hoy es un día tan bueno como cualquier otro.

Se sentó en la silla del escritorio y se puso los guantes. Sir Jon enfundó los dedos en los suyos.

—Igual estamos exagerando teniendo en cuenta que la policía ya ha buscado huellas dos veces, pero, por así decirlo, prefiero no enredar las cosas dejando las mías por ahí.

—Creo que la última vez no tocamos nada —dije, arrepintiéndome de no haber pensado antes en los guantes—. Aunque tampoco llegamos muy lejos, sobre todo después de ver el árbol genealógico pegado en la pared.

Todos nos volvimos hacia el lugar en cuestión, donde solo quedaba un pedacito de cinta adhesiva.

—Ojalá supiera quién entró aquí —dijo George—. Con la cabeza a pájaros, así me pillaron.

Mi madre tiró del puño de los guantes.

—Esto es territorio desconocido para todos. Bueno, excepto para usted, sir Jon.

George se animó.

—Coches veloces, chicas bonitas y toda la pesca, ¿eh?

Sir Jon se echó a reír.

—No era como una película de James Bond exactamente, puedes creerme. —Se quedó pensativo—. Aunque una vez, en París, descubrí que habían asesinado a mi contacto. —Se estremeció—. Pero mejor os lo cuento otro día. Venga, pongámonos manos a la obra.

Flexioné los dedos, ansiosa por empezar.

—¿Algún consejo?

El antiguo agente secreto giró sobre sí mismo para echar un vistazo a su alrededor.

—¿Tienes aquí el móvil, Molly?

—Claro. —Lo saqué del bolsillo del vaquero. Qué emocionante. Me sentía como una investigadora de verdad.

—Fotografía la habitación antes de empezar. —Me siguió mientras sacaba fotos de las librerías, los muebles y los adornos de la repisa de la chimenea y, luego, las repasó para asegurarse de que se veían bien—. Perfecto. Así las tenemos de referencia, por si las necesitamos más adelante.

Les pidió a George y a mi madre que hicieran lo mismo con su zona antes de empezar.

—He aprendido que lo fundamental es buscar anomalías, algo que esté fuera de lugar. Y patrones. Hábitos. Confiad en vuestro instinto. —Hizo un gesto con las manos para abarcar toda la habitación—. Esta casa parece el típico piso en el que vivía una anciana inofensiva, ¿verdad? Pero tenía secretos. Como casi todos. Pues lo que buscamos son esos secretos.

Y pruebas de sus delitos.

Yo tenía asignadas las librerías. Teniendo en mente lo que sir Jon había dicho, me alejé de ellas y paseé la mirada por los estantes. Libros, libros y más libros. Un par de figurillas. El rúter para la conexión a internet y la televisión colgada en la pared.

En el estante inferior había alineados una decena de estuches negros de cintas de vídeo. «Un momento». Myrtle no tenía un reproductor de vídeo, ni siquiera de DVD. ¿Por qué conservaba películas en un formato tan antiguo?

Prácticamente corrí a los estantes y escogí una cinta al azar. En la funda de la tapa había un trozo de papel escrito a mano en el que se leía *As Time Goes By.* Recordaba la serie, una magnífica telecomedia protagonizada por Judi Dench y Geoffrey Palmer en el papel de unos antiguos amantes que se reencuentran. Conteniendo el aliento, abrí la caja.

Los billetes se desparramaron sobre la moqueta como una lluvia de dinero. Además de una fotografía en la que aparecía la amiga de mi tía, Fiona Fosdyke, fundida en un abrazo con tío Tom. Era de hacía dos años.

—Mirad esto.

Estaba de pie en mitad de una pila de billetes con la foto en la mano. Así, por encima, calculé que había varios miles de libras.

—Fiona y Tom —dijo sir Jon—. Vaya, vaya, mira por dónde. —Sacudió la foto—. Salían juntos en los viejos tiempos, antes de que Fiona se casara con Gregory.

George le echó un vistazo.

—Y siguen casados, por lo que sé. —La miró con más atención—. Parece la casa de Tom.

Se la pasó a mi madre, que la estudió con interés.

Me agaché y empecé a recoger los billetes. Así que Fiona y Tom habían vuelto a ponerse en contacto después de décadas de que cada uno anduviera por su lado, como los personajes de *As Time Goes By.* Teniendo en cuenta el puesto de relevancia que ocupaba Fiona y quién era su marido, aquello la convertía en la víctima ideal de un chantaje.

—¿Has encontrado esto en una cinta de vídeo? —dijo sir Jon—. Me pregunto qué habrá en las demás.

—Yo también. —Me senté en la moqueta y escogí otro estuche del estante—. En esta pone *This Old House.* Ja.

La abrí y, quién lo iba a decir, también estaba llena de dinero, aunque esta vez procuré que los billetes no se desparramaran.

Dejé la caja en la moqueta después de sacarlos con cuidado. Debajo del dinero había una fotografía de Clive hablando con un hombre de mediana edad en lo que parecía un solar en construcción.

—¿Alguien sabe de qué va esto? —Le pasé la foto a sir Jon, que la sostuvo de manera que George también pudiera verla.

—Jo, jo, jo —rio George con regocijo—. Conozco a ese tipo. —Dijo su nombre—. Trabaja para el ayuntamiento, en el departamento de seguridad.

Los miré, sentada en el suelo.

—¿Será la prueba de que ofrecía sobornos, como dijo Kieran?

—Quizá —musitó sir Jon—. No quisiera ser Clive cuando el inspector Ryan lo interrogue.

—Ya tenemos el móvil de dos sospechosos de peso —señalé—. Yo diría que Myrtle chantajeaba a Clive y a Fiona.

Con suerte, lo que habíamos descubierto alejaría la atención del inspector Ryan de tía Violet y de George.

—¿Clive asistió al recital? —preguntó de pronto sir Jon.

Mi madre y yo nos miramos.

—Yo no lo vi —contesté.

Y, con lo escandaloso y arrogante que era Clive, habría reparado en él.

—Ese día estuve en Londres y volví a Cambridge sobre las seis —dijo el anciano con pesar—, por eso llegué tarde al recital. Primero fui a casa, me cambié, etcétera. El caso es que estoy bastante seguro de que vi a Clive en la estación de tren, en uno de los *pubs*.

—Así que podría ser culpable —dije—. Si las horas concuerdan.

¿Clive quedó con Myrtle antes o incluso durante el recital y la mató?

—Es una posibilidad —reconoció sir Jon—. Se lo mencionaré a la policía.

Mi madre me ayudó a abrir el resto de estuches, la mayoría de los cuales solo contenían dinero, aunque en algunos había notas crípticas escritas a mano. Sin embargo, la caja titulada como *Los asesinatos de Midsomer* albergaba algo que desde luego no esperaba ver: un recorte de periódico, amarillento, de la esquela de Joan Watson.

A juzgar por los estuches de Fiona y Clive, Myrtle había escogido los títulos con intención humorística y maliciosa. ¿Qué significaba ese? ¿Que Joan Watson había sido asesinada?

CAPÍTULO TRECE

—Atención todo el mundo —los llamé mientras agitaba el recorte—. Myrtle creía que Joan Watson fue asesinada. O que había algo que no estaba claro en su muerte —maticé—. En cualquier caso, parece que alguien le pagaba para mantenerla callada.

—Un momento —dijo George—. ¿De qué estás hablando? ¿Quién es Joan Watson?

Sir Jon tenía los puños algo apretados y la mirada ausente.

—Joan estudiaba en el St. Hildegard's con Violet y las demás. Recuerdo que era una chica encantadora. Callada, pero brillantísima. Se suicidó en su primer año. —Se frotó la cara con una mano—. O eso es lo que dictaminó el juez de instrucción. Sedantes mezclados con vino.

—Era la tía abuela de Daisy —aclaré—. Y era de Hazelhurst. ¿Recuerdas lo de la beca, George? Puede que Myrtle la creara por Joan.

George asintió despacio mientras se le iluminaba la cara poco a poco.

—Ah, ya veo. Myrtle pensaba que habían matado a su amiga y por eso quiso crear la beca. Para restregárselo por la cara a quien fuera, vaya.

—Pero no entiendo por qué no acudió a la policía —apuntó mi madre—. Es decir, está claro que era una vieja codiciosa, pero seguro que no querría que anduviera suelto un asesino.

—Bien visto, mamá. —Traté de ver la situación desde el punto de vista de Myrtle—. ¿Y si no podía demostrar quién era el asesino? Quizá no dispusiera de suficientes pruebas, pero aun así utilizó lo que tenía para intimidar al asesino.

—Podría ser —reconoció mi madre—. Hasta una simple acusación es capaz de arruinarle la vida a cualquiera.

Guardamos silencio mientras considerábamos la situación de tía Violet y George.

—Necesitamos saber más sobre la muerte de Joan —decidí—. Cómo murió, quién la encontró, etcétera.

Sir Jon había empezado a pasearse por la habitación y caminaba de aquí para allá con las manos unidas a la espalda. Se detuvo en mitad de la moqueta.

—Haré unas llamadas y averiguaré quién llevó el caso, a ver si puede darnos una respuesta.

—También se podría hablar con la familia de Daisy —apunté—, por si recordaran algo interesante. —Hice una mueca ante la idea de remover un pasado tan doloroso—. Aunque odio reabrir viejas heridas si no es necesario.

—Haremos según veamos. —Sir Jon señaló con un gesto amplio las cintas de vídeo, el dinero y el recorte de periódico—. Le enseñaré todo esto al inspector Ryan, pero, por lo demás, actuemos de manera discreta. Sobre todo en lo que concierne a la esquela de Joan. —Puso cara larga—. Si la mataron, lo último que nos conviene es poner sobre aviso al asesino.

Me asaltó una idea. ¿Era posible que el asesinato de Myrtle estuviera relacionado con la muerte de Joan? Quizá el asesino se cansara de que lo chantajeasen.

—¿Estás segura de que te las apañarás bien? —me preguntó tía Violet por tercera vez. Mi madre y ella iban a ir de compras y comerían en algún lugar, por lo que me quedaba al cargo de la tienda mientras ellas estuvieran fuera.

—Segura —contesté, haciendo un gesto con la mano para que dejara de preocuparse.

Era la primera vez que estaría al frente de la tienda yo sola, algo que me apetecía mucho, aunque no se me daba muy bien lo de tasar libros. Aún me faltaba muchísima experiencia para hacerlo con garantías y, además, estaba a años luz de ser una buena negociadora. Recé para que ese día nadie me pusiera en esa tesitura. Mientras los clientes entraran y pagaran lo que se indicaba en el libro, todo estaba controlado.

—Si no hay mucho movimiento —añadí—, había pensado en empezar a ordenar los libros de tío Tom.

Había un par de cajas de cartón detrás del mostrador a la espera de que les metiera mano. Tía Violet las miró con un suspiro.

—Gracias, Molly. No puedo creer que haya estado posponiéndolo tanto tiempo. A lo mejor encuentras un par de tesoros.

—Eso espero.

En cualquier caso, aunque los libros no fueran especialmente valiosos, disfrutaría hojeando clásicos.

Mi madre, que estaba muy guapa con un vestido de verano y olía a perfume de lavanda inglesa, se reunió con tía Violet junto al mostrador. Ella también me dio las gracias.

—Qué ganas de tener un día libre para ir a mirar tiendas. Hace siglos que no entro en un Marks & Spencer.

—Espero que encontréis todo lo que buscáis —dije—. Que os divirtáis.

—Te traeremos algo de comer —prometió mi madre cuando salían de la tienda.

La puerta se cerró detrás de ellas con un tintineo y me quedé sola. Bueno, sin contar a los dos gatos. Clarence estaba en su ventana de siempre y Puck se había encaramado en lo alto de una librería, desde donde me acechaba como una gárgola. Una gárgola preciosa, si es que eso existe.

Aunque el trabajo me llamaba —añadir libros al catálogo de internet, actualizar las redes sociales, echar un vistazo a las cajas de Tom—, dediqué unos minutos a disfrutar del ambiente de la tienda, en silencio. El edificio centenario se asentó a mi alrededor; un tictac por aquí, un crujido por allá. Al otro lado de los ventanales, las palomas se posaban sobre los adoquines y se paseaban ufanas por la calle. Estaba envuelta en libros, abrigada por hileras y pilas de ejemplares dispuestos en estantes y mesas. Más de los que podría leer en toda mi vida. Podría zambullirme en ellos durante siglos y empaparme de conocimiento, imaginación, belleza. Cómo me gustaba ese sitio. De buena gana pasaría allí el resto de mi vida, rodeada de libros.

Hasta que mi sentido de la responsabilidad llamó a la puerta. «Hora de ponerse a trabajar». Encendí el portátil y entré en internet con la idea de echar un vistazo a las páginas de la tienda y quizá subir una nueva publicación. En una táctica clásica de procrastinación, primero le eché un vistazo a mis cuentas de redes sociales y acabé enredada en el mundo digital tras seguir un par de hilos que vi en páginas de amigos. Cuando conseguí salir de allí, saqué fotos de Puck y Clarence y subí varias publicaciones sobre los gatos adorables que teníamos en la tienda. Los me gusta aparecieron casi de inmediato.

Tentada por una idea nueva, mis dedos revolotearon sobre la casilla del buscador. ¿Mi tío tendría alguna cuenta en las redes sociales? Escribí su nombre y obtuve algunos resultados, casi todos de Estados Unidos. Como ignoraba cómo se llamaba la empresa de techado, escribí «techado» y «Hazelhurst» y encontré una llamada Shire Thatch, con sede en Hazelhurst, pero en la página no aparecían fotos de mi tío, solo unas cuantas imágenes genéricas de jóvenes musculosos trabajando en cubiertas vegetales.

«Mmm». ¿Y Janice, su mujer? Una tal Janice Patterson Marlowe, de Hazelhurst, tenía como avatar la foto de un yorkshire terrier en su página, pero era privada, de modo que no había información pública ni se podía acceder a las fotos ni al listado de amigos. «Maldita sea».

Sin embargo, esa no era la única forma de encontrar a alguien. Negándome a darme por vencida, escribí su nombre y el de la localidad en un buscador y repasé los resultados que iban apareciendo.

Ahí estaba. El periódico local había publicado un artículo sobre el encuentro anual del club de jardinería en Hazelhurst House.

Pinché en el enlace y la pantalla arrojó una fotografía de una docena de mujeres sentadas a una mesa, bajo una pérgola cubierta de enredaderas que ofrecían sombra. Gracias al pie de foto, supe que la mujer morena que presidía la mesa era lady Asha Scott, la anfitriona. La madre de Kieran, comprendí de pronto emocionada. Así que los Scott vivían en Hazelhurst. Tomé nota mental de ese dato y estudié los demás rostros, casi todos de mujeres de mediana edad. No se citaban sus nombres, así que no pude saber cuál era mi tía, aunque se la mencionaba en el artículo como la nueva presidenta del club.

Examinando la foto más de cerca, lo aposté todo a la rubia con aires de suficiencia que se arrimaba a Asha. Sería lo más lógico, tanto por el cargo que ocupaba en el club como por la descripción de mi madre. Empecé a notarme un poco resentida. ¿De verdad quería conocer a unas personas que se habían portado tan mal con mi madre? Sin embargo, tenía que admitir que, además de rechazo, me producían curiosidad. En cualquier caso, no haría nada que pudiera molestar a mi madre.

Las campanillas de la tienda sonaron y Kieran entró. Se me aceleró el corazón, una reacción que en Puck se tradujo en un maullido alegre al tiempo que bajaba de un salto del lugar en el que estaba encaramado. Salió disparado a saludar a Kieran. Me apresuré a cerrar el portátil y me levanté, aliviada de que no me hubiera sorprendido echándole un ojo al encuentro del club de jardinería de su madre, aunque fuera mi tía la persona que me interesaba.

—Eh, ¿qué tal? ¿Qué te trae por aquí? —dije mientras se dirigía al mostrador.

Avanzó con paso vacilante, como si él tampoco supiera qué hacía allí.

—Ah, tenía un rato libre y he pensado en pasar a decir hola. —Bajó la vista al suelo, donde Puck se frotaba contra sus piernas enfundadas en vaqueros—. ¿Qué pasa, Puck? —Cogió al gato y empezó a rascarle la barbilla—. ¿Quién es el mejor acariciador de gatos del mundo, eh?

Siendo sincera, dudaba que hubiera venido a ver a mi gato, pero esperé pacientemente a que acabara esa demostración de carantoñas entre colegas. En la ventana, Clarence gruñó y le dio la espalda al espectáculo. «Te entiendo», le dije por telepatía.

Kieran por fin dejó a Puck y se cepilló los pelos que se le habían quedado pegados en la camiseta y los vaqueros.

—Eso es lo malo de los gatos negros —dije—. Aunque tengan el pelo corto.

Kieran se acercó un poco más, sin apartar los ojos de mí.

—Quería saber si te apetecería ir a cenar conmigo —se decidió después de tragar saliva un par de veces—. Algún día. Si te va bien. —Puso cara de agobio, probablemente porque notaba que la voz le temblaba un poco—. El Holly & Ivy del final de la calle está bastante bien. Fusión asiático-francesa.

—Ah, ¿sí? —Qué labia tengo. Inspiré hondo mientras le ordenaba a mi corazón que dejara de aporrearme el pecho—. Me encantaría probar la fusión asiático-francesa. —Fuera lo que fuese eso—. En Vermont no hay muchas de esas cosas.

—Me lo imagino —dijo. Sacó el móvil—. ¿Qué te parece el sábado? —Hizo una mueca—. Ya sé que igual es muy justo.

Faltaban dos días, así que no, no era justo, pero aun así fingí que miraba la agenda.

—Déjame ver. Sí, no hay problema. ¿A qué hora?

—Eeeh... —Metió los labios hacia dentro, pensando—. ¿A las ocho? Mejor reservo ya. —Sus dedos volaron sobre la pantalla—. Listo.

Se metió el móvil en el bolsillo.

«Tengo una cita con Kieran».

—Me apetece mucho —aseguré, tratando de conservar la compostura.

Después de que terminase el suplicio, parecía mucho más relajado.

—¿Qué te cuentas? ¿Se sabe algo sobre Myrtle?

—Ven y te pongo al día —le propuse al tiempo que volvía a sentarme y le daba unas palmaditas a la silla que tenía al lado.

El traidor de Puck buscó su regazo en cuanto Kieran se puso cómodo detrás del mostrador.

—¡Habrase visto...! —exclamé como si estuviera ofendida—. ¿Ya has olvidado quién te sacó de la calle? ¿Quién te da de comer?

A modo de respuesta, Puck alargó una pata hasta mi rodilla y la dejó allí, pero sin intención de moverse de donde estaba. Los dos reímos.

Kieran miró a su alrededor, como asegurándose de que no había nadie más.

—Bueno, ¿y qué se sabe?

«¿Por dónde empiezo?». Sir Jon nos había recomendado que no le contáramos a nadie lo que habíamos descubierto, y seguro que eso no incluía a Kieran ni a Daisy, que estaban en nuestro equipo, pero decidí ser un poco vaga y guardarme algunos datos específicos. Cuantas menos personas lo supieran todo, mejor.

—Puede que lo más importante es que esta mañana hemos ido al piso de Myrtle a echar otro vistazo —dije—. Ah, y no te lo pierdas, George es el albacea, cosa que me hizo sentir mucho menos culpable por fisgonear.

Me escuchó con atención mientras, sin entrar en muchos detalles, le conté que habíamos encontrado pruebas relacionadas con los tejemanejes de Myrtle. No mencioné la esquela de Joan porque aún no sabía cómo abordar ese tema con Daisy y, por otro lado, merecía enterarse la primera. Además, quedaba mucho por averiguar; aún había que descubrir si en realidad había sido un asesinato. Al fin y al cabo, Myrtle podría estar equivocada, aunque el dinero que había recaudado decía lo contrario.

—Llamamos a la policía, por supuesto —proseguí—. Pero, primero, sacamos fotos de todo para nosotros. Al inspector Ryan no le hizo mucha gracia que estuviéramos allí, pero ¿qué iba a decir? George tiene derecho a examinar las pertenencias de Myrtle. Aunque lo más probable es que se deba a que considera a tía Violet la principal sospechosa, erróneamente. Esta mañana se pasó por aquí para hacerle preguntas sobre el árbol genealógico de los Marlowe que tenía Myrtle.

—¿Myrtle tenía un árbol genealógico de los Marlowe? —preguntó Kieran—. ¿Y eso?

Le expliqué que, en realidad, Myrtle era una prima lejana, ya que nuestras familias habían estado emparentadas hacía siglos, y que, de haberse salido con la suya, también sería la supuesta dueña legítima de la librería.

—Estás de broma. —Kieran tenía los ojos muy abiertos—. Es decir, pero eso es muy feo. Además, ¿por qué ahora? —Se le iluminó la cara—. Vale, ya lo pillo. Al ver que Clive iba tras Best Books, Myrtle pensó que de ahí podía sacarse una buena tajada.

—Exacto. Si no, ya lo habría intentado antes, ¿no? —Tras dudar un momento, decidí continuar con mis confidencias, esta vez con algo aún más personal—. Hablando de parientes de los que no sabía nada: anoche me enteré de que tengo un tío. El hermano de mi madre. Y una tía, su mujer, que creo que conoce a tu madre. Las dos están en el club de jardinería de Hazelhurst.

Kieran se llevó una mano a la cabeza, exagerando su asombro.

—Cuando te he preguntado qué se sabía de nuevo, no esperaba este aluvión de noticias. —Entrecerró los ojos, confuso—. ¿De verdad solo ha pasado una noche desde la última vez que te vi?

—Supongo que pueden ocurrir mil cosas en un día. Incluso en una librería tranquila y pequeñita. —Abrí el portátil y busqué el artículo sobre el club de jardinería. Después de haber sacado el tema a colación, ya no me daba reparo enseñárselo—. He encontrado esto mientras buscaba a mi tía. Ahí está tu madre haciendo de anfitriona.

Kieran se acercó un poco más para estudiar la foto.

—Ese es nuestro jardín, eso seguro. Aunque no sé quién es tu tía. —Me sonrió de manera traviesa—. Cuando era pequeño, siempre huía del club de jardinería de mi madre como de la peste, con todas esas mujeres parloteando sin parar. Además, les encantaba pellizcarme los mofletes.

—No lo dudo. —Me imaginé a Kieran de pequeño, todo ojazos castaños y rizos—. En cualquier caso, creo que pronto conoceré a mi tío y al resto de la familia. Aunque no tengo muchas esperanzas de que estrechemos lazos. No trataron muy bien a mi madre.

—Vaya, lo siento. —Torció el gesto, pesaroso—. Familias. El mejor de los tiempos y el peor de los tiempos.

Kieran había citado la frase inicial de una famosa novela de Dickens, *Historia de dos ciudades,* y la había modificado con ingenio.

—Tenemos un ejemplar por aquí, en alguna parte —bromeé, mirando a mi alrededor mientras reía. Las campanillas de la puerta tintinearon para anunciar la entrada de un grupo de mujeres jóvenes. Suspiré—. Ha estado bien, pero...

Kieran me devolvió a Puck con cuidado y se levantó.

—De todas maneras, tengo que volver. —Me sonrió—. Nos vemos luego.

Se dirigió a la salida seguido por las miradas curiosas de las nuevas clientas. Una incluso se asomó a la ventana hasta que lo perdió de vista.

—Sabes quién era, ¿verdad?

Aunque su amiga se tapaba la boca con la mano, la oí a la perfección. Las cuatro formaron un corro y empezaron a cuchichear en voz baja.

—Si os puedo ayudar en algo... —dije desde el mostrador cuando terminaron de charlar—. Ah, y Kieran tiene una tienda enfrente, por si a alguna le interesa una bici.

—O lo que no es una bici —contestó la más descarada de todas. Estallaron en carcajadas.

De manera que así sería salir con Kieran Scott. Decidí que podía con ello y volví a sentir la misma emoción de antes. «Me ha invitado a cenar». Hasta que, de pronto, me invadió el pánico: ¿qué iba a ponerme? Pero cuando una de las mujeres me preguntó dónde podía encontrar *El castillo soñado,* de Dodie Smith, pospuse el grato tema para más tarde.

Cerca de una hora después, la tranquilidad volvió a la tienda. Tras prepararme una taza de té revitalizante, estaba claro que me había enganchado, me puse a ordenar los libros infantiles.

Ah, un tesoro lleno de maravillas. En la primera caja, encontré una colección completa de la serie de Oz de L. Frank Baum, compuesta de catorce tomos. La mayoría de la gente solo conocía *El maravilloso mago de Oz,* el clásico en el que se basaba la icónica película protagonizada por Judy Garland y sus relucientes zapatos rojos.

Me pregunté qué valdrían y me conecté para buscarlo. No estaba mal. No se encontraban en perfectas condiciones, pero podría obtenerse un precio respetable. Por lo general, una colección completa y en perfecto estado se vendía por más de cincuenta mil dólares.

Si conseguíamos separarnos de esas bellezas, lo que recaudáramos se comería una buena parte de la deuda que tía Violet tenía con Clive. En lugar de devolverlos a la caja, abrí la vitrina que contenía libros especialmente valiosos y los dejé allí.

En la segunda caja encontré una selección de libros infantiles más antiguos, entre ellos *Más allá del viento del norte,* de George McDonald, un ejemplar de *Alicia en el país de las maravillas* con unas ilustraciones preciosas, y el simpatiquísimo *The Brownies: Their Book,* de Palmer Cox.

El último libro de la caja era mucho más actual, pero no menos maravilloso. Se titulaba *Las niñas Strawberry,* escrito e ilustrado por Iona York. Las imágenes eran mágicas, me recordaban a las ilustraciones de la colección de las Hadas de las Flores y El Seto de las Zarzas, pero, en este caso, el relato era largo e intrincado y conducía a las hermanitas a una misión peligrosa a través de un bosque misterioso. Iona York vivía en Cambridgeshire, decía la biografía, y había escrito el libro para sus hijas, Poppy y Rose, las «niñas Strawberry» originales.

«Qué chulo». Lo dejé a un lado para leerlo más tarde, con más calma. Era una historia que había que saborear.

El reloj de la pared dio la hora. Las tres. Mi madre y tía Violet seguramente no tardarían en llegar, así que me levanté y di una vuelta por la tienda para estirar las piernas y, luego, salí a la calle.

A pesar de encontrarnos al lado de Trinity Street, donde el tráfico de peatones y bicis era constante, el negocio flojeaba por la tarde, algo habitual, pero como los clientes solían llegar en tandas, estaba bastante segura de que pronto volvería a haber movimiento.

Mi mirada recayó en el cuaderno de Joan, que había bajado pensando que tendría tiempo para leer entre un cliente y otro. Lo cogí y me acomodé en un sillón de piel antiguo encajado en un rincón, desde donde tenía una buena visión de la puerta.

«¿Joan fue asesinada?», me pregunté mientras abría la tapa. De ser así, ¿encontraría alguna pista en esas páginas?

Diario de Joan Watson

Esta noche he salido.

Acaban de dar las dos en el reloj del patio y, al otro lado de mi ventana, los grillos cantan en la cálida brisa nocturna.

Me estoy enamorando.

Ya está. Lo he dicho. He reconocido la ridícula realidad.

Pero, primero, volvamos un poco más atrás. Persephone es la culpable de todo, por supuesto. Tom Marlowe y ella tramaron una salida al Cellar, un club situado en un callejón oscuro, pero los dos juraron que la música era de lo mejorcito y que bailaríamos toda la noche.

Después de que Persephone me prestara una de sus minifaldas Mary Quant nuevas, ¿cómo iba a decirle que no? Sintiéndome feliz e inapropiadamente vestida con mi minifalda, sobre todo con estas piernas tan largas, me reuní con las demás chicas en la habitación de Persephone para beber algo antes de salir. Estaban Fiona, Violet, Ruth y Myrtle, además de la nueva amiga de Ruth, Catherine. Estábamos todas guapísimas, superarregladas, con mucho más maquillaje de lo habitual y con el pelo cardado y rizado.

Después de entonarnos, nos pusimos el abrigo y fuimos a encontrarnos con Tom. Iba con dos amigos, Jon Parrish y Gregory Fosdyke. Tom y Jon son pura energía, no dejaban de hacernos reír con sus salidas; a veces cantaban e incluso hicieron alguna imitación mientras nos dirigíamos al club.

Fiona se pegó a Tom, pero las demás tonteaban con Jon. Salvo yo, que acabé detrás de todos, con Gregory. Aunque era más callado que los otros, parecía una persona amable y de fiar. Muy majo, la verdad. Nada que ver con los tarugos con los que crecí en Hazelhurst.

Fue lo primero que pensé. Un joven con quien podía compartir mis opiniones. Con quien podía hablar de mis clases y de los poemas que pretendía escribir.

Y no porque a Gregory también le guste escribir. No, es un tipo mucho más serio; quiere estudiar Derecho y seguir los pasos de su padre, que es diputado.

El club era un garito de mala muerte, de esos a los que las madres advierten a sus hijas que no vayan nunca. Cada vez que se abría la puerta se escapaba una música pegadiza y había un cartel donde se anunciaba un grupo de *rhythm and blues*.

Las chicas nos miramos emocionadas. Aquello no tenía nada que ver con cantar a coro en el *pub*, ni con el típico foxtrot y vals que solíamos bailar.

Cuando entramos, estaba oscuro, sucio y ya no cabía ni un alfiler. La música invitaba a bailar y, después de una cerveza, o dos, lo hice. Casi siempre con Gregory, aunque también con Jon y Tom, y con un par de chicos de allí.

La cabeza me daba vueltas y las piernas me flojeaban cuando nos fuimos, y Gregory me pasó el brazo sobre los hombros, como si fuera suya. No sé cómo, acabamos separados de los demás y al final volvimos por el camino largo, a través de las silenciosas calles de Cambridge. Nos detuvimos en uno de los puentes que cruzan el río, donde estuvimos charlando de todo un poco. Y riendo. Y compartiendo confidencias. Me ha contado que su familia quiere imponerle a Fiona, lo que me ha sonado espantosamente feudal. Las dos familias se conocen desde hace mucho tiempo, pero él se resiste al emparejamiento, igual que ella. Aunque eso es obvio, solo hay que ver cómo Fiona no deja a Tom ni a sol ni a sombra.

En la entrada, nos hemos despedido... y luego me ha besado.

Ay. Esta noche tendré dulces sueños.

CAPÍTULO CATORCE

Yo también estaba enamorándome, pero de Joan Watson. Su diario me llevó de vuelta al Cambridge de la década de 1960, al despertar a la vida de una joven en pleno apogeo.

Una vida que se había visto truncada demasiado pronto. Tenía que reconocer que, hasta el momento, no había encontrado ninguna señal de que Joan estuviera deprimida o tuviera tendencias suicidas. Sí, añoraba un poco su hogar, pero ¿a quién no le ocurre las primeras semanas de universidad? Recuerdo que una vez, a principios de mi primer año, llamé a casa un fin de semana. Las pocas personas que conocía habían salido y yo estaba sola en la habitación de la residencia. Mis padres tampoco estaban en casa, cosa rara en ellos, así que dejé un mensaje de voz que daba bastante pena. Todavía me muero de vergüenza cuando lo recuerdo.

Mi madre y tía Violet entraron en la tienda cargadas con bolsas y hablando a mil por hora. Miraron a su alrededor hasta que me vieron en el sillón.

—Ah, estás ahí —dijo tía Violet, soltando las bolsas detrás del mostrador—. ¿Cómo ha ido?

Me levanté, ansiosa por ver qué habían comprado.

—Genial —dije, llevándome el diario conmigo—. He hecho algunas ventas, pero lo más emocionante de todo es que he encontrado una colección completa de libros de Oz en las cajas de Tom. Primeras ediciones y en muy buen estado, así que los he puesto en la vitrina. —Mencioné el precio de tasación que había calculado por encima—. Tendrás que ajustarla, tía Violet.

Echó un vistazo al estante donde había colocado la colección.

—Qué canalla. Tom me había dicho que tenía algunos libros valiosos, pero ¿quién iba a imaginar esto? —Se quitó la chaquetita fina que llevaba y la colgó en el respaldo de la silla—. Vuelvo enseguida, voy a preparar té.

—Qué buena noticia —me dijo mi madre después de que tía Violet fuera rauda a la cocina—. Si los vendemos, podemos amortizar gran parte del préstamo de Clive.

—Es lo mismo que he pensado yo. —Dejé el diario junto al portátil—. ¿Y sabes qué, mamá? Kieran se ha pasado por aquí y me ha invitado a cenar. —No pude reprimir una risita—. Por descontado, he dicho que sí.

—Quizá tendría que ausentarme de la tienda más a menudo —dijo mi madre con una sonrisa—. Han pasado muchas cosas desde que me he ido.

—Lo sé, qué locura. —Me abracé, ilusionada con la idea de tener una cita de verdad para cenar. Ya ni recordaba la última vez. En Vermont, muchos hombres creían que ver deportes en la tele y comer en la barra era una noche estelar—. Tendré que buscar algo que ponerme.

—No te preocupes por eso. —Señaló las bolsas—. Le he echado el ojo a algunas tiendas que están muy bien.

Me senté tras el mostrador.

—A ver.

Mientras esperábamos a que tía Violet volviera con el té, mi madre me enseñó lo que había comprado: un par de rebecas finas de colores pastel, un vestido de verano floreado y un montón de cosméticos y productos de belleza.

—Esto me ha traído muchos recuerdos —dijo abriendo un pintalabios para enseñarme el color—. Qué bien sienta entrar en Boots y comprar una barra de labios nueva.

—Tengo ganas de ir, pero todavía no he podido. ¿Qué te parece cuando vayamos a por mi vestido nuevo? —le propuse—. Kieran va a llevarme al Holly & Ivy, que por lo visto es muy elegante.

Mi madre me estudió con atención.

—Entonces un minivestido negro. Y conozco la *boutique* perfecta.

La imagen de alguien como yo, una bibliotecaria del montón y amante de la franela de cuadros, enfundada en un minivestido negro me encantó. Kieran iba a quedarse boquiabierto, aunque esa era la idea, ¿no?

Tía Violet volvió con tres tazas en una bandeja.

—Aquí está. —Mientras nos las pasaba, su mirada recayó en el diario—. ¿Qué es eso, Molly?

Cogí mi taza y bebí un sorbo.

—El diario de Joan Watson.

—¿La mujer a la que Myrtle creía que habían asesinado? —preguntó mi madre.

Tía Violet se dejó caer en su asiento.

—¿Qué? ¿Por qué dices eso, Nina?

Por lo visto, mi madre no había puesto al día a tía Violet durante su salida.

—Tenía el recorte de la esquela de Joan en la caja de una cinta de vídeo titulada *Los asesinatos de Midsomer* —le aclaré—. Y atamos cabos. —Le expliqué el razonamiento por el que habíamos llegado a esa conclusión. Señalé el diario y añadí—: Pero debo decir que, leyéndolo, me cuesta imaginar que se suicidara. Lo pasaba bien en la universidad. Y, atención, estaba colada por Gregory Fosdyke.

Tía Violet asintió.

—Me parecía que había algo entre ellos. Además, Fiona bebía los vientos por Tom. Por eso me sorprendió que se casara con Gregory. El pobre Tom quedó destrozado.

Pensé en la fotografía que habíamos encontrado en casa de Myrtle.

—Fiona sigue casada con Gregory, ¿verdad? Encontramos una foto. Espera, que te la enseño. —La busqué en el móvil—. Esta no es de hace tanto.

Tía Violet ahogó un grito.

—No tenía ni idea. Debe de ser de poco antes de que muriera, por lo frágil que se ve. —Apretó los labios en una fina línea—. Y, respondiendo a tu pregunta, sí, sigue casada con Gregory. Celebraron las bodas de oro hace unos años.

La conclusión era obvia.

—Fiona era una de las víctimas de chantaje de Myrtle. —La certeza crecía en mi interior a medida que hablaba—. Myrtle se hizo con una foto de Tom y ella y la utilizó para amenazar a Fiona con contárselo a Gregory. Pensad en las consecuencias. En el escándalo. Gregory es diputado, ¿no? Aparecería en la portada de todos los periódicos. Puede que Fiona incluso perdiera su puesto en la universidad.

—Es algo muy serio —convino mi madre—. Pero ¿por qué Fiona no decidió decir la verdad? En la actualidad, el divorcio no es algo tan raro.

—Gregory también ha tenido problemas de salud hace poco —dijo tía Violet—. Según tengo entendido, no tenían claro que los superara. Así que, aunque no comparto la decisión de Fiona de mantener en secreto su relación con Tom, supongo que lo entiendo. Sobre todo teniendo en cuenta que Tom tenía una enfermedad terminal. En cualquier caso, el pobre se merecía algo mejor.

Como admiradora incondicional del tío abuelo que nunca conocí, pero que ojalá hubiera conocido, coincidía con ella.

—Habría que hablar con Fiona —dije—. Creo que acaba de subir al primer puesto de la lista de sospechosos. Bueno, junto con Clive y Steve Baker. —Puse los ojos en blanco—. Un triple empate.

Tía Violet frunció el ceño.

—¿Steve? No estaba en el recital. Y trabaja todas las noches en el *pub*.

—Cierto, pero ¿recuerdas el hombre que Kieran y yo vimos acechando en el callejón? Steve podría haberse ausentado del *pub* unos minutos sin problemas. O puede que fuera Clive. Sir Jon cree que lo vio en la estación de tren esa misma tarde.

Mi madre hizo un gesto de impotencia.

—Estoy convencida de que estamos avanzando, aunque todo parezca más embrollado que nunca.

Tenía razón.

—Supongo que la verdad saldrá a la luz tarde o temprano —dije cruzando los dedos—. Tenemos que trabajar con lo que sabemos. —Hice girar la silla para quedar frente a tía Violet—. ¿Te importaría llamar a Fiona? Me encantaría hablar con ella.

Tía Violet cogió el teléfono.

—Pues claro. ¿Qué te parece si vamos mañana a tomar el té?

Fiona estuvo de acuerdo, así que tía Violet y yo decidimos hacerle una visita mientras mi madre se encargaba de la tienda. Una vez resuelto ese tema, nos concentramos en otras cuestiones.

—Si hoy tienes tiempo, ¿te importaría tasar los libros de Oz? —le pedí a tía Violet—. Les haré fotos y los subiré a internet. Estoy segura de que habrá mucha gente interesada.

Mi madre levantó la mano.

—¿Puedo ayudar con la tasación? Me gustaría aprender.

—De hecho, a mí también —dije. Tuve una idea—. ¿Qué te parece si nos das cuatro pautas y mi madre y yo probamos a tasar un par? Y luego nos evalúas.

Tía Violet esbozó una sonrisa satisfecha.

—Me encantaría enseñaros. ¿Qué os parece después de cenar? —Mientras hablaba, la campanilla tintineó y una pareja entró en la tienda con paso tranquilo. A juzgar por lo juntos que iban, supuse que serían recién casados que se alojaban en el Holly & Ivy. El hotel nos enviaba muchos clientes.

Mi madre se levantó para atenderlos.

—Pues parece que tenemos plan para después. Es mejor hacerlo sin interrupciones.

La tarde se animó y acabamos haciendo una buena caja. Tía Violet vendió un ejemplar raro de poemas de lord Byron a un coleccionista local y le encantó que el hombre dijese que pensó en pasarse por la tienda al verlo en las redes sociales.

—Casi había olvidado que estaban aquí —reconoció el hombre, que no parecía dispuesto a desprenderse de su nueva adquisición—. Suelo ir a Londres a comprar libros, pero ahora ya las tengo añadidas a mi lista de favoritos.

Tía Violet me puso una mano en el hombro.

—Mi sobrina es nuestra nueva genio del márquetin. La Thomas Marlowe por fin ha entrado en el siglo XXI.

—Sin perder ni un ápice de encanto. —Cogió la tarjeta de crédito que le devolvía mi madre y la metió en la cartera—. Que tengan un buen día.

Mi madre se apresuró a sacar un informe de ventas después de que la puerta se cerrara tras salir.

—Mira esto, tía Violet. Creo que podemos hacerle otro pago a Clive.

Tía Violet se inclinó sobre el hombro de mi madre para echar un vistazo a la pantalla del ordenador.

—Bien. Qué ganas tengo de quitármelo de encima—. Se puso recta y se volvió hacia mí—. ¿Te importaría llevarle un cheque? —Consultó la hora—. Si coges mi bicicleta, llegas antes de que cierre la oficina.

Mi madre ya estaba preparando el cheque para que tía Violet lo firmara.

—Claro, voy. —Me miré las sandalias—. Deja que me cambie de zapatos y coja una botella de agua.

La bicicleta le venía como anillo al dedo a tía Violet: de siete velocidades, de color lavanda y con cesta y timbre incluidos. Montarme en ella hizo que me sintiera como si hubiera vivido en Cambridge toda la vida. Recorrí la calle y doblé hacia Trinity Street, donde me fundí en el torrente de bicicletas que circulaban por la vía. Todo el mundo sabía dónde iba y, a menudo, pasaban junto a mí a toda velocidad, por lo que debía estar atenta y andarme con ojo. Sobre todo porque no llevaba casco. En realidad, casi nadie lo llevaba, cosa que me sorprendió. «Esto hay que volver a hacerlo», pensé con una sonrisa. Aunque quizá no en hora punta.

La oficina de Clive Marlowe se encontraba en una calle lateral, en un edificio encantador de estuco de color verde claro con ventanales en forma de arco. En un letrero discreto situado junto a la puerta se leía «Construcciones Marlowe». Unos setos artísticos y unos maceteros alegraban la entrada y le daban un toque elegante. Dejé la bici atada a una farola y entré.

Me dio la bienvenida un cartel colocado en un caballete que promocionaba la Cherry Hinton Homes, una urbanización exclusiva, según se leía sobre la imagen de un chalé; una casa preciosa de una sola planta.

—Tienen un precio muy asequible y nos los quitan de las manos —dijo una mujer desde detrás del mostrador de recepción. Era de mediana edad, esbelta, con un corte de pelo elegante y maquillada con gusto. Sonrió—. Aunque quizá sea un poco más joven que la mayoría de nuestros propietarios.

—Gracias, pero no he venido a comprar una casa —dije—. Soy Molly Kimball, de la Thomas Marlowe, la librería. Traigo algo para Clive.

Sus labios perfectamente pintados se redondearon hasta formar una o perfecta.

—¿La sobrina estadounidense? He oído hablar mucho de ti.

«Me lo figuro». Avancé hacia ella y el amplio y pulido mostrador de madera maciza. Una moqueta gruesa amortiguaba mis pasos, y en las paredes colgaban reproducciones antiguas de los lugares más representativos de Cambridge. A pesar de la cuidada decoración, había algo en el mostrador, al lado de un cubilete y un tarjetero, que estaba completamente fuera de lugar y que llamó mi atención.

Una aguja rosa de hacer punto.

CAPÍTULO QUINCE

—¿De dónde ha salido eso? —pregunté señalando la aguja de hacer punto. Era idéntica a la que habían usado para matar a Myrtle y que, en teoría, formaba parte del par que tía Violet utilizaba. La segunda también había desaparecido, sacada de la prenda a medio terminar.

—¿A qué te refieres? —La recepcionista se levantó y echó un vistazo al mostrador—. Ah, ¿la aguja de hacer punto? —La cogió y quiso dármela—. ¿Es tuya?

Retrocedí con las manos en alto.

—No, no es mía, pero mi tía tenía un par iguales que esa.

¿No estaba exagerando? Debía de haber docenas, si no centenares de agujas rosas de hacer punto solo en Cambridge. Sin embargo, que una hubiera aparecido en el despacho de un sospechoso de asesinato —bueno, al menos sospechoso para mí— no podía ser casualidad, ¿no?

La recepcionista desfrunció el ceño.

—¿Tu tía vino a la presentación? Vinieron varios pensionistas. —Al sonreír se le formaron unos hoyuelos—. Todos quieren uno de esos chalés.

—No, mi tía no vino a la presentación —dije rechinando los dientes—. ¿De dónde ha salido esa aguja?

—Pues déjame pensar. —Le dio unos golpecitos al borde del mostrador mientras miraba a su alrededor. Luego, señaló algo—. Del despacho de Clive. Estaba en el suelo, junto a la pared. Me llamó la atención enseguida, al ser rosa y eso.

Como si hubiera oído su nombre, la puerta del despacho se abrió de sopetón y Clive salió apresurado.

—Claire, ¿has...? —Se interrumpió al verme, prácticamente derrapando sobre la moqueta—. Molly. ¿Qué haces aquí?

—He venido a traerte un cheque. —Abrí el bolso y saqué el sobre. Al ver que no se acercaba a cogerlo, lo dejé en el mostrador.

Tenía los ojos clavados en la aguja que sostenía Claire.

—¿De dónde ha salido eso?

La mujer se encogió de hombros.

—La he encontrado en tu despacho. —Los hoyuelos volvieron a aparecer—. ¿Has estado haciendo punto, Clive? He oído que hoy en día hay muchos hombres que lo hacen.

Clive frunció el ceño.

—No, no digas tonterías. —Fue a cogerla—. La tiraré antes de que alguien se haga daño.

—¡No! —exclamé tan alto que incluso me sorprendí a mí misma. Se quedaron mirándome—. Hay que llamar a la policía. El inspector Ryan tiene que ver esa aguja.

Claire enarcó al instante sus cejas perfectamente delineadas.

—¿Un inspector? Pero ¿por qué? Si solo es una aguja de hacer punto. —Empezó a examinarla—. ¿Qué me estoy perdiendo?

Yo seguía mirando a Clive. ¿Puede que a pesar de su fanfarronería atisbara una punzada de miedo en esos ojos azul claro?

—Porque se utilizó una igual que esa para matar a una mujer.

A mi primo se le salieron los ojos de las órbitas.

—¿La mataron con una aguja de hacer punto? El periódico solo decía que la habían apuñalado. Esa noche, yo estaba en Londres, ¿no, Claire? —Hizo un gesto brusco—. Busca la agenda.

Claire se mordió el labio inferior mientras nos miraba a uno y a otro.

—Tu agenda. Claro.

Dejó la aguja, que rodó por el mostrador hasta el suelo, y empezó a escribir en el teclado.

Clive fue a recogerla, pero lo fulminé con la mirada.

—Déjala —dije.

Mientras los dos se inclinaban sobre la pantalla del ordenador, me alejé unos pasos y entré en la sala de visitas adjunta. Antes de llamar al inspector Ryan y puede que quedar en absoluto ridículo, tenía que averiguar algo.

Sir Jon contestó de inmediato.

—Molly, ¿qué tal estás?

—Bien —susurré al tiempo que me daba la vuelta. Junto al ordenador, Clive estaba recriminando a Claire que no se moviera por la pantalla lo bastante rápido. Sus órdenes, lanzadas a gritos, solo conseguían que ella estuviera más torpe—. Una pregunta rápida: ¿hay alguna forma de saber qué se llevó la policía de la casa de tía Violet?

Por suerte, no hizo indagaciones.

—Siempre entregan un recibo, que es donde se puede comprobar. Aunque, en este caso, yo estaba presente cuando registraron la casa. Buscaban la pareja de la aguja de tejer, pero no la encontraron.

Me desplomé en una silla plegable, más dura de lo que parecía. «¡Ay!».

—Pues acabo de hacerlo. Creo.

La última esperanza que me quedaba era que la policía se hubiera llevado la aguja antes de que yo mirara en la cesta. Pero si la policía no la había encontrado, ¿por qué el asesino no la dejó para incriminar a tía Violet?

—¿Dónde estás? —La voz de sir Jon transpiraba preocupación—. ¿Corres peligro?

La pareja seguía discutiendo frente al ordenador.

—Creo que no. Estoy en Construcciones Marlowe. Clive parece un poco desesperado tratando de demostrar que estaba fuera de la ciudad cuando Myrtle murió.

—Hum —murmuró sir Jon—. Como te dije, estoy bastante seguro de que lo vi en Cambridge esa noche.

—Creo que es un embustero de mucho cuidado —susurré.

No solo había estado en Cambridge la noche del recital, sino que además se había hecho el sorprendido al oír que Myrtle había muerto. ¿Más pruebas de que tramaba algo cuando se presentó en su piso?

—Voy a llamar al inspector Ryan ahora mismo —le dije a sir Jon—. Hablamos luego.

Por suerte, tenía el número en mis contactos. Lo había sacado de la tarjeta que le había dado a tía Violet.

Casi esperaba que saltara el contestador, pero, para mi sorpresa, fue el propio inspector quien respondió tras un par de tonos.

—Ryan, diga.

¿Y ahora qué? Tragué saliva y dije de corrido:

—Hola, soy yo, Molly Kimball. La sobrina de Violet Marlowe.

—La recuerdo —contestó con un tono cargado de ironía. Como para olvidarme, ¿no? No solo había descubierto una víctima de asesinato, además me había encontrado dos veces en casa de la víctima—. ¿Ha hallado más pruebas?

Gracias por el pie.

—De hecho, sí. —Me volví hacia el mostrador, sobre el que volvía a estar la aguja rosa. Claire y Clive seguían discutiendo frente al ordenador—. Estoy en el despacho de Clive Marlowe y alguien ha dejado aquí una aguja rosa de hacer punto.

—Una aguja rosa de hacer punto, ¿eh? —No se me pasó por alto el tono burlón—. Sabe que no son raras precisamente, ¿verdad?

Me levanté de un salto y empecé a caminar arriba y abajo.

—Lo sé, pero debe reconocer que es extraño. Sobre todo porque Clive estaba en Cambridge alrededor de las seis de la tarde el día que asesinaron a Myrtle, aunque asegura lo contrario.

—¿Cómo sabe eso? —preguntó, esta vez con sequedad.

El paseo me había llevado junto a un atril, donde había una carpeta de anillas abierta.

—Me lo dijo sir Jon. Vio a Clive en un *pub* cerca de la estación de tren.

En la primera página aparecía una fecha y, debajo, una lista de nombres. ¿La presentación de Cherry Hinton, quizá?

—Así que lo sabía. —Ryan suspiró—. No se mueva de ahí. Llegaré enseguida.

Confirmó la dirección antes de colgar.

Leí la lista de nombres con la esperanza, por pequeña que fuera, de que Claire hubiera tenido razón y una de las personas que asistió a la presentación hubiera dejado la aguja. No me sonaba ningún nombre, pero de todas maneras le hice una foto.

—Molly, ¿puedes venir, por favor? —me llamó Clive, como si rechinara los dientes.

—Claro. —Me acerqué con paso tranquilo, sin ninguna prisa—. El inspector Ryan está de camino. —Señalé la aguja con un dedo—. Le interesa mucho ver eso.

Claire ahogó un grito de manera teatral.

—¿De verdad? Pero ¿por qué? —Giró la pantalla para que pudiera verla—. Clive estaba en Londres. ¿Ves? Esta es su agenda.

Por seguirle la corriente más que por otra cosa, estudié la agenda con detenimiento, en la que también aparecían todos los detalles del viaje. Se había ido por la mañana y tenía la vuelta programada para el día siguiente. Clive asintió satisfecho, con los brazos cruzados sobre el pecho.

—Ahí lo tienes. No estaba ni cerca de la librería cuando mataron a Myrtle.

Su leal empleada volvió a ahogar un grito.

—¿Quién podría pensar algo así? Alguien como tú, un empresario tan respetado, un líder de la comunidad.

—Buena pregunta. —Clavé mis ojos en Clive hasta que él me devolvió la mirada—. Sobre todo tratándose de alguien que siempre se comporta de manera ética y honrada.

Supe que había captado mi insinuación cuando vi que su cara mofletuda se sonrojaba.

—Igual deberías buscar un poco más cerca de ti, señorita. —Agitó un dedo delante de mí—. Tu tía no podría haberlo hecho peor, y le habría estado bien empleado que Myrtle la hubiera demandado, como era su intención. Estaba totalmente a favor del trato con Best Books.

Aquello era la guerra.

—No me extraña, a Myrtle le encantaba el dinero. ¿Qué le importaba que siglos de historia fueran a perderse para siempre? —Por el calor que sentía en las mejillas, imaginé que estaba tan colorada como él—. Lástima que su demanda no tuviera ninguna base, porque hay un testamento. —Siempre que lo encontráramos—. Tía Violet es la propietaria legítima.

Claire nos miraba primero a uno y luego al otro, desconcertada y sorprendida por nuestra hostilidad.

—Voy a poner agua a hervir. Un té nos vendrá bien a todos.

Huyó a la trastienda.

Aunque me costó, decidí dejar a un lado la discusión sobre Myrtle. Al menos esa amenaza había quedado neutralizada. Busqué el sobre y lo agité.

—Aquí tienes otro pago a cuenta. Ahora vamos adelantadas, Clive, y la idea es seguir así hasta devolverte el último centavo. Eeeh, penique.

Nos sostuvimos la mirada. En ese momento, un movimiento cerca de la entrada llamó mi atención: el inspector Ryan y la subinspectora Adhikari habían llegado.

El rubicundo Clive se puso pálido.

—Los has llamado de verdad.

Puse los brazos en jarras.

—A diferencia de otras personas, yo cumplo mi palabra. —Vacilé antes de continuar. En fin, ¿por qué no?, habíamos cruzado el Rubicón y ya éramos enemigos declarados—. Igual te convendría replantearte la historia esa de Londres.

Naturalmente, el inspector Ryan me echó de allí antes de que empezara a interrogar a Clive, pero al menos pude explicar por qué estaba en el despacho y cómo había encontrado la aguja. Y también aproveché para mencionar que la segunda aguja había desaparecido la noche de la muerte de Myrtle.

Mientras volvía a casa en bici, no dejaba de escuchar uno de los comentarios del inspector en mi cabeza. «He de reconocerlo, señorita Kimball, es de las personas más observadoras que he conocido». Aunque a regañadientes, casi parecía admirado.

Siempre lo había achacado a mi curiosidad natural y a una pizquita de obstinación, las dos cualidades indispensables para una bibliotecaria. Los obstáculos y las pistas que no conducían a ninguna parte solo alimentaban mi empeño en encontrar respuestas.

Estaba entrando con la bicicleta por la verja del jardín cuando me di cuenta de algo sorprendente. Mis aptitudes parecían adecuarse la mar de bien a la investigación de un asesinato.

Mi madre y tía Violet estaban en la cocina preparando la cena. El suculento aroma del pollo asado me dio la bienvenida junto con la grata imagen de mi madre machacando patatas con una batidora. El puré que hacía estaba de muerte, de una cremosidad espectacular, gracias a las toneladas de mantequilla y leche.

—¿En qué puedo ayudar? —pregunté mientras me descolgaba el bolso.

—¿Y si pones la mesa? —propuso tía Violet. Insertó un termómetro en el pollo dorado para ver si estaba hecho. Asintió con satisfacción y apagó el horno.

Me acerqué al armario de la vajilla.

—Claro, por supuesto.

Mientras colocaba los platos y los cubiertos, les conté lo que había ocurrido en las oficinas de Clive.

Tía Violet se quedó mirándome con el batidor de salsa en la mano, sobre la cazuela.

—¿Clive tenía mi aguja de hacer punto?

—O una idéntica. —Repartí las servilletas—. Claire estaba convencida de que alguien se la había dejado por descuido. Por lo visto, hace poco tuvieron allí a mucha gente para presentar una nueva urbanización de chalés.

Mi madre pasó el puré a un cuenco.

—Podría ser. O una de esas personas lo hizo a propósito, con la idea de incriminar a Clive.

No había pensado en esa opción.

—¿Te refieres a que alguien pretendía tenderle una trampa? Pero se ha arriesgado mucho.

—Bueno, Molly, estamos hablando de un asesino —dijo mientras dejaba el cuenco en la mesa. Cerca de mi sitio, me percaté—. Y, sea quien sea, debe de tener nervios de acero. A Myrtle la mataron a pocos metros de un grupo bastante nutrido de personas.

—Increíble, ¿verdad? —Tía Violet vertió la salsa en una salsera—. ¿Puedes llevar esto, Molly?

Dejé la salsa en la mesa, además de la fuente de carne que tía Violet había trinchado y las coles de Bruselas de acompañamiento. Poco después, estábamos sentadas, a punto para atacar la cena. Tenía a Puck a un lado y a Clarence al otro, y los dos parecían albergar esperanzas de probar el pollo. Sonreí al comprender que Puck estaba enseñando trucos nuevos a un gato viejo. Ni confirmo ni desmiento que se me cayera algún trocito.

—Bueno, pues, aparte de que haya aparecido la aguja de hacer punto, ¿recordáis que sir Jon vio a Clive cerca de la estación de tren la noche de la muerte de Myrtle? —dije después de varios bocados—. Le comenté al inspector Ryan ese pequeño detalle.

—Y, además, tiene la foto que encontramos en el piso de Myrtle en la que Clive aparece sobornando a alguien —apuntó mi madre—. Es todo bastante incriminatorio.

—Pobre Clive. —No lo dije en serio—. Estoy segura de que no está teniendo una buena tarde.

Tras el postre —tarta de manzana con helado—, nos trasladamos a la sala nueva, donde tía Violet había colocado una mesa. Era donde mi madre y yo examinaríamos *El maravilloso mago de Oz* y *La maravillosa tierra de Oz,* los dos primeros títulos de la colección de catorce volúmenes de Baum. Tía Violet llevó varios libros de consulta mientras yo encendía el portátil. Antes de empezar, nos lavamos las manos en lugar de ponernos guantes, como se recomendaba en los últimos tiempos para tratar los libros de gran valor. Los guantes podían pegarse al papel y arrancarlo si era frágil.

Mientras me las enjabonaba en el excusado, pensé en la noche del asesinato de Myrtle. Según mi teoría, alguien podría haber utilizado la puerta del baño que daba a la cocina para acceder al jardín y matar a Myrtle. Y lo mismo valía para hacerse con la segunda aguja después. Incluso podría haber usado la otra puerta y haberse reunido con nosotros en el recital.

O puede que no asistiera al recital. El asesino podría haber entrado en la casa por una de las dos puertas de atrás, la de la cocina o la de la entrada trasera, para hacerse con las agujas. Clive había estado muchísimas veces en la tienda y seguro que sabía que a tía Violet le encantaba hacer punto. Suspiré. Demasiadas puertas, demasiados sospechosos y demasiadas posibilidades.

Mientras me secaba las manos, deseé fervientemente que Clive confesara el asesinato de Myrtle para ponerle el broche final a todo ese asunto. Sin embargo, tenía la desalentadora sensación de que el misterio no estaba cerca de resolverse.

—¿Estáis listas? —nos preguntó tía Violet cuando nos sentamos a la mesa, con los bellos y antiguos libros esperándonos delante de nosotras.

Mi madre y yo intercambiamos miradas y risitas.

—Es como si volviera a estar en el colegio —dijo mi madre.

Tía Violet fingió que nos miraba con desaprobación.

—Porque es así. Atención, señoritas. —Siguiéndole la corriente, nos aclaramos la garganta y nos sentamos derechas—. Lo más importante que hay que tener en cuenta a la hora de evaluar un libro es lo siguiente: el año de edición, la condición en que se encuentra y el número de ejemplares que hay en circulación. Los libros de Oz son muy populares y los publicaron varias editoriales.

Como nos había pedido, fuimos a la página de créditos del primer libro y, tras consultar la práctica guía de valoraciones de los libros de Oz, determinamos que ese ejemplar en concreto de *El maravilloso mago de Oz* era una primera edición, encuadernada en cartoné y publicada por Geo. M. Hill, Co. *La maravillosa tierra de Oz* era una primera edición de 1904 de Reilly & Britton, quienes publicaron la colección a partir del segundo libro. También debía tenerse en consideración el estado del libro, es decir, las correcciones que se ejecutaban durante el proceso de impresión de una edición y otros cambios. Los nuestros eran segundos estados y, por lo tanto, tenían menor valor, pero, dentro de esa colección, seguían siendo extremadamente valiosos.

Trabajamos juntas y le presentamos a tía Violet el margen en el que considerábamos que se encontraban y las razones que nos habían llevado a esa conclusión para que nos diera su veredicto.

—Buen trabajo —dijo satisfecha. Estaba de acuerdo con la tasación—. Mañana podéis poneros con los doce que quedan.

Mi madre y yo nos miramos y gruñimos, aunque solo para seguirle el juego a tía Violet. Lo cierto era que nos lo habíamos pasado muy bien examinando aquellos maravillosos clásicos.

—No os preocupéis —añadió tía Violet—. La primera revisión os parecerá cada vez más sencilla y la haréis casi sin pensar, pero siempre hay que verificar la información; eso es fundamental. Cuando se rebaten las conclusiones, y es algo que ocurre, hay que ser capaz de defenderlas.

«Verificar información y defender conclusiones». Veía ciertas similitudes entre tasar libros y resolver misterios, aunque, cuando se trataba de un asesinato, había mucho, muchísimo más en juego.

Esa noche, cuando me fui a la cama, abrí el diario de Joan por la siguiente entrada. Había estado oyéndola todo el día en una especie de segundo plano, cuando fragmentos de lo que había escrito se entrelazaban con mis pensamientos. Empecé a leer con Puck ronroneando a mi lado.

Las siguientes entradas se centraban en las tutorías y las clases a las que asistía y, cosa que me interesaba más, en sus citas con Gregory. Habían ido a cenar y a jugar a los dardos a un *pub,* al cine y habían paseado en batea por el río.

Diario de Joan Watson

> Ay. ¿Qué puede haber más romántico? Gregory y yo fuimos a pasear en batea el domingo; nosotros dos, una cesta de pícnic y nada más. La verdad es que se le da muy bien, solo estuvo a punto de caerse una vez. Después de navegar por los Backs, encontramos un lugar tranquilo debajo de unos sauces llorones y disfrutamos de unos sándwiches de rosbif y unas cervezas.
>
> Luego, nos acurrucamos y hablamos de todo un poco. De la vida. De la universidad. De los amigos. Me besó varias veces, pero no se propasó en ningún momento. No como en otras bateas. Hay gente que no tiene vergüenza. No diré más.
>
> Es que Gregory... es perfecto. Y puede que esté poniéndome la tirita antes de la herida, pero no puedo evitar pensar en qué opinaría mi madre.

Yo también me lo pregunté. Por lo que sabía de la Inglaterra de hacía sesenta años, la clase social solía marcar una línea infranqueable. Por arcaico que pareciera, el mundo de Gregory era apuntar muy alto para la hija de un granjero. Seguramente, se opondrían ambas familias.

La siguiente entrada del diario mencionaba a Persephone.

> Uno de mis deseos secretos se ha hecho realidad y apenas puedo creerlo: me han invitado a formar parte de un círculo muy reducido de escritoras del St. Hildegard's. Como ha dicho Persephone Brightwell, es un lugar donde compartir, inspirarse y crecer. Le gustaría que publicáramos un volumen de relatos cortos y poesía durante el próximo trimestre. Ruth Orforo, que quiere trabajar en el mundo editorial, se ha ofrecido a editarlo e imprimirlo. Es un sueño hecho realidad. Claro que ahora tengo que escribir algo que merezca la pena publicarse.

Eso sí era emocionante. Me pregunté qué habría sido de ese grupo, si llegarían a publicar algo. Quizá Persephone podría decírmelo. Volví la página y vi el nombre de Myrtle. Hasta el momento, parecía que apenas tenía peso en la cuadrilla; se la mencionaba en las salidas, pero no era una figura clave.

> Qué noche tan espantosa. Hace frío, llueve y sopla un viento pujante que anuncia el invierno. Después de cenar, me encerré en mi habitación para leer un rato. No es fácil cuando no dejo de ver la cara de Gregory sobre el papel en lugar de las palabras.
>
> Los golpecitos en la puerta fueron una grata interrupción. Era Myrtle, la de la habitación de al lado, con una taza.
>
> —¿Tendrías una bolsita de té? Odio salir con este tiempo.
>
> Todas teníamos hervidores eléctricos y un pequeño alijo de cacao en polvo, bolsitas de té y café instantáneo en nuestros dormitorios.
>
> Agradecida de contar con una excusa para dejar de estudiar, la invité a tomar una taza. Después de preparar el té, ella se sentó en la cama y yo en la silla.
>
> —Esto está muy bien, ¿verdad? —dijo Myrtle y sopló el té caliente—. Siempre que pensaba en cuando fuera a la universidad, me imaginaba noches así, pasando el rato con las amigas.
>
> Me pareció un poco triste y de inmediato me sentí mal por no invitarla a mi habitación más a menudo. Aunque había estado

muy ocupada y, sinceramente, Myrtle tenía algo que me producía rechazo. Quizá la había juzgado mal.

—Sí, no hay nada como charlar con una buena amiga —dije.

—Sobre todo de chicos, ¿verdad? —Me sonrió—. Parece que Gregory y tú os lleváis muy bien.

Agaché la cabeza tratando de disimular una sonrisita tonta.

—Pues sí —contesté con naturalidad—. Es bastante majo.

Y me quedaba muy corta.

Se calló un momento, trazando con un dedo el estampado de la colcha.

—Bueno, ¿y hay algún secretillo de familia? —Se echó a reír—. Esa gente suele tenerlos, ¿no?

El comentario me indignó. ¿Adónde quería ir a parar? La familia de Gregory era rica, sí, pero ¿por eso debían de tener más secretos que, no sé, la mía?

—No sé a qué te refieres —dije al final—. Es una persona muy franca.

Incluso me había contado que sus padres querían emparejarlo con Fiona.

Myrtle me estudió con atención y vi que maquinaba algo.

—Qué bien —dijo—. Espero que... En fin, nada.

Se echó a reír.

—Bueno, ¿y a qué se dedica tu padre? —quiso saber tras un silencio incómodo—. Eres de Hazelhurst, ¿no?

—Tiene una granja de vacas —murmuré apenas.

No me gusta que me pregunten por mi familia. Muchas de mis compañeras de estudios encasillan a la gente por sus orígenes. Las granjas de vacas, como es de suponer, están en los escalafones más bajos.

—Interesante —dijo, echando un vistazo a mi habitación—. Debe de irle bien. Las matrículas de esta facultad son bastante caras. Mis padres... Bueno, por suerte, mi abuela me dejó algo de dinero. Pero más que vivir, malvivo.

Torció el gesto.

—¿Qué me vas a contar? —contesté apretando los dientes—. Yo estoy aquí gracias a una beca.

No veía el momento de librarme de esa entrometida.

—Ah, qué bien —dijo. Hizo una pausa y, luego, prosiguió—: ¿Qué opinas de Ruth y su amiga? Creo que se llama Catherine, ¿no?

El cambio brusco de tema me sorprendió.

—No opino nada. ¿Por qué?

Esa vez fue ella la que agachó la cabeza, pero aun así distinguí su expresión taimada.

—Por nada. —Volvió a trazar el dibujo de la colcha con el dedo—. Creo que son raras, solo eso. —Lanzó una risita desagradable—. Siempre están juntas. Como si fueran inseparables.

Aún no me había acabado el té, pero me levanté, ansiosa por quitármela de encima.

—Lo siento, Myrtle, ha estado muy bien, pero tengo que ponerme a estudiar. Voy muy retrasada.

Gruñó un poco, pero por fin se fue, con otra bolsita de té en la mano. Le habría dado la lata entera de haber sido necesario. No sabía qué se traía entre manos, pero yo desde luego no pensaba seguirle el juego.

Acababa de ver a Myrtle en acción y, para ser sincera, me había dejado helada, sobre todo conociendo la historia de Ruth. También me había quedado claro qué la motivaba: no quería ser menos que las estudiantes con muchos más medios que ella y a las que seguramente envidiaba.

La cuestión era la siguiente: ¿los tejemanejes de Myrtle tenían algo que ver con la muerte de Joan o había más secretos que descubrir?

CAPÍTULO DIECISÉIS

—¿Buscando fotos de Kieran? —preguntó Daisy con una sonrisa burlona mientras sus manos no paraban preparando tés, cafés y colocando pastas en platos.

Me llevé el periódico de la mañana hasta el mostrador y bajé la voz.

—En realidad estoy mirando a ver si han detenido a alguien.

Abrió mucho los ojos.

—Ay, cuenta. Espera un momento, que eso me interesa.

Les tendió las tazas y los platos a un grupo que hablaba francés y, después de que se sentaran en dos mesas, empezó a preparar mi pedido habitual.

Mientras trabajaba, la puse al día acerca de lo que habíamos descubierto en el piso de Myrtle, menos la esquela de Joan, y de la visita a las oficinas de Clive, procurando que no me oyera nadie aparte de ella. Agité el periódico antes de doblarlo y colocármelo bajo el brazo.

—Pero no dice nada, así que puede que, al final, Ryan no lo detuviera.

—O puede que solo sea que aún no lo ha hecho. —Daisy dejó mi café largo y humeante en el mostrador con una sonrisa taimada—. Me gustaría saber qué opina el inspector de que le hayas pasado la mano por la cara otra vez.

Pensé en la actitud del inspector Ryan. Se había mostrado muy profesional, pero tenía la clara sensación de que le había molestado.

—No le gusta, pero tendrá que aguantarse. Yo tenía motivos legítimos para estar en los dos sitios —dije refiriéndome al piso de Myrtle y las oficinas de Clive—. ¿Qué voy a hacerle si tengo un don natural? —Sonreí y pestañeé con coquetería para demostrar que bromeaba.

—Vaya si lo tienes —convino Daisy. Señaló el expositor de los dulces—. ¿Te pongo algo para acompañar el café? Tengo *scones* con nata y crema de limón.

Aunque se trataba de un cuajado, la crema de limón inglesa estaba deliciosa.

—Ponme tres. Mi madre y tía Violet también querrán. —Recordé la otra noticia, mucho más emocionante que la posible detención de Clive—. ¿Sabes qué? Kieran me ha invitado a cenar.

Daisy dio una palmada con las manos enguantadas.

—¡Bien! Cuánto me alegro. Estáis hechos el uno para el otro.

Bonito de oír, aunque un poco difícil de creer.

—¿De verdad? ¿Tú crees? —La inseguridad empezó a anidar en mí—. No es de este mundo, literalmente.

Lanzó un resoplido.

—¿Y qué? Aquí el suertudo es él. Y puedes decirle que lo he dicho. —Cerró la caja de los dulces y la dejó en el mostrador—. Ahora a lo que importa de verdad: ¿qué vas a ponerte?

—Ni idea —suspiré—. No tengo nada de nada, pero voy a ir de compras con mi madre. ¿Quieres venir?

—Me encantaría —dijo Daisy cogiendo el dinero—. Yo también necesito algún trapo. —Se puso seria—. Por cierto, ¿ya has empezado a leer el diario de mi tía? No pasa nada si todavía no te has puesto.

Su mirada ansiosa contradecía lo que acababa de decir y, a juzgar por su postura encorvada, estaba preparándose para lo que pudiera contestar.

—Solo he leído unas cuantas entradas y es un verdadero encanto, Daisy. En serio.

No sabía si sería capaz de decirle que quizá la habían asesinado.

Relajó los hombros.

—Eso he oído. A lo mejor, al final yo también me animo a leerlo un día de estos. —Empezaron a entrar más clientes en el local, por lo que empujó la caja hacia mí, con suavidad—. Hablamos más tarde, Molly. Que tengas un buen día.

Captando la indirecta, cogí la caja y el café, uno en cada mano.

—Igualmente, Daisy.

Mientras disfrutábamos de los *scones,* tía Violet y yo hablamos sobre la visita que esa tarde le haríamos a Fiona Fosdyke.

—Supongo que podríamos ir andando —dijo tía Violet—, pero cae un poco lejos. Le diré a George que saque el coche del garaje.

No me había subido a un coche ni a ninguna otra forma de transporte motorizado desde que estaba allí y no me apetecía romper la racha.

—¿Y si vamos en bici? Puedo alquilar una aquí al lado.

Cosa que me ofrecía la excusa perfecta para ver a Kieran.

—Pues vamos en bici, que tengo que hacer ejercicio —rio tía Violet—. ¿Cómo crees que conservo este tipín? Dándole al pedal.

—Sobre todo teniendo cerca todas estas tentaciones —dije, dándole un bocado al *scone.* Se deshizo en mi boca, con ese estallido de sabor que le aporta la crema de limón.

—Tengo una idea incluso mejor —aseguró mi madre con una adorable manchita de crema sobre el labio. Se limpió la boca al ver mi gesto—. Tanto Molly como yo necesitamos una bici. Pues comprémonos una.

—¿En serio, mamá?

Había dejado mi vieja bici de diez velocidades en Vermont. Tampoco era que la hubiera utilizado mucho. Entre las fatigosas cuestas empinadas, las nevadas y heladas frecuentes y los caminos estrechos bordeados de cunetas profundas, ir en bici nunca había sido mi deporte favorito. Sin embargo, aquí, en Cambridge, donde muchas calles del centro estaban cerradas al tráfico motorizado, era un medio de transporte indispensable y mucho más seguro.

—He visto algunas preciosas en exposición —dijo mi madre—. Y están de rebajas.

Tía Violet quedó al frente de la librería mientras mi madre y yo nos acercábamos a la tienda de al lado. Tenía razón, había una preciosa colección de bicicletas para mujer en el soporte destinado a las que estaban a la venta y, al igual que la de tía Violet, estaban equipadas con cestas y timbres.

Kieran salió de la tienda con una sonrisa radiante.

—Una mañana preciosa, Molly, Nina. ¿Os puedo ayudar?

Mi madre colocó la mano sobre una bicicleta rosa.

—Quiero esta bici.

—Y yo esta.

Era de un precioso color turquesa que me alegró el corazón de inmediato. El bonito color destacaría sin esfuerzo en el océano de bicicletas negras y me facilitaría la tarea de identificarla cuando la aparcara junto a otras.

—Pues os las prepararemos enseguida. —Kieran le quitó el candado a la de mi madre—. Sube y la ajustamos.

Media hora después, éramos las orgullosas dueñas de dos bicicletas preciosas con cascos a juego.

—¿Te apetece ir a dar una vuelta? —preguntó mi madre dándole unas palmaditas al manillar de la suya—. A ver qué tal responde Beatrice.

—Vaya, ¿le has puesto nombre? —Miré la mía con atención, pensando en cómo llamarla—. Belinda. Sí, a Belinda le encantaría ir de paseo.

Después de informar a tía Violet sobre nuestros planes y llevarnos agua y algo para comer, nos pusimos a pedalear por las calles adoquinadas.

Mi madre iba delante y yo la seguía disfrutando de la brisa fresca que me azotaba la cara mientras cruzábamos la universidad y el río. Tomamos un camino para bicis que encontró mi madre, una ruta que atravesaba praderas y pasaba junto a ovejas y vacas que pacían. De vez en cuando, los árboles y los arbustos formaban arcos sobre el estrecho sendero y creaban túneles. Era difícil creer que aún estuviéramos en la ciudad.

—¿Adónde vamos, mamá? —pregunté, sospechando que tenía un destino en mente.

—Ya lo verás —contestó—. ¿Qué tal vas?

—Genial —dije—. ¡Sigamos!

La excursión estaba siendo muy agradable, el camino era llano y sencillo, y tenía la sensación de que no iba a cansarme nunca. Hasta que vi unas vacas bloqueando el paso.

Sin inmutarse siquiera, mi madre se desvió hacia el prado para rodearlas y continuó adelante. La seguí, pedaleando con todas mis fuerzas mientras rezaba para que a ninguna le diera por moverse en ese momento.

Poco después regresamos a la civilización en forma de pueblito. Mi madre pasó por delante de varias tiendas antes de tomar una carretera secundaria en la que, un poco más adelante, en una curva, se alzaba una pintoresca casa de campo rodeada de andamios en cuyo tejado trabajaban dos hombres colocando una cubierta vegetal. En el rótulo de la furgoneta que había aparcada en el camino de entrada se leía «Shire Thatch».

Estuve a punto de caerme al frenar de golpe. ¿Shire Thatch no era la empresa de mi tío? ¿Cómo sabía mi madre que iban a estar allí? Había desmontado de la bici, había bajado el pie de cabra para que se mantuviera en pie y miraba con atención a los hombres, con los brazos en jarra. Aparqué la mía a su lado y comprobé que se sostenía sobre el soporte antes de soltarla.

Cuando por fin se percataron de nuestra presencia, los hombres dejaron de unir haces de paja a la estructura y, al cabo de un momento, el mayor de los dos saludó con la mano. Sorprendida, me di cuenta de que se trataba del hombre que había visto en el puesto de periódicos y, posteriormente, en el puente. O sea que, al final, sí habían estado siguiéndome. Mi tío, porque no podía ser otro, se apresuró a cruzar el andamio y bajó por una escalera seguido por su compañero, aunque este no parecía tener tanta prisa.

—Nina. ¿De verdad eres tú? —Se detuvo a unos pasos, con los ojos clavados en ella.

—Soy yo, Chris —rio mi madre pasándose una mano por el pelo—. ¿Cómo estás?

Tío Chris avanzó un paso con las manos levantadas como si fuera a abrazarla. Luego, las bajó y la miró con expresión cautelosa.

—Estoy bien. —Señaló la casa de campo con la barbilla—. Ocupado como siempre, ya lo ves.

Mi madre me agarró del brazo y tiró de mí.

—Chris, esta es mi hija, Molly.

—Encantado de conocerte, jovencita —me saludó, con una sonrisa vacilante.

—Lo mismo digo.

«Ahora que sé que existes». Puede que tío Chris fuera un buen tipo. Según mi madre, el verdadero problema era su mujer.

Tío Chris se acercó a la furgoneta.

—¿Os apetece un té? Ya es casi la hora.

—Claro, la verdad es que sí —dijo mi madre. Me miró de soslayo y enarcó las cejas, como si me preguntara si me parecía bien. Asentí.

—Hola, soy Charlie Marlowe —se presentó el hombre más joven dirigiéndose a mi madre, que le estrechó la mano.

—Y yo Nina, tu tía de Estados Unidos.

Charlie se parecía mucho a su padre y, por extensión, a mi madre. Moreno, ojos oscuros, agraciado y sonrisa bonita. Noté que tenía la palma de la mano seca y callosa cuando me estrechó la mía.

—Bienvenida a Inglaterra, Molly.

—Gracias —dije, tratando aún de hacerme a la idea de que tenía un primo. Mi único primo. Puede que incluso acabáramos siendo amigos.

Su padre había sacado una bolsa de cuadros escoceses y estaba sirviendo un té cargado en unos vasos desechables. Charlie nos pasó un paquete de McVitie's.

—Mis preferidas —aseguré cuando cogí una.

A Charlie se le iluminó la mirada.

—Y las mías. —Se hizo con dos antes de darle el paquete a mi madre—. Subir y bajar escaleras todo el día abre el apetito.

—Me lo figuro.

Qué contraste entre entornos de trabajo. Ellos en el exterior, sobre un tejado, yo en el interior, rodeada de libros. Aunque el techado de paja era un oficio bello y ancestral. Me di cuenta de que las dos ramas de la familia se dedicaban al pasado. Interesante.

En círculo, disfrutamos del té mientras hacíamos comentarios inocuos sobre el tiempo, la librería y el oficio del techado. Tío Chris aclaró mis dudas y se ofreció a hacerme una demostración de técnicas personal cuando me viniera bien. Ni mi madre ni mi tío mencionaron la nota y todos nos mantuvimos alejados del tema del asesinato de Myrtle. Para cuando acabamos el té, habíamos roto el hielo y compartido unas risas.

—Será mejor que volvamos al tajo —dijo tío Chris mientras recuperaba los vasos vacíos.

—Y nosotras —convino mi madre—. Tía Violet está esperándonos.

—Me alegro de haberte conocido, Molly —dijo Charlie—. Podríamos quedar un día para tomar una cerveza.

—No estaría mal —asentí mientras recogía el pie de cabra de la bici—. ¿Qué te parece en el Magpie? Está en nuestra misma calle.

—¿El Magpie? —repitió tío Chris. Se volvió hacia su hijo—. ¿El dueño no es el tipo ese que se metió en un lío hace un tiempo?

—No tengo ni idea —rio Charlie encogiéndose de hombros—. No le hagáis ni caso. Nunca olvida un buen cotilleo.

Tío Chris apoyó la barbilla en una mano, pensando.

—¿No se llama Steve Baker?

Sentí la adrenalina correr por mis venas cuando oí que mencionaba su nombre. Había pensado hablar con Steve acerca de Myrtle, pero solo para tacharlo definitivamente de la lista. En ningún momento lo había considerado un verdadero sospechoso. ¿Qué había hecho? Debía de tratarse de algo grave o tío Chris ni se habría molestado en sacarlo a colación.

—Steve y Susie Baker son los dueños —dijo mi madre—. Son muy majos los dos.

Mi tío asintió.

—Sí, a él lo conozco, pero a Susie no. Debe de ser su segunda mujer. El caso es que el tipo tiene un problemilla con el juego. O tenía. Hará unos quince años, lo pillaron en una redada cuando cerraron un garito ilegal de boxeo.

Y Steve seguía apostando. Legalmente esta vez, por lo que parecía, pero a escondidas. La cuestión era: ¿las amenazas de sacar a la luz lo que hacía lo condujeron a asesinar a Myrtle?

Rindiéndonos a la tradición, tía Violet y yo nos arreglamos para tomar el té con Fiona, a pesar de que iríamos en bici. Yo llevaba un vestido blanco de algodón, de falda amplia y con estampado de amapolas, y unos zapatos bajos blancos, y tía Violet un vestido clásico de color lavanda con una torera a juego. Las flores aterciopeladas del sombrero cabeceaban alegremente mientras pedaleaba delante de mí.

Belinda estaba recibiendo un buen tute para ser su primer día, pensé mientras atravesábamos Jesus Green, un parque enorme que había sido tierra de pastos. Las vacas y las ovejas que antes deambulaban por los prados habían dado paso a árboles imponentes que filtraban la luz de la tarde y a gente que paseaba o se relajaba sentada en los bancos.

A mi madre no le había importado quedarse en la tienda para atender a los clientes mientras continuaba con la tasación de la colección de Oz. Parecía sentirse aliviada de que la visita a su hermano hubiera ido bien, y tuve que reconocer que su estrategia había sido perfecta. Por un lado, mi madre sabía que tía Janice no estaría y, por el otro, un lugar tan poco íntimo no daba pie a sacar temas delicados. El tiempo diría si mi primo y yo quedaríamos o no. Seguramente, dejaría que fuera él quien diera el primer paso.

Cuando alcanzamos el río, que bordeaba el parque, cruzamos un puente y llegamos a Chesterton, otro pueblo que se había integrado en Cambridge de manera gradual, a medida que la ciudad se expandía.

Tía Violet detuvo la bicicleta a un lado del camino.

—¿Cómo vas, Molly?

A pesar del ritmo que había impuesto, no parecía que le faltara el aliento.

—Genial. Me lo estoy pasando muy bien.

En bicicleta, podía disfrutar del paisaje mientras cubría mucho más terreno que caminando.

—Ya casi hemos llegado. —Tía Violet colocó los pies en los pedales—. Está un poco más adelante.

Me condujo por un laberinto de calles laterales hasta llegar a una que acababa en una portalada alta de madera. A la izquierda, se extendía un muro de ladrillo a la vista y, a la derecha, la pared trasera de la casa, también de ladrillo, pero pintado de un color verde claro.

—Fiona tiene una señora casa —me avisó tía Violet.

Bajó de la bici y la empujó para cruzar a pie la puerta de madera. Una vez dentro de la propiedad, dejamos las bicis junto al Mercedes gris que había aparcado debajo de un gran árbol, aunque lo bastante lejos para no rayar la pintura por accidente. Luego, nos volvimos hacia la casa. La sección principal era de estilo georgiano, una fachada lisa de ladrillo blanco con una entrada central flanqueada por dos ventanas a cada lado y cinco encima. El tejado estaba salpicado de claraboyas diminutas.

—¡Vaya! —exclamé. El flechazo había sido instantáneo—. Este lugar es precioso.

Tía Violet me agarró del brazo y, con delicadeza, me hizo volverme para que admirara los jardines. Un extenso césped bordeado de arriates de flores se extendía hasta el Cam, donde las perezosas bateas se movían empujadas por la corriente y un par de cisnes dibujaban círculos en el agua. Me entraron ganas de echar a correr por la hierba gritando de alegría de lo bonito que era.

—Hola —dijo una voz femenina—. Veo que ya habéis llegado.

Fiona estaba en la puerta de casa, saludándonos con la mano. Ese día, un traje de chaqueta cruzado con falda contenía su pecho imponente mientras dejaba a la vista unas piernas dignas de admiración; acababa de hacerse la permanente.

—Cuánto me alegro de verte, Fiona, querida —dijo tía Violet de corazón. Por un momento, pareció que iban a abrazarse, pero lo dejaron en un cálido apretón de manos.

—Pasad, por favor —nos invitó Fiona, llevándose adentro a tía Violet—. Qué amable que hayas venido a visitarnos, Molly.

Fiona se quedó atrás hasta que las dos hubimos entrado en el amplio vestíbulo, desde el que partía una escalera elegante que conducía a las plantas superiores. A ambos lados había puertas por las que divisé un salón y un comedor formales, los dos amueblados según la tendencia del momento. Fui admirándolo todo, boquiabierta, mientras nos acompañaba al salón, cuyas puertas francesas se abrían a un jardín lateral exuberante. Un par de carolinos de porcelana nos miraban desde la repisa de la chimenea.

—Sentaos, por favor —nos pidió Fiona, indicándonos la zona de sofá y sillones orejeros, tapizados de seda verde—. Enseguida vuelvo —dijo antes de desaparecer apresuradamente por otra puerta.

Tía Violet me dio un suave codazo y me indicó los perros con un gesto de cabeza.

—Chinos, del siglo XVIII —me susurró—. Valen una fortuna.

No era experta en antigüedades, pero, mirando alrededor, reparé en otros objetos de gran valor: jarrones Ming, una vitrina llena de figuritas de porcelana, cuadros con marcos dorados. Pensando en el contraste entre esa mansión y el piso ciertamente modesto de Myrtle, me pregunté si no se habría dejado arrastrar por la envidia además de la codicia.

Fiona volvió con una bandeja grande de plata. La dejó con cuidado sobre la mesita de mármol y las tazas de porcelana fina produjeron un suave tintineo.

—Aquí está —dijo, dejándose caer en un sillón y cogiendo la tetera, que hacía juego con las tazas de té de motivos florales. Llenó tres con destreza—. Limón, azúcar o leche; lo que os apetezca.

Tía Violet soltó una risita.

—Estaba pensando en lo poco que se parece esto a cuando tomábamos té en nuestras habitaciones del St. Hildegard's. Tazas de loza, viejas y llenas de manchas, y, a veces, cuando íbamos mal de dinero, incluso bolsitas de té recicladas. ¿Te acuerdas?

Fiona dejó la tetera y me pasó una taza.

—Ya lo creo. Persephone tomó «prestadas» unas cuantas de esas tazas de la cantina.

Me serví una nube de leche en el té y contemplé cómo se enturbiaba el líquido claro. Menudo contraste entre la alegre y despreocupada Fiona de la minifalda que coqueteaba con Tom y esa matrona imponente, dueña y señora de todo cuanto la rodeaba. Me pregunté qué Fiona preferiría ella.

La mujer se sirvió un terrón de azúcar en el té y la imité, por la novedad. Ladeó la cabeza y me miró con interés. Seguía conservando una preciosa mirada de ojos azul claro y vi a la chica que fue una vez.

—¿Qué tal te vas adaptando, Molly? Cambridge es un lugar muy agradable, ¿verdad? —Su sonrisa vaciló—. Bueno, al menos casi siempre.

Qué manera tan elegante de esquivar al elefante en la habitación: Myrtle.

—Me encanta Cambridge —afirmé con tanto entusiasmo que lo oí resonar en la silenciosa y elegante habitación—. Los libros siempre han sido mi vida y ahora sé que es una pasión heredada con todas las de la ley. —Bueno, salvo que se la jugáramos a la rama de Myrtle, cosa que dudaba mucho—. Mi madre y yo tenemos grandes planes para la librería —además de resolver asesinatos cometidos *in situ*—, todo con el beneplácito de tía Violet, y además ya he hecho algunos amigos.

—Kieran Scott la ha invitado a salir —apuntó tía Violet dejando la taza en la mesa con un tintineo suave.

Fiona frunció los labios, sorprendida y admirada.

—Oh, es un chico encantador. Y de buena familia.

Se quedaba corta en ambos casos. Me removí en mi asiento con la sensación de haber vuelto al instituto y estar presenciando cómo se sometía a escrutinio a la última persona por la que me había chiflado. A juzgar por las sonrisas cariñosas que me dirigían, supuse que daban el visto bueno.

Agité una mano tratando de restarle importancia mientras rezaba para que abandonaran el tema.

—Vamos a ir a cenar al Holly & Ivy, donde dijo Ruth que se alojaba. Ah, por cierto, ¿Persephone ya se ha ido?

Esperaba que mi maniobra para encaminar la conversación hacia donde quería y alejarla de mi vida amorosa fuera lo bastante hábil.

—Continúa aquí, conmigo. Al menos se quedará una semana o incluso más. —Fiona me ofreció un plato—. ¿Una galleta?

No había McVitie's, así que cogí una de jengibre, aunque casi me parto una muela al darle un mordisco. Entonces vi que tía Violet estaba mojando la suya en el té, para ablandarla. Entendido.

—No sabes lo contenta que estoy de tener a Molly y a Nina aquí —dijo tía Violet—. Además de ayudar en la tienda y montar una campaña en las redes sociales, Molly ha estado revisando los libros infantiles de Tom. Llevaba años posponiéndolo.

Ante la mención del hermano de tía Violet, a Fiona se le cayó su galleta a la alfombra.

—Ay, disculpad, qué torpe.

Se sonrojó y se agachó a recogerla.

Tom seguía significando mucho para ella.

—Ojalá lo hubiera conocido —dije, aprovechándome cruelmente de sus sentimientos en beneficio de nuestra misión, con la que solo pretendíamos hacer justicia—. Parece que era un hombre maravilloso. Y por las fotos de cuando era joven... Vaya, era *guapérrimo,* como dirían mis amigas.

Bajo el maquillaje, sus mejillas adoptaron una tonalidad de un rosa intenso.

—Sí. Sí que lo era. Todos apreciábamos mucho a Tom, ¿verdad, Vi?

Me había preguntado qué estrategia usaría tía Violet para hacer avanzar nuestra causa, pero, para mi sorpresa, fue directa a la yugular.

—Tú lo amabas, Fiona, ¿verdad? No solo entonces, sino también hacia el final de su vida. —Hizo una pausa cuando vio que su amiga empezaba a tartamudear, pero enseguida la interrumpió—. Hemos visto las fotos. Las que tenía Myrtle.

—Esa bruja te chantajeaba, ¿no? —dije, sorprendiéndome incluso a mí misma con mi franqueza y brusquedad—. Me alegra que quisieras a mi tío. Merecía ser amado.

Las circunstancias eran complicadas, sí, pero ¿quién era yo para juzgar a nadie?

Fiona abrió mucho los ojos, impactada, pero el pesar y los remordimientos no tardaron en hacerle torcer el gesto.

—Tenéis razón. Lo amaba. —Encorvada, empezó a arrugar la servilleta con nerviosismo—. Era el amor de mi vida. Fui muy tonta al casarme con Gregory en lugar de hacerle caso al corazón —consiguió decir con esfuerzo.

—Y un día te enteraste de que Tom tenía cáncer —dijo tía Violet con voz suave, inclinándose sobre la mesa.

Su amiga asintió.

—Sí. Nos encontramos por casualidad. —Abrió la boca—. Myrtle. Ella fue quien me lo dijo. Estaba con ella cuando vimos a Tom. En el Tea & Crumpets.

La tienda de Daisy, justo enfrente de la librería, por lo que sería lógico que Tom frecuentara el lugar.

—¿Crees que os tendió una trampa? —pregunté. Viéndolo en esos momentos, parecía obvio.

Fiona continuaba sin salir de su asombro.

—Pues puede que sí. De hecho, justo después de que Tom entrara y nos saludara, ella se excusó y se fue. Así que Tom y yo... —Se sonrojó aún más—. Nos sentamos juntos y nos pusimos a hablar. Madre mía, vaya si hablamos. —Se echó a reír—. Creo que Daisy tuvo que echarnos a la hora de cerrar.

Continuó destrozando la pobre servilleta, sumida en sus recuerdos.

—Y empezasteis a veros —dijo tía Violet.

Fiona apartó la mirada del regazo.

—Sí, así es. Solo tuvimos... ¿Cuánto? En cualquier caso, menos de un año. Pero creo que le proporcioné cierto consuelo.

—¿Cuándo empezó Myrtle a chantajearte? —pregunté.

Se llevó una mano a la frente y cerró los ojos.

—Justo después del funeral. Apenas lo habían enterrado y ya recibí la primera llamada. Oh, me tenía bien pillada, ya lo creo. Si nos hubiéramos reencontrado antes, quizá me habría ido con Tom y que fuera lo que Dios quisiera. Quizá lo hubiera hecho. Sí, lo habría hecho. Seguramente. Pero ya no tenía a Tom... Además, Gregory también arrastraba problemas de salud. Y mis hijos... Nunca me lo habrían perdonado si hubiera dejado a su padre en ese momento. —Negó con la cabeza—. No sabíamos si superaría el invierno pasado.

Punto, set y partido para Myrtle. Tenía a Fiona acorralada por completo.

Miré a tía Violet de reojo. ¿Nos atreveríamos a seguir adelante y preguntarle sin tapujos si había matado a Myrtle? Desde luego, tenía motivos: quitarse de encima a esa ruin chantajista. Mientras Myrtle estuviera viva, siempre existiría el peligro de que les contara lo de la aventura amorosa a Gregory o a sus hijos.

Unas voces procedentes del jardín nos hicieron dar un respingo. Todas nos pusimos tensas cuando Persephone cruzó las puertas francesas con paso tranquilo, con la trenza balanceándose y una gran sonrisa en la cara.

—Qué bien, tenemos compañía. —Se volvió a mirar al hombre que venía detrás, un caballero alto y delgado, de pelo cano y facciones atractivas en las que se acusaba el paso del tiempo—. Gregory. Son Violet Marlowe y su sobrina, de la librería. —Le brillaron los ojos—. Ya sabes, la hermana de Tom.

CAPÍTULO DIECISIETE

A pesar de estar considerada un tesoro nacional, definitivamente Persephone no me caía bien. La pobre Fiona, ya sonrojada, se puso tan colorada como las amapolas de mi vestido, aunque nuestra anfitriona hizo lo que pudo para disimular lo mal que estaba pasándolo y se levantó de inmediato.

—Persephone. Gregory. ¿Os apetece un té? Voy a buscar más tazas.

—¿A qué viene tanto aturullamiento, querida? —preguntó Gregory en un tono cariñoso y grandilocuente al mismo tiempo—. Tranquila. Yo no quiero té.

Parecía un hombre digno, estirado, incluso un pelín condescendiente, pero, sin poder evitarlo, pensé en cómo lo veía Joan: amable, divertido, incluso encantador a su sosegada manera. Igual que le había ocurrido a Fiona, ¿Gregory también se había visto arrollado por las expectativas familiares y las convenciones sociales?

Fiona apenas se había sentado cuando Persephone dijo:

—A mí sí que me apetece.

Así que Fiona volvió a levantarse de un salto y se excusó mientras la poeta tomaba asiento en un sillón con elegancia y una sonrisa victoriosa. Me pregunté si habría tenido a Fiona yendo de aquí para allá desde que estaba allí. Probablemente. Según el diario de Joan, Persephone era la abeja reina del círculo de amigas y, por lo que parecía, el paso de los años no había hecho más que reforzar su posición.

—Hola, Violet. —Gregory me tendió una mano—. Creo que no hemos tenido el placer.

—Molly Kimball —dije—. Encantada de conocerle.

Su apretón fue firme y sus ojos no se apartaron de mí mientras me evaluaba. Agradecí que ese hombre incisivo no pudiera leerme la mente y descubrir que conocía sus secretos.

—Lo mismo digo. —Me soltó la mano con un pequeño asentimiento—. Y, ahora, señoras, si me disculpan, voy a retirarme a mi estudio. El deber me llama.

Se alejó a grandes zancadas.

—Hace un día precioso —declaró Persephone después de que el hombre se hubiera marchado—. Qué lástima que Gregory y yo hayamos estado liados con papeleo, pero había que hacerlo. Impuestos.

Arrugó la nariz.

Respondimos con un murmullo porque no había nada que decir. Fiona no tardó en regresar con una taza para Persephone.

—¿Dónde está Gregory? —preguntó.

—En su estudio —contestó tía Violet—. ¿No es curioso que ninguno de nosotros se haya jubilado? Él sigue en el Parlamento y ejerciendo la abogacía, ¿no? Tú, Fiona, trabajas en el St. Hildegard's, y tú, Persephone, sigues escribiendo poesía.

—Al menos eso intento. —Persephone aceptó la taza con un gracias—. Por cierto, la edición de lectura anticipada ya ha llegado. Ruth me ha enviado unas cuantas copias. ¿Os gustaría verlas?

Ese tipo de ejemplares formaban parte de la campaña de promoción y se enviaban con la intención de crear interés y lograr cuantas más reseñas mejor.

Tía Violet dio una palmada.

—Por supuestísimo. ¿Me la firmarás? ¿A las dos?

—Encantada. —Persephone bebió un sorbo de té y luego dejó la taza en la mesa—. Fiona, cariño —dijo al levantarse—, ¿tú también quieres una?

Fiona dio un respingo. Tenía la cabeza vuelta hacia el jardín, con la mirada perdida.

—¿Qué? Disculpa, se me ha ido el santo al cielo.

—Me han llegado las copias de lectura anticipada —repitió Persephone—. Te traeré una.

Aunque parecía contenta, puso los ojos en blanco a la espalda de su amiga cuando salió de la habitación.

—¿Estás bien? —le susurró tía Violet a Fiona.

Sin devolverle la mirada, Fiona clavó los ojos en la tetera mientras volvía a servirnos té.

—No pasa nada. Tengo que centrarme en la salud de Gregory, eso es lo importante.

Es decir, que ocultaría el dolor por su amor ausente y seguiría adelante.

¿Yo sería tan valiente? Aunque, claro, esperaba que, cuando me casara, si lo hacía, fuera con alguien a quien quisiera de verdad. ¿Qué sentido tenía si no? En cualquier caso, supuse, esas mujeres pertenecían a una generación que había tenido que hacer frente a presiones que yo no.

Persephone entró en la habitación caminando con aires de grandeza y un libro apoyado en cada brazo.

—Esperad a verlo. Es magnífico.

Con una floritura, le tendió un ejemplar a tía Violet y otro a Fiona.

—Ya lo creo —reconoció tía Violet—. Enhorabuena.

El libro era precioso; la cubierta se inspiraba en un grabado botánico antiguo de manzanas. El título, *Letras versadas: Poemas de Persephone Brightwell,* estaba impreso en cursiva y letras doradas. En las guardas aparecía el mismo dibujo de las manzanas, pero en un color sepia desvaído.

—¿No os parece una maravilla? —preguntó la autora—. El título es ingeniosísimo. Y el tema de la manzana remite a Isaac Newton y, por tanto, a Cambridge, donde empezó todo.

Cogió el ejemplar que le tendía tía Violet y, después de enviar a Fiona a buscar una pluma, escribió una dedicatoria con letra inclinada y arrogante. «Para las encantadoras mujeres de la mejor librería del mundo, la Thomas Marlowe», leí después de que tía Violet me pasara el libro.

Lo hojeé con curiosidad y me percaté de que estaba dividido por épocas y que la primera correspondía a la etapa del St. Hildegard's. Sería interesante ver cómo su talento, estilo y temática habían ido cambiando a lo largo de los años.

—Aquí tienes, mi encantadora anfitriona —dijo Persephone, tendiéndole a Fiona el ejemplar firmado.

—Tengo una idea. ¿Y si te hago una foto con el libro, Persephone? —propuse—. En ese banco que hay frente al río sería perfecto.

—Oh, sí, una idea magnífica —contestó llevándose una mano al pelo y luego tocándose la sosa falda azul marino de algodón, de forma acampanada.

—No hay prisa si quieres cambiarte —señalé, adivinando lo que le preocupaba.

Se levantó.

—Creo que sí. Enseguida vuelvo.

—Fiona, necesito tu ayuda desesperadamente —dijo tía Violet cuando los pasos de la poeta se perdieron en la escalera.

—¿De verdad? —contestó la mujer llevándose una mano al cuello y empezando a juguetear con el collar.

Tía Violet adelantó el cuerpo hasta el borde del asiento.

—No sé si lo sabes, pero la policía me considera sospechosa del asesinato de Myrtle.

Vi que mi tía había decidido dar un rodeo. Seguramente era más sensato que preguntarle a bocajarro si ella era la asesina.

Fiona ahogó un grito y se tapó la boca con los dedos.

—¿En serio? Pero eso es absurdo, Violet. Cuando leí que la habían apuñalado, pensé que la habrían atracado. Ay, ¿necesitas un abogado? El derecho penal no es el fuerte de Gregory, pero...

—No, eso lo tengo resuelto, me representa sir Jon. —Esperó un segundo y luego añadió—: No eres la única víctima de chantaje de Myrtle, Fiona. Hemos descubierto unas cuantas más, ¿verdad, Molly?

—Sí, tenía montado un buen chanchullo —afirmé.

—¿Creéis que su muerte estuvo relacionada con el chantaje? —Fiona pronunció la última palabra en un susurro.

—Si existe otro motivo, no lo hemos descubierto —contestó tía Violet—. A mí no me chantajeaba, pero aun así el asesino decidió incriminarme. —Cerró las manos en un puño—. Te contaría más detalles, pero sir Jon no querría. Por lo de mi defensa, ya sabes.

—¿Te han tendido una trampa? Ay, pero eso es horrible. —Fiona se levantó y comenzó a caminar arriba y abajo—. Podría pensarse que yo tenía el motivo perfecto, ¿verdad? —Señaló toda la estancia con un gesto—. Si Gregory supiera... Mi matrimonio se iría al traste. Mis hijos me odiarían. —Se detuvo en seco y se nos quedó mirando—. ¿No creeréis que yo...?

«Puede». Pero tía Violet prefirió seguir con las evasivas.

—Pensábamos que quizá supieras algo que fuera de ayuda. A lo mejor viste u oíste alguna cosa. Esa noche u otro día. El caso es que la policía no sigue investigando porque ya tienen a un posible sospechoso. —Sus labios se curvaron hacia abajo—. Y, ahora mismo, esa persona soy yo.

Fiona parecía clavada al suelo.

—Lo pensaré bien, Violet.

Oímos unos pasos ligeros en la escalera.

—Ya estoy aquí —anunció Persephone con voz alegre cuando entró pavoneándose en el salón. Llevaba el pelo suelto y se había cambiado. En esos momentos, lucía una falda amplia y floreada y una blusa campesina blanca. El atuendo propio de una poeta—. ¿Lista, Molly?

—¿Qué os parece si esta noche cenamos unos *fish and chips* en el *pub*? —preguntó mi madre cuando tía Violet y yo volvimos a la tienda—. No puedo creer que todavía no lo haya probado desde que he vuelto a casa.

Me percaté que Cambridge había desplazado a Vermont y se había convertido en su casa.

—A mí me parece estupendo —dijo tía Violet. Dejó el libro de Persephone en el mostrador—. Mira qué regalo del cielo nos ha caído hoy.

Mi madre lo cogió y empezó a hojearlo.

—Oh, es precioso. —Nos lanzó una mirada—. ¿Qué tal ha ido?

—Bien, creo. —Después de darles unas palmaditas a los dos gatos a modo de saludo, abrí la galería del teléfono—. Por desgracia, Persephone apareció por allí y no pudimos hablar con Fiona como queríamos, pero al menos tengo otras cuantas fotos de ella para la página web.

Sostuve el móvil en alto para que mi madre pudiera verlas.

—Hemos charlado con Fiona sobre Tom y el chantaje —dijo tía Violet mientras se ponía una chaqueta de punto. Hacía más frío dentro de la tienda que fuera—. Pero no se ha confesado autora del asesinato de Myrtle.

—Aunque sabe algo. —Mi intuición me dijo que era cierto tan pronto como pronuncié las palabras—. ¿Recuerdas cómo ha desconectado un par de veces?

Entré en una cuenta de las redes sociales y empecé a preparar una publicación sobre el nuevo libro de Persephone. Etiqueté a Ruth para asegurarme de que lo viera.

—Espero que alguien sepa algo —dijo tía Violet con un suspiro—. ¿Qué sospechosos tenemos?

—Fiona sigue en la lista —contesté—. Y Ruth, aunque muy cogido por los pelos. Steve; hay que hablar con él. Clive, sin duda. Más gente, quizá. Puede que Myrtle también tuviera algo sobre Persephone. ¿Quién sabe?

—Añádeme a la lista —dijo alguien desde la puerta. George entró con paso pesado y gesto abatido, algo muy poco habitual en él—. Acabo de recibir una encantadora visita de la policía. —Se volvió hacia tía Violet—. Y sí, me apetece un té. —Se agachó para acariciar a Puck—. ¿Qué tal, muchacho? ¿Aquí te dan bien de comer?

—A ver, cuéntanos —le pidió tía Violet yendo al grano en cuanto estuvimos sentados alrededor de la mesa de la cocina. Ya no sabía cuántas tazas de té llevaba ese día, pero acepté otra de todas maneras. Había comprendido que la bebida tenía tanto peso como el ritual—. Sé que Myrtle te debía varios meses de alquiler, pero eso quedó arreglado con el testamento, ¿no?

—Sí. —George continuaba abatido a pesar del rápido asalto a sus galletas favoritas—. Pero han estado haciéndome preguntas hasta que les ha parecido. Que si sabía de la existencia del testamento. ¿Qué iba a saber yo? Que si le guardaba rencor por no pagarme el alquiler. Que si yo andaba mal de dinero. Incluso me han preguntado por una presentación a la que fui. He estado pensando en comprarme una casa y alquilar mi piso. Ya ves tú.

«Oh, no». Pues sí que me había salido el tiro por la culata.

—Esto, George, creo que yo tengo la culpa. —Más o menos. Me apresuré a contarle lo de la visita a las oficinas de Clive y el hallazgo de la aguja de hacer punto—. Deben de haber visto tu nombre en la lista de asistentes.

Recordé que le había hecho una foto y saqué el móvil. Sí, allí estaba, el tercero empezando por el final.

—No te culpes, Molly —dijo George—. Es evidente que no tienen a qué agarrarse y están rebuscando en todas partes. —Frunció el ceño—. Pero, si esto sigue así, llamaré a sir Jon, a ver si puede llevar lo mío.

—Seguro que sí —afirmó tía Violet—. Si representarnos a los dos no supone ningún problema, quiero decir.

—Quc se lo quede el primero al que detengan. —Una chispa divertida brilló en los ojos de George—. ¿Qué te parece?

—Hecho —accedió tía Violet—. Aunque esperemos que no sea necesario.

Levantó las dos manos con los dedos cruzados.

Repasé la lista de compradores potenciales de chalés, pero no reconocí ningún nombre más. Al menos, entre los legibles.

—George, ¿viste a alguien que conocieras en la presentación de Clive? Puede que esa persona dejara la aguja de hacer punto.

Clive debía de haber convencido a la policía de que él no estaba cerca de la librería la noche del asesinato de Myrtle, así que ¿de dónde había salido la aguja?

George lo pensó un momento y, luego, se encogió de hombros.

—No vi a nadie que me sonara. Casi todas eran señoras mayores. Y un par de parejas.

¿Cómo iba a haber visto a nuestro asesino? Eso habría sido muy fácil.

Recibí un mensaje de Daisy.

> ¿Qué haces luego?
> *Fish and chips* en el *pub* con mi madre y tía Vi. ¿Te apuntas?
> Fijo. Hay que hablar de las compras.

Cierto. La cita con Kieran era al día siguiente por la noche. Ay, madre. Una cosa buena de investigar un asesinato era que te hacía olvidar por completo los nervios propios de una primera cita.

Esa noche, el *pub* estaba abarrotado a la hora de la cena. Por lo visto, su *fish and chips* era famoso en el lugar. Tras comprobar que todas las mesas estaban ocupadas, las cuatro nos sentamos en la barra. De pronto, me di cuenta de que me había tocado el taburete de Myrtle y sentí cierto desasosiego y tristeza. Quizá había sido una mujer difícil y cínica, pero no se merecía que la asesinaran.

—¿Qué os pongo? —preguntó Steve mientras dejaba unos cubiertos enrollados en servilletas delante de nosotras.

Todas pedimos el especial. De beber, Daisy y yo una cerveza, y mi madre y tía Violet, vino blanco. Me pregunté si esa noche podría hablar con Steve viendo lo ajetreado que estaba yendo de aquí para allá mientras servía a los clientes. Me temía que no.

Una cosa me llevó a otra y pensé en lo que había dicho tío Chris sobre Steve y el garito ilegal de boxeo. ¿La posibilidad de que Myrtle desvelara sus tropiezos pasados con la justicia lo había llevado al límite? Quizá las exigencias de Myrtle habían aumentado dado que todo indicaba que el *pub* iba bien. Aunque debía de ser difícil desviar dinero sin que su mujer se enterara. En la librería, por ejemplo, las tres estábamos muy al tanto de hasta el último penique que entraba o salía.

—Bueno, entonces mañana vamos de compras —dijo Daisy, arrancándome de mis cavilaciones—. Cierro al mediodía. ¿Te va bien por la tarde?

—Perfecto. —Bebí un sorbo de cerveza y, luego, me limpié la espuma de los labios—. No puedo creer que la cita sea mañana. —Me eché a reír—. Es como si se me hubiera echado encima y ahora voy justa de tiempo.

—¿Ha sido una semana ajetreada? —preguntó Daisy. Bajó la voz—. ¿Alguna novedad?

Sabía a qué se refería. La puse al día hablando en susurros a pesar del griterío que nos rodeaba y acabé con la visita que la policía le había hecho a George. Mi madre y tía Violet estaban entretenidas charlando con otra pareja en la barra.

—Caramba. —Daisy puso los ojos en blanco—. ¿Ahora George es sospechoso? ¿Y yo qué, soy la siguiente?

—¿A ti también te chantajeaba? —bromeé. Aunque quizá la pregunta era a quién no.

En ese momento, Susie salió con ímpetu de la cocina con cuatro platos de *fish and chips* en alto y, para mi alegría, se dirigió hacia nosotras. Habíamos visto pasar muchos otros por delante mientras salivábamos.

—Aquí tienen, señoras —dijo. Primero, sirvió a mi madre y a tía Violet y, luego, a Daisy y a mí.

Los platos estaban hasta arriba de patatas fritas doradas y unos trozos de pescado rebozados de buen tamaño. Olía de maravilla.

—Una noche ajetreada —observé mientras desenrollaba los cubiertos—. Me alegro de haber encontrado un hueco.

Susie rio y nos acercó una botella de vinagre empujándola con el codo. Daisy la cogió para aderezar su comida.

—Estamos encantados, pero es mucho tute. Puede que al final convenza a Steve para que compremos un chalé.

—¿Un chalé? —pregunté pensando de inmediato en el proyecto de Clive. Debía de ser una coincidencia, pero lo probé de todas maneras—. ¿Te refieres a la promoción de Cherry Hinton Homes? Mi primo Clive es el constructor.

Asintió.

—Sí, a eso mismo. El otro día fui a presentación. Muy tentador, la verdad. Las condiciones no están mal. —Señaló el *pub*—. Por mucho que adore este viejo bar, tengo ganas de cambiar de aires. —Y añadió con una mano sobre la boca—: Y de cañerías.

Con otra sonrisa, se alejó en busca de más platos para continuar sirviendo a la clientela.

Daisy me pasó el vinagre. Me puse una cantidad generosa sobre las patatas y el pescado mientras le daba vueltas a la información que nos acababan de proporcionar. ¿Y si era Susie quien había dejado la aguja de hacer punto en las oficinas de Clive? ¿Y si era al revés? ¿Y si Susie, al ver que su marido no podía pararle los pies a Myrtle, o que no iba a hacerlo, por lo que fuera, hubiera decidido ocuparse ella misma del asunto?

Estudié la lista de nombres de la presentación entre un bocado y otro y vi un garabato que tenía posibilidades. La inicial del nombre estaba clara: era una ese. Empujé el móvil hacia Daisy y señalé la línea.

—¿Qué pone ahí?

Cogió el teléfono y entrecerró los ojos.

—Ni idea. —Subió y bajó por la lista—. Veo el nombre de George, pero no entiendo la letra de la mayoría de los demás. Y la mitad no han dejado ni teléfono ni correo electrónico. No me extraña. ¿A quién le apetece que lo persigan?

—Yo tampoco lo hubiera hecho. —Me metí un bocado gigante de pescado en la boca. Madre mía, qué rico. Fresco y ligero, pero muy sabroso. Luego, le di un mordisco a una patata caliente y llena de sabor. Qué rico otra vez. No me extrañaba que Inglaterra fuera famosa por sus *fish and chips.*

—¿Y esto? —Daisy parecía indignada. Empujó el teléfono hacia mí—. Mira. Alguien llamado Joan Watson fue a la presentación.

CAPÍTULO DIECIOCHO

Daisy tenía razón. Alguien había firmado con el nombre de Joan Watson. El pulso se me aceleró. ¿Quién utilizaría ese nombre en concreto como alias? ¿Y por qué?

Cogí mi cerveza y bebí un sorbo para refrescarme la garganta, que se me había secado de pronto.

—Puede que se trate de otra Joan. Tiene que haber docenas en Inglaterra y puede que un par en Cambridge.

Había sacado su propio móvil.

—Sí, hay más de un centenar de Joans Watson en el Reino Unido. Supongo que tienes razón. Me ha sorprendido, nada más.

—Lo entiendo. —Dejé el tenedor, incapaz de seguir comiendo. Algunos fragmentos de lo que había leído en el diario pasaron por mi mente y empecé a notar que algo se me removía por dentro. Estaba ante un conflicto que ya me había asaltado otras veces: deseaba compartir con ella lo que había descubierto acerca de su adorable tía, pero no me atrevía, no quería reabrir esa herida.

Por suerte, Daisy resolvió el dilema por mí.

—¿Has encontrado algo interesante en su diario? Me he dado cuenta de que he sido una cobarde y creo que voy a leerlo en cuanto lo acabes.

—Bueno, en ese caso no te adelanto nada, pero sí te digo una cosa: tu tía era una persona encantadora. Ojalá la hubiera conocido.

—Ya, yo también —dijo Daisy con tristeza—. Tienes mucha suerte de que tu tía Violet siga aquí.

«Pues sí», me dije.

—Lo sé, sobre todo teniendo en cuenta que no la conocí hasta que nos hemos mudado.

No añadí que ni siquiera sabía de su existencia. Que hubiera mantenido las distancias durante tanto tiempo era algo que solo incumbía a mi madre. De hecho, ni siquiera le había contado a Daisy lo del encuentro con mi tío y mi primo. Si todo seguía igual de bien que hasta ese momento, quizá acabarían incorporándose a nuestra vida de manera gradual.

Una vez que el asunto de la tía de Daisy dejó de atormentarme, recuperé el apetito. El *fish and chips* del Magpie Pub merecía todo mi mimo y dedicación.

Esa misma noche, más tarde, llenísima después de la cena hipercalórica, me metí con torpeza en la cama junto a Puck y cogí el diario de Joan. Le había dedicado una lectura pausada para profundizar de verdad en cada entrada y, además, no me apetecía llegar al final. Cuando lo acabara, no tendría nada más de Joan que leer, nunca. Eso me entristecía.

Me pregunté dónde estarían sus poemas. Aunque hablaba sobre lo que escribía y decía que tenía días buenos y malos, no había visto ni un verso en los demás cuadernos. Tal vez se los habían quedado sus padres.

Puck maulló de manera callada cuando se dio la vuelta y se quedó panza arriba.

—Ya sé lo que quieres —reí. Le encantaba que le rascaran la suave barriguita. Cuando se cansó, volvió a darse la vuelta y se quedó de lado.

—Lo he pillado —dije y aparté la mano. Abrí el diario y empecé a leer.

Diario de Joan Watson

El sábado empezó bien, pero ¡hay que ver lo deprisa que pueden torcerse las cosas! No me extraña que siempre trate de contener mi dicha, como si se tratara de un globo con una cuerda muy corta.

Nuestra pequeña sociedad de poesía se reunió después de desayunar, en el jardín. Hacía una mañana preciosa, un día cálido y dorado de finales de octubre. Salvo por las hojas de vivos colores que alfombraban la hierba, no había señales de que el desapacible noviembre estuviera a la vuelta de la esquina.

Las seis o siete nos sentamos en la hierba, en unas mantas de cuadros que alguien había tenido el detalle de extender. Persephone había llevado un cesto enorme con té, galletas y fruta, como era habitual. Nuestro ritual consistía en que cada una de nosotras leía en alto y, luego, las demás comentaban.

Son todas muy buenas, pero el corazón se me acelera y me sudan las manos cada vez que me toca a mí. No me gusta nada leer en voz alta. Sin embargo, como dice Persephone, hay que acostumbrarse, practicar para cuando seamos famosas.

Ja. En cualquier caso, para mi alivio, les gustó mi poema. Trataba sobre el Día de Todos los Santos, muy apropiado para esta época del año.

—Qué imaginativa eres —dijo una chica—. ¿De dónde sacas tus ideas?

Teniendo en cuenta que ella escribía las típicas sensiblerías que pueden encontrarse en las revistas para mujeres, sentí la tentación de preguntarle por qué a ella no se le ocurría nada, pero me mordí la lengua. ¿Soy la única que siente el peso de la historia?

¿La única que percibe los fantasmas que nos rodean? En esta ciudad hay lugares donde el fino velo entre el pasado y el presente se estremece, donde tienes la sensación de que puedes traspasarlo...

Es una idea a la que tengo que darle más vueltas. En cualquier caso, después de que todas hubiéramos leído, hablamos del trabajo conjunto que estaba a punto de publicarse. Todas hemos aportado dos o tres de nuestros mejores poemas con la intención de sacar un número en primavera. Qué emoción.

En resumidas cuentas, que estaba de buen humor cuando volví a mi habitación. Gregory me había llamado y me había invitado a comer en el Holly & Ivy. Sabía muy bien dónde estaba porque mi hermano mayor y su mujer tienen un salón de té en la misma calle, un poco más adelante. El Holly & Ivy es pequeño, pero muy exclusivo; desde luego, tiene bastante más categoría que los *pubs* habituales donde solemos atiborrarnos.

Puesto que se trataba de un lugar tan elegante, me puse el vestido de lana fina con cuadros escoceses, medias nuevas y los zapatos de salón con hebilla. No quedaba nada mal con el abrigo bueno de *tweed* que tengo, además de los guantes y el gorro. Casi me sentía chic.

Gregory vino a buscarme al St. Hildegard's.

—Estás preciosa, Joan —dijo, y me besó delante del portero. ¿No he dicho ya que empezó siendo un buen día?

Luego, retrocedió y me miró con expresión nerviosa.

—Mis padres me han llamado hace nada. Están aquí.

Me quedé mirándolo, desconcertada.

—¿Eso significa que tienes que posponerlo para otro día?

¿Por qué no había llamado y me había dejado un mensaje sin más? Podría haber dedicado ese tiempo a mis poemas.

Negó con la cabeza.

—Los he invitado a comer con nosotros, pero, si no te apetece, me disculparé y ya está. Los veré en la cena.

—¿Tú qué quieres hacer? —pregunté, entrelazando mi mano en su brazo—. A mí me parece bien tanto una cosa como la otra.

Me miró fijamente a los ojos y me dio unas palmaditas en la mano.

—Gracias por ser tan comprensiva, Joan. Vamos a comer.

Fuimos en taxi hasta el hotel, un lujo que yo nunca me permitía. Cuando bajamos justo enfrente, me pregunté si no vería a mi hermano o a mi cuñada. Les encantaría ver que iba tan peripuesta para comer, estaba segura.

El Holly & Ivy es un establecimiento muy antiguo, pintoresco, diminuto e inmaculado, como una casa de muñecas. Esperamos en el vestíbulo mientras el recepcionista llamaba a la habitación de los señores Fosdyke.

—¿Se alojan aquí? —pregunté en un susurro, sorprendida. ¿Estaba todo planeado sin que yo lo supiera?

Se pasó un dedo por dentro del cuello de la camisa.

—Sí. Reservé una mesa para comer aquí, porque ya he estado antes y lo conozco, solo por eso. Te lo prometo, Joan, no tenía ni idea de que iban a venir este fin de semana.

La verdadera cuestión era si ellos sabían que yo iba a estar en la comida. Recordaba que querían a Fiona para Gregory. Yo era una intrusa.

Tanto melodramatismo me hizo sonreír. Me puse recta; al menos, era una intrusa bien plantada.

Poco después, los señores Fosdyke bajaron por la escalera con la cabeza alta y una sonrisa gélida.

—Encantada —dijo la señora Fosdyke—. Percy y yo estábamos deseosos de conocer a la joven sobre la que Gregory ha estado deshaciéndose en elogios.

A partir de ahí, todo se torció. No voy a entrar en grandes detalles, baste decir que ni siquiera recuerdo lo que pedimos. Ha sido la comida más desagradable a la que he asistido en mi vida.

El pobre Gregory no sabía dónde meterse.

—Te lo resarciré, Joan —me dijo más tarde—. Iremos a Londres, solos tú y yo, y veremos la ciudad.

—No les gusto —acepté apenada—. Ha quedado muy claro.

No pertenecía a la clase social adecuada. No tenía dinero, ni contactos, ni procedía de una familia de abolengo.

—No es por ti, Joan. —Estaba furioso—. Son sus ideas ridículas y anticuadas acerca de cómo debería ser la vida de un hijo suyo, con quién debería casarse. Pero ya soy mayorcito. Haré lo que yo quiera, no lo que quieran ellos.

¿Gregory tiene la entereza suficiente para enfrentarse a sus padres y a las tradiciones centenarias de la familia Fosdyke? No estoy segura.

Quizá sería mejor ponerle fin a todo.

Cuando leí esa última línea, di un respingo. Puck levantó la cabeza y me lanzó una mirada feroz.

—No pasa nada —dije mientras lo acariciaba—. Es que me ha sorprendido algo, ya está.

Cuando me repuse del sobresalto inicial, provocado por lo que sabía acerca de la muerte de Joan, me tranquilicé. Estaba hablando de poner fin a su relación con Gregory, porque no quería pasar por todo lo que implicaba entablar una relación seria con él sin la aprobación de sus padres. Me recordé que todo eso había ocurrido hacía más de cincuenta años. Por entonces, la aprobación de los padres tenía más relevancia que en la actualidad, sobre todo para alguien como Gregory, que estaba destinado a seguir los pasos de su padre en el mundo de la política. Sabía que el sistema de clases británico muchas veces era despiadado y era consciente de que existía mucha presión para casarse con alguien de la misma posición social.

Entonces, ¿por qué Joan se había suicidado, como creía todo el mundo? Hasta el momento no había encontrado absolutamente nada que indicara que estaba deprimida o desesperada.

Continué leyendo, ansiosa por descubrir qué podría haber cambiado. Las siguientes entradas se centraban en los estudios y la poesía y, según decía, todo le iba bien. Se mencionaban un par de citas más con Gregory, de modo que aún no había cortado con él.

El diario acababa de manera abrupta. Sin embargo, al estudiarlo con más atención, vi que faltaban algunas páginas. No las habían arrancado, sino que las habían cortado con un cúter cerca del margen interno, tocando al lomo. A partir de ahí, las páginas siguientes estaban en blanco.

Alguien había eliminado las últimas palabras de Joan. Pero ¿quién? ¿Y por qué? ¿La habían asesinado, como insinuaba el título que Myrtle había escogido, *Los asesinatos de Midsomer*?

A la mañana siguiente, mi madre y yo acabamos de tasar la colección de Oz y se me saltaron las lágrimas al ver el montante final. Si encontrábamos más tesoros de ese calibre entre los libros de Tom, los ingresos de la librería se dispararían. Podríamos saldar el préstamo de Clive sin problemas y empezar a ahorrar.

—Esta es la tasación provisional —le dije a tía Violet mientras le enseñaba la pantalla de ordenador—. Por favor, compruébalo para asegurarnos de que no me he equivocado.

Íbamos a ponerlos a la venta en las librerías virtuales con las que tía Violet solía trabajar, además de la nuestra. También había pensado publicarlo en las redes sociales, pero no estaba segura de si los coleccionistas serios las usaban. Aun así, estaba convencida de que los bellos y peculiares libros de Oz atraerían mucha atención. Las ilustraciones eran magníficas. Además, casi nadie sabía que había más libros después de *El maravilloso mago de Oz*. Estaba nerviosa por deleitarlos con la noticia.

Tía Violet echó un vistazo a la tasación y retocó un par de cifras.

—Muy bien, Molly. —Se levantó de la silla—. Ya puedes publicarlos.

Noté un ligero temblor en los dedos cuando subí el listado. Era una gran responsabilidad. Las condiciones en que estaban los libros y su valor debían ajustarse fielmente a lo que asegurábamos. La reputación de la Thomas Marlowe dependía de ello.

Mi madre y George estaban en el fondo de la tienda, cambiando una librería de lugar y, al oír lanzar a George uno de sus «maldito esto» o «maldito aquello», recordé lo que Susie había dicho la noche anterior.

—Ya coloco yo los libros, George —dijo mi madre—; gracias por la ayuda.

El hombre apareció en el mostrador.

—¿Demasiado temprano para un té, muchacha? —le preguntó a tía Violet, que estaba cerrando un paquete para enviar por correo.

—Nunca es demasiado temprano —contestó ella dejando el pedido en la pila de los que ya estaban listos—. Anda, siéntate.

Se acomodó a mi lado, detrás del mostrador, y estuvo mirando mientras yo escribía en una de las cuentas de las redes sociales.

—Qué fotos más bonitas.

—Gracias, la verdad es que esto me gusta mucho. —Mis dedos volaban mientras añadía etiquetas—. Ah, quería preguntarte algo. —Una vez que subí la publicación, me giré hacia él en la silla—. ¿Viste a Susie Baker en la presentación de los chalés de Clive? Anoche nos dijo que fue a una.

George se frotó la barbilla mientras hacía memoria.

—Pues sí, ahora que lo dices, sí que la vi, pero como estaba en primera fila, no hablé con ella. Me fui en cuanto acabó, antes de que la mujer esa, Claire, me pillara por banda.

De modo que Susie había asistido a esa presentación en particular. ¿Habría aprovechado para dejar la aguja de hacer punto? Habría sido muy fácil, solo hubiera tenido que esperar a que quedara poca gente para evitar que alguien le advirtiera que se la olvidaba.

—¿Lo preguntas por algo en concreto? —George me miró con recelo—. ¿Crees que fue Susie quien dejó la aguja?

—La verdad es que no —reconocí sintiéndome como una alimaña por sospechar de una persona como ella. Sobre todo en vista de que su marido y ella iban a encargarse del ágape después del funeral de Myrtle el domingo por la tarde. Hacía poco que nos habían dicho que lo tenían todo organizado.

—Pero sí que alguien la dejó a propósito, quizá para incriminar a Clive —proseguí.

¿Debería compartir ese nuevo dato sobre Susie con el inspector Ryan? Quizá sí, si servía para apartar las sospechas de la policía de tía Violet y de George.

—¿Qué motivos tendría para matar a Myrtle? —insistió George—. Myrtle no chantajeaba a los Baker, ¿no?

Sí que lo hacía, pero no quería contarle lo que sabía acerca de los problemas con el juego de Steve. Aunque confiaba en el anciano caballero, podría escapársele sin darse cuenta y no quería dañar la reputación del *pub.*

—No vi nada que los implicara entre las cosas de Myrtle —y no mentía—, pero sé que Steve no le cobraba la comida.

—¿Que no le cobraba? —repitió George incrédulo—. Pues como a todos los jubilados del barrio.

Conociendo la generosidad de Steve, no me extrañaba, pero también estaba segura de que Myrtle se aprovechaba.

Tía Violet volvió con un té para su amigo.

—Hay recién hecho si quieres, Molly.

Ya tenía una excusa.

—Creo que voy a ponerme una taza —dije mientras retiraba la silla hacia atrás—. Enseguida vuelvo.

Cogí el móvil y entré en la cocina, pero, preocupada por que pudieran oírme, salí al jardín.

El inspector Ryan no estaba, así que le dejé un mensaje.

—Hola, inspector —dije tratando de parecer segura y no alguien que acusa a gente inocente para sacar a su familia y amigos del atolladero—. Anoche me enteré de algo interesante: Susie Baker, la dueña del Magpie Pub, asistió a la misma reunión que George en las oficinas de Clive Marlowe. En el mismo sitio donde alguien dejó la aguja rosa de hacer punto, salvo que Clive mienta. —Es triste decirlo, pero Clive no estaba en mi lista de parientes cuya inocencia estaba empeñada en demostrar—. Haga lo que considere.

Apreté los dientes, llena de frustración. Con la incorporación de Susie, la lista de sospechosos se alargaba en lugar de acortarse. ¿Alguna vez sabríamos quién había matado a Myrtle?

CAPÍTULO DIECINUEVE

—Mira ese vestido —dijo Daisy tocándome el brazo—. Es muy tú.

Mi madre, Daisy y yo paseábamos por la pintoresca Rose Crescent, una calle flanqueada por tiendas como Jo Malone y Crabtree & Evelyn. Daisy se había detenido delante de una preciosa *boutique,* no muy grande, llamada Pomegranate.

—Me encanta el diseño que tiene —dije. El vestido era negro, con cuello de pico, cuerpo ajustado, largo hasta la rodilla y con mangas tres cuartos. Los demás minivestidos negros que había visto ese día eran demasiado minis para mi gusto: de fiesta, sin mangas y con escote pronunciado.

Daisy alargó la mano hacia la manija de la puerta.

—Entremos.

—Mmm, espero que pueda pagarlo.

Con su escaparate sobrio y elegante, Pomegranate tenía todo el aspecto de ser de esas tiendas que solía evitar: exclusivas y caras a rabiar. Me iba más lo práctico y económico, como atestiguaban los vaqueros desgastados, la camisa de franela con cuadros sobre la camiseta vieja y las zapatillas deportivas. Lo último de vestir que me había comprado procedía de una tienda de segunda mano.

—Corre de mi cuenta —dijo mi madre prácticamente empujándome dentro—. Solo se vive una vez.

—Además, vas a salir con Kieran Scott —dijo Daisy lo bastante alto para que la dependienta y un par de clientas la oyeran. Nos miraron con curiosidad—. Nunca se sabe, podría haber fotógrafos.

—Pues espero que no —dije consternada al tiempo que tropezaba con la alfombra—. Odio que me hagan fotos.

—No te preocupes —trató de consolarme Daisy volviendo la vista atrás—, estarás lista para las cámaras cuando acabe contigo. —Se detuvo delante del mostrador—. Buenas tardes. Mi amiga querría probarse el vestido negro del escaparate.

—Por supuesto. —La dependienta sacudió su sedosa melena caoba, dejó el teléfono a un lado y me miró de arriba abajo con ojo de experta—. Los probadores están al fondo, tras las cortinas rojas.

Nos dirigimos hacia allí y la mujer apareció poco después con dos vestidos de tallas distintas, que colgó en el cubículo.

—Seguro que le va bien uno de los dos —dijo—. Llámeme si necesita cualquier otra cosa.

—Adentro —me ordenó Daisy invitándome a entrar en el diminuto probador—. Nosotras esperamos aquí.

Mi madre y ella se sentaron en unas sillitas después de que Daisy fuera al enorme dispensador metálico a buscar un poco de agua con limón, que fueron bebiendo a sorbitos.

Detrás de las cortinas, me quité los vaqueros y la camiseta y me puse uno de los vestidos por la cabeza. Era justo mi talla: el diseño de la parte superior quedaba muy favorecedor y se ajustaba a mis caderas sin quedar ceñido. El largo era perfecto, justo por encima de la rodilla.

—Sal para que te veamos cuando estés —dijo Daisy.

Antes de obedecer sus órdenes, me miré otra vez en el espejo. Incluso sin maquillaje y con el pelo suelto y un poco despeinada no estaba mal. Se me aceleró el pulso. ¿Lo suficiente para impresionar a Kieran? Sí, era bastante probable.

Descorrí la cortina con un gesto teatral.

—¡Tachán!

Mi madre y Daisy me miraron con idénticas expresiones de asombro.

—¡Estás despampanante! —exclamó Daisy—. Sabía que ese vestido era perfecto para ti.

Salí del probador alisándome la falda y giré sobre mí misma delante del espejo de tres caras.

—Tenías razón. No solo sienta bien, además es cómodo.

Odiaba ir incómoda, uno de los motivos por los que no solía arreglarme muy a menudo.

—A este vestido le pegan unas botas negras —opinó Daisy—. ¿Tienes?

—Ya lo creo.

Unas de piel, de caña alta y tacón ancho, con las que podría caminar bastante bien sobre los adoquines. Por fortuna, esa noche tampoco iríamos muy lejos, solo hasta el Holly & Ivy, en la misma calle. La dependienta se acercó a ver qué tal iba y asintió con aprobación.

—Le queda fantástico —aseguró—. Buena elección.

Miré a mi madre, que asintió.

—Nos lo llevamos.

Mientras la dependienta registraba la venta, eché un vistazo a un expositor de pendientes que había junto al mostrador.

—¿Qué os parecen? —le pregunté a mi madre y a Daisy, enseñándoles un par tipo *chandelier* con unas cuentas diminutas de azabache.

—Me encantan —aseguró mi madre y me los quitó de las manos—. Cobre esto también.

—Por supuesto —dijo la dependienta—. Disculpe mi curiosidad, pero ¿de dónde es? —preguntó dirigiéndose a mí—. Me hace gracia ver tantos turistas.

—Oh, no soy una turista —contesté con orgullo—. Hace poco que me he trasladado desde Estados Unidos. De Vermont, para ser exactos. Mi madre y yo trabajamos en la Thomas Marlowe, la librería de Magpie Lane.

—Ay, es una tienda encantadora. Bienvenidas a Cambridge. —Me tendió una bolsa rosa con asas que contenía mi vestido y los pendientes bien envueltos en papel de seda—. Disfruten de su estancia.

Las campanillas tintinearon cuando salimos por la puerta. Una cosa menos. Había encontrado el vestido perfecto para la cita.

—¿Alguna idea de qué me puedo hacer en el pelo? —le pregunté a Daisy mientras me lo alisaba con la mano libre.

Mi amiga iba subiendo y bajando por la pantalla del móvil mientras caminábamos.

—Estoy en ello. Buscando peinados.

—Hagamos una pausa —dijo mi madre mientras se dirigía a una mesa que había frente a una cafetería. Retiró una silla y se sentó.

—Yo invito —dije, dejando mi preciada bolsa en una silla—. ¿Qué queréis?

—Los *brownies* de doble chocolate que hacen aquí están buenísimos —afirmó Daisy—. Hacedme caso, he probado todas las cafeterías y pastelerías de la ciudad. En aras de la investigación, por supuesto. —Se le hicieron unos hoyuelos al sonreír.

—Ah, pues voy a confiar en tu palabra y a hacerte caso —concedió mi madre—. Yo también querré investigar un *brownie,* Molly.

Unos minutos después, volví con una bandeja con cafés, *brownies* y vasos de agua helada. Mi madre y Daisy estaban mirando algo en el móvil de Daisy.

—No me puedo creer que ya se haya hecho viral —murmuró mi madre.

—Seguro que ha sido una de las clientas —opinó Daisy—. Si hubiera sido la dependienta, la despedirían.

Dejé la bandeja en la mesa.

—¿Qué pasa?

Daisy levantó la vista y me miró como si quisiera pedirme disculpas.

—Que soy una bocazas. Alguien ha subido una foto tuya a las redes sociales, Molly.

—¿Mía? —Me desplomé en una silla—. ¿Por qué? Pero si no soy nadie.

—Ahora sí.

Daisy me pasó el teléfono. En la foto aparecía mirando los pendientes de la tienda. «Corre el rumor de que se trata de la nueva novia de Kieran Scott —decía el pie de foto—. Una guapa estadounidense pillada de compras en Rose Crescent, Cambridge. ¿A nuestro KS favorito le va lo campestre?». Aunque estaba de todo menos guapa, con el pelo alborotado del probador y el atuendo perfecto para ir de excursión al campo.

Torcí el gesto. ¿Qué iba a pensar Kieran cuando lo viera? Esperaba que no creyera que había sido yo quien había buscado la publicidad. Era lo último que quería.

—Prueba el *brownie* —me animó mi madre—, se te pasarán todas las penas.

Ya había engullido la mitad del suyo.

Cogí el dadito denso y mantecoso y le di un mordisquito. El chocolate y el azúcar fueron directos a mi torrente sanguíneo. Mi madre tenía razón. Me sentí un poco mejor. Una cosa buena del vestido que acababa de comprarme era que la falda holgada disimulaba muchas imperfecciones y un atracón de dulces.

—¿Qué te parece, tía Violet?

Me planté en mitad de la librería y giré sobre mí misma para que pudiera ver el vestido, las botas y el peinado. Daisy me había recogido hacia atrás los mechones delanteros y me había rizado el resto del pelo con una plancha hasta obtener unas ondas largas y sinuosas.

Tía Violet juntó las manos.

—Estás preciosa, cariño. Imponente.

—La muchacha gana cuando se arregla, ¿eh? —dijo Daisy, que estaba al lado, sonriendo con orgullo—. A Kieran se le van a salir los ojos de las órbitas.

—Sí, en cuanto vea esa foto en la que salgo horrible.

Me estremecí al recordarla.

—¿Qué foto? —preguntó tía Violet.

Mi madre salió de la cocina con cuatro copas de vino en una bandeja.

—Ya le he dicho que no es nada, pero no me cree. —Dejó la bandeja en el mostrador, repartió las copas y levantó la suya—. Por otra buena semana para la Thomas Marlowe.

Brindamos con mi madre, aunque estábamos a viernes y al día siguiente abríamos hasta el mediodía, pero poco antes habíamos acordado que instaurar una *happy hour* los viernes era una buena idea.

—Quiero ver ese «nada» —dijo tía Violet, que no estaba dispuesta a dejar pasar el tema.

Daisy sacó el móvil y abrió la página.

—Una petarda la hizo mientras estábamos comprando.

Le enseñó el móvil a tía Violet.

—Pues yo creo que estás muy guapa, Molly —opinó tía Violet—, aunque deja un poco de mal cuerpo que quien sea la haya publicado en internet. Y que haya hecho esos comentarios sobre Kieran.

—Bueno, en realidad eso lo hizo un tabloide. —Bebí un sorbo de vino suave y afrutado—. Pero estoy segura de que quien sacó la foto la cobró.

Tía Violet puso cara pensativa.

—Bueno, si pagan por tus fotos, igual podría sacarle algún provecho. —Se echó a reír al ver que nos la quedábamos mirando boquiabiertas—. Es broma. Pero, si no lo fuera, al menos me aseguraría de que llevaras bien el pelo.

—Gracias, tía Violet. —Puse los ojos en blanco. Para una vez que voy despeinada, resulta que queda registrado para la posteridad.

Oímos el tintineo de las campanillas de la puerta.

—Ay, maldita sea, creía que había cerrado —se lamentó mi madre antes de que su expresión se endureciera de pronto—. No, esto tiene que ser una broma.

Dejó la copa, se puso recta y cerró los puños, como si fuera a pelearse con alguien.

Una mujer rubia de mediana edad avanzaba por la tienda, mirando a su alrededor con la barbilla levantada. Llevaba un perfecto corte a lo paje y vestía un traje de falda de lana de color malva y unos elegantes zapatos de salón de piel.

Cuando llegó junto a donde esperábamos de pie, o, en el caso de tía Violet, sentada, esbozó una sonrisa gélida y clavó los ojos azules en mi madre.

—Hola, Nina. Cuánto me alegro de verte.

Aunque el tono decía claramente lo contrario.

Mi madre respondió con una sonrisa igual de gélida, pero con tono más alegre.

—Hola, Janice. ¿Qué te trae a la ciudad?

Tía Janice rio y, en ese momento, recordé la fotografía del club de jardinería tomando el té. Era la mujer que estaba sentada junto a la madre de Kieran. Y quizá no debería prejuzgar a la gente, pero no me cupo duda de que se trataba de una persona horrible. Presuntuosa, maleducada y antipática. ¿Por qué no se había quedado en su casa?

—¿Qué va a ser? He venido a verte, tonta. Chris me dijo que habías vuelto y he venido en cuanto he podido. Últimamente tengo mucho lío. —Tía Janice se volvió hacia mí y me repasó con la mirada. Por la curva del labio, intuí que no había aprobado el examen—. Esta debe de ser Molly. Ay, tesoro, eres clavadita a tu padre.

Sacudió la cabeza en un claro gesto de estar pensando «pobrecita».

Apuré mi copa de un trago. Ya podía acusarme de tener problemas con el alcohol, que me daba igual.

—¿Te apetece una copa, tiita? —pregunté, al ver que me miraba—. Está muy bueno.

—No, gracias —contestó con un estremecimiento—. No tengo tiempo.

Daisy había acabado la suya y, por sus movimientos, intuí que se iba. Me acerqué corriendo y la acompañé hasta la puerta.

—Gracias otra vez, Daisy. —Le di un beso en la mejilla—. Te agradezco mucho tu ayuda con todo.

—De nada —contestó con una gran sonrisa—. Así podré pedirte que me devuelvas el favor, ¿no? —Le lanzó una mirada a tía Janice—. Y buena suerte. Es una arpía de cuidado.

—No la habría descrito mejor. Hablamos mañana.

Esbozó una sonrisa pícara.

—Más te vale. Quiero saberlo todo.

Se refería a mi cita. Se me hizo un nudo en el estómago al pensar en Kieran, algo que parecía ocurrir con una asiduidad preocupante. Tanto lo de pensar en él como lo del nudo.

—Lo sabrás.

Daisy me dio un último repaso.

—Estoy bastante orgullosa de mí misma, la verdad. Estás impresionante.

Se encaminó a la cafetería mientras se despedía con la mano.

Cuando cerré la puerta tras ella, eché un vistazo a la calle en dirección a la tienda de bicicletas. Todavía no había señal de Kieran, pero se pasaría por la librería en cualquier momento. ¡Aj! Cuando volví junto a las demás, la conversación había virado hacia el asesinato de Myrtle.

—Cuando lo vi en el periódico, no me lo podía creer —decía tía Janice—. Nina, no llevas aquí ni tres días y de pronto se produce una muerte misteriosa en el jardín trasero.

Mi madre echó la cabeza hacia atrás.

—Eso no tuvo absolutamente nada que ver conmigo. Ni con Molly.

—Ni con tía Violet —añadí con apasionamiento—. Myrtle tenía muchísimos enemigos. Y, que nosotras sepamos, tú podrías ser uno de ellos. Coge número y ponte a la cola.

No había considerado a tía Janice sospechosa, pero en ese momento me habría encantado descubrir alguna prueba de su culpabilidad.

La mujer retrocedió llevándose una mano al cuello.

—Yo... no..., no sé... qué...

Tía Violet se había levantado.

—Janice. Sé que eres familia, pero no te voy a permitir ese tipo de insinuaciones en mi casa. Discúlpate con Nina o vete.

Tía Janice miró a mi madre de manera fugaz.

—Lo siento, Nina —dijo, aunque su expresión decía lo contrario—. Solo era una observación. —Apoyó el codo en una mano y se dio unos golpecitos en los labios con los dedos—. Por cierto, Violet, tampoco creo que lo hicieras tú, pero te digo una cosa: alguien te tiene ojeriza.

Como si se deshinchara, tía Violet se dejó caer en la silla con cara agobiada. Que alguien hubiera asesinado a Myrtle en nuestro jardín trasero, con su aguja de hacer punto, le daba la razón a tía Janice, pero yo también había sentido la pulla por la manera en que lo había dicho.

—Nos hemos alegrado de verte, pero... —empecé a decir con la intención de despedir a tía Janice incluso por la fuerza, pero las campanillas de la puerta tintinearon para anunciar la llegada de Kieran.

Todo se desvaneció a mi alrededor, la malvada tía Janice, mi angustia por tía Violet, Puck empeñado en arañarme la bota de piel, y solo vi a Kieran, rodeado de luz. Porque los ventanales quedaban detrás de él, pero bueno.

Me miró y yo lo miré a él. Estaba «para mojar pan», como habría dicho Daisy. Llevaba unos vaqueros negros de pitillo, una camisa azul de botones y una chaqueta de *tweed* entallada. Había domado los rizos, pero en la barbilla aún se atisbaba una barba incipiente. Ñam.

—Estás guapísima, Molly —dijo mientras se acercaba.

Agaché la cabeza ligeramente.

—Gracias. Tú también. —Me retiré el pelo hacia atrás, coqueta—. Me apetece mucho ir a cenar.

Decir que tía Janice se había quedado boquiabierta es poco.

—¿Kieran Scott? —consiguió balbucir—. Conozco a tu madre.

La mirada incrédula que me lanzó delataba a las claras lo que pensaba: ¿cómo había acabado su patética sobrina con alguien como Kieran?

—Ah, ¿sí? —contestó él con educación—. ¿De qué?

—Tu madre y yo estamos en el club de jardinería —se apresuró a decir—. Soy Janice Marlowe, la tía de Molly. Vivimos en Hazelhurst. En el mismo pueblo, en esa casa de campo tan grande con techo de paja. Es un edificio de interés histórico y arquitectónico, uno de los más antiguos del pueblo. Junto con la casa señorial...

—Encantado de conocerla —dijo Kieran, interrumpiendo el torrente de palabras. Se volvió hacia mí—. ¿Estás lista? —Sonrió a todo el mundo—. Siento las prisas, pero tenemos una reserva.

—Lista —asentí—. Hasta luego.

Cogí el bolso y, luego, entrelacé mi brazo con el suyo.

—¡Saluda a tu madre de mi parte, Kieran! —dijo Janice mientras nos dirigíamos a la puerta.

Una vez que estuvimos tranquilos en la calle, me entró la risa floja.

—Gracias por rescatarme. Estaba a punto de echar a tía Janice arrastrándola de una oreja. Es un mal bicho.

—Eso me ha parecido. —Seguíamos yendo del brazo y caminábamos al compás, con facilidad. Los tacones repiqueteaban en los adoquines—. Por desgracia, no se puede elegir a la familia.

—Pero sí a los amigos —susurré inclinándome hacia él.

Lo último que quería era echar a perder la velada con quejas sobre mi tía.

Me lanzó una sonrisa radiante.

—¿Somos amigos, Molly?

Me apretó el brazo con el suyo.

Casi se me cortó la respiración cuando lo miré a esos ojos oscuros que tenía clavados en mí. Le devolví la sonrisa para aligerar el ambiente.

—Sí, supongo.

—¿Lo supones? —preguntó haciéndose el ofendido—. Lo supone —repitió dirigiéndose a una pareja que pasaba por el lado y que se nos quedó mirando antes de alejarse a toda prisa.

Puse los ojos en blanco y fingí un suspiro.

—Vale, lo reconozco, somos amigos. Al fin y al cabo, me has vendido la mejor bicicleta del mundo.

—¿Y estás disfrutando la mejor bicicleta del mundo?

El tema de Belinda ocupó el resto del corto paseo hasta el hotel. La entrada del restaurante se encontraba en la parte trasera y teníamos la opción de cenar dentro o fuera, en el patio rodeado de enrejados cubiertos de enredaderas y ristras de luces.

—Sentémonos fuera —le dije a Kieran—. Hace una tarde preciosa.

Tras el atril había una mujer esbelta y elegante, con una melena despuntada y mechas.

—Buenas noches, Kieran —lo saludó con acento francés—. ¿Cómo estás?

—Muy bien, Monique. Esta es Molly, la sobrina de Violet Marlowe. —A continuación, se dirigió a mí—: Monique y su marido son los dueños del hotel.

—Él cocina y yo limpio —dijo Monique con una sonrisa—. Encantada.

—Lo mismo digo —contesté—. Este sitio es precioso. Me apetece mucho cenar aquí.

—Nos gustaría sentarnos fuera —pidió Kieran.

—Buena elección, se quedará una noche perfecta. —Monique cogió dos menús—. Por aquí.

Nos acompañó hasta una mesa del fondo, en un rincón, desde donde podías contemplar el resto del patio y se atisbaba la calle. Una música suave sonaba por los altavoces, que debían de estar escondidos; algo francés con acordeones. Una vela parpadeaba en nuestra mesa, junto a un jarrón con una peonía rosa y perfecta.

Le eché un vistazo al menú con curiosidad por saber qué pinta tenía la fusión asiático-francesa. Ecléctica, pero deliciosa, fue la respuesta.

—¿Quieres compartir un entrante? —preguntó Kieran—. Tú eliges.

—Mmm. Pues las croquetas de tallo de flor de loto con quinoa o los calamares con coco, ¿no?

Al final pedimos los calamares, junto con confit de pato con salsa de naranja china para mí y cordero con salsa de trufas para Kieran. Él también pidió una botella de *pinot noir,* que, según él, maridaba con los dos platos.

—Nunca adivinarías lo que ha ocurrido hoy. —Mojé un trozo de calamar crujiente y rebozado en una salsa dulce y picante—. Una foto mía se ha hecho viral.

Kieran frunció los labios y enarcó las cejas.

—Ah. ¿Te han sacado en toples en la tercera página?

—No —contesté, alargando la palabra—. La cosa no tiene tanta chicha. —Kieran se refería a la ya difunta tradición de los tabloides británicos de publicar fotos de chicas en toples en la tercera página de sus publicaciones. Con un dedo limpio, busqué la foto que me habían hecho en la tienda y, luego, deslicé el teléfono sobre el mantel en su dirección—. Créeme, si no te mencionaran, no te la enseñaría nunca.

Se limpió las manos con la servilleta y cogió el teléfono. Después de estudiar la publicación con atención, me miró a los ojos.

—Lo siento, Molly. Lo último que quiero es que te veas involucrada en mis problemas. —Me devolvió el teléfono—. En cualquier caso, creo que estás muy guapa. Como siempre.

—Gracias. —Encogí un hombro—. Tus... problemas no son algo que me preocupe demasiado. Al fin y al cabo, pasamos la mayor parte del tiempo en esta calle discreta y tranquila, cada uno dedicado a su negocio. La prensa sensacionalista no tiene mucho donde rascar.

Justo en ese momento, nuestro camarero apareció con unos platos humeantes y aparté las columnas de cotilleos y las fotografías poco favorecedoras a un lado para lanzarnos sobre ellos.

Todo estaba delicioso. Durante la cena, la conversación fue ligera, compartimos libros y programas de televisión favoritos, aventuras de viaje, ese tipo de cosas. Estábamos casi repantingados en nuestros asientos, tan llenos que no sabíamos si podríamos con el café, cuando vi que Ruth Orforo entraba en el patio.

La saludé con la mano y se acercó hasta nosotros después de decir a la pareja con la que iba que se adelantaran a coger mesa.

—Hola, Molly. Kieran. —Echó un vistazo a los restos de la cena y sonrió—. Aquí dan bien de comer, ¿verdad?

—Y que lo digas —asentí—. Es la primera vez que vengo y estoy encantada. —En ese momento, recordé algo que quería decirle—. Persephone me ha regalado una copia de la edición de lectura anticipada del libro. Es una maravilla.

Ruth inclinó la cabeza a modo de agradecimiento.

—Estoy bastante orgullosa de cómo ha quedado. Sobre todo he disfrutado revisando sus primeros poemas. Me ha traído muchos recuerdos entrañables del St. Hildegard's, que es donde conocí a Persephone, como ya sabes.

—¿Ya tienes un ejemplar de la retrospectiva? —me preguntó Kieran—. Sé que mi madre está impaciente por hacerse con uno.

—Ya se lo envío yo —se ofreció Ruth—. Mándame un mensaje, ¿vale?

Me pregunté qué opinaría Ruth de la obra de Joan.

—¿Conocías a Joan Watson? He estado leyendo el diario que escribía cuando estaba en la universidad. Su sobrina nieta, Daisy, es la dueña del Tea & Crumpets de esta misma calle. Guardaba cosas de Joan en el ático.

—¿Joan? —Ruth se dejó caer en la silla de al lado—. Claro que conocía a Joan. Éramos muy buenas amigas. Y tenía un talento extraordinario. —Se quedó absorta un momento—. Su muerte fue un duro golpe para todos. Siempre me ha quedado la duda de si yo podría haber hecho algo.

—Fue un suicidio, ¿no? —intervino Kieran—. Recuerdo habérselo oído mencionar a Daisy. Muy triste.

—No he leído sus poemas, pero, después del diario, me he quedado con las ganas. Destila mucha personalidad —apunté.

—Eran magníficos —aseguró Ruth—. Y Joan era muy prolífica. —Arrugó la frente—. ¿Daisy no ha encontrado nada?

—Que yo sepa no. —Repasé mentalmente el contenido de la caja—. Solo apuntes. Y el diario.

Ruth miró hacia los amigos que la esperaban y se levantó.

—Pues no sé dónde acabarían. Me habría gustado publicar su trabajo. Si encuentras algo, dímelo. —Sonrió—. Ha sido un placer veros. Que disfrutéis de la velada.

Contesté algo, distraída. ¿Dónde estaban los poemas de Joan? ¿Los tendrían sus padres? Sería magnífico compartir su obra con el mundo, aunque fuera de manera póstuma. «Si puedo, lo haré». Era lo mínimo que Joan merecía.

CAPÍTULO VEINTE

—Sonríe para la cámara —dijo Kelsey Cook con una sonrisa cuando Kieran y yo salíamos del restaurante. Preparó la cámara y se acercó.

Kieran frunció el ceño y se puso delante de mí como si quisiera protegerme del objetivo.

—¿Qué haces aquí?

Kelsey volvió a sonreír mientras bajaba la cámara.

—Me lo ha dicho un pajarito. —Se llevó un dedo a los labios—. Y no, no voy a decir quién. —Se volvió hacia mí con una mirada traviesa—. Hola, Molly. Bienvenida al mundo de los rumores y las insinuaciones.

No pude reprimir una sonrisa. ¿Quién podía resistirse a la ironía y la sinceridad con que la fotógrafa se refería a su profesión? A Kieran le ocurrió lo mismo, porque al final transigió.

—Muy bien, saca un par. Pero procura que Molly no salga despeinada.

Me guiñó un ojo.

—Sin problemas, milord —murmuró Kelsey mientras levantaba la cámara—. Es un bellezón.

Traté de sonreír con naturalidad agradeciendo que esas cosas no fueran algo habitual en mi vida. En cuanto a Kieran, me dio el brazo y me acercó a él, como si disfrutara de mi compañía.

Kelsey les echó un vistazo a las fotos.

—No está mal, no está nada mal. Gracias por ser tan comprensivo, K. S. Molly. —Levantó la vista un momento—. Trabajas en la librería, ¿verdad? —Cuando asentí, añadió—: ¿Te acuerdas de esa poeta, la que dio un recital en la tienda el otro día?

—¿Te refieres a Persephone Brightwell? Sí, la conozco.

Más o menos.

—Me encantaría hacerle unas fotos, ahora que está ganando premios y esas cosas. —Kelsey continuó trasteando con la cámara—. Pero la otra noche la vi y me gritó que me perdiera, tal cual. Tampoco es que sea la primera vez que me mandan a pastar.

Me dio un vuelco el corazón.

—¿De verdad? Pues no conozco a nadie tan ávido de atención como ella.

Kelsey hizo una mueca mientras retrocedía.

—No le gustarían mis pintas, digo yo. Tengo que pirarme. Gracias.

Dio media vuelta y echó a caminar con paso decidido en dirección a Trinity Street.

—No me apetece volver aún a casa —dijo Kieran cuando dejamos de oír los pasos de Kelsey—. ¿Y a ti?

El pulso se me aceleró de nuevo, pero esta vez de emoción.

—A mí tampoco. ¿Por qué no vamos a dar un paseo?

Me gustan los paseos vespertinos, sobre todo después de una comilona.

—Perfecto —contestó Kieran, echando a andar—. Me apetece. Si quieres, podemos parar en algún sitio a tomar algo.

Me llevé una mano al estómago.

—Cuando pueda meter algo más. Tenías razón, la comida de este sitio es fantástica.

Y también era popular. Las mesas vacías habían vuelto a llenarse casi de inmediato.

—¿Verdad que es genial? Se lo recomiendo a todo el mundo —dijo Kieran—. Me gusta promocionar otros negocios de Magpie Lane.

Su comentario me hizo sentir bien. Las Marlowe formábamos parte de una comunidad en nuestra preciosa callecita secundaria. La gente que entraba y salía del *pub* me hizo pensar en Steve y Susie. Esperaba que ninguno de los dos tuviera nada que ver con la muerte de Myrtle. Perderlos sería un durísimo golpe para el barrio.

Paseamos por Trinity Street hasta King's College, cruzamos el puente y continuamos por el camino que bordea la orilla. Mucha otra gente también había salido a disfrutar del resto de la tarde; grupos de estudiantes, parejas mayores y algún que otro corredor o ciclista haciendo deporte.

—¿Nos sentamos aquí? —preguntó Kieran señalando un banco que quedaba justo enfrente de King's Chapel. Los últimos rayos de sol bañaban en oro los majestuosos edificios que se reflejaban en el río, a nuestros pies. Los patos graznaban y los cisnes y las bateas se deslizaban sobre el agua sin prisa, dejando tras de sí un rastro de risas y voces—. Es uno de mis lugares favoritos.

—Entiendo por qué —aseguré comprobando que el banco estuviera limpio antes de alisarme el vestido y sentarme—. Mi lista de lugares preferidos de Cambridge crece por momentos.

—Es una ciudad muy especial. Estoy enamorado de ella desde pequeño, cuando venía a visitarla.

Kieran dejó el brazo derecho en el respaldo del banco, lo bastante cerca para notar el calor que desprendía, pero sin invadir mi espacio. Me sentía muy bien. Durante toda la velada, había tenido la sensación de que nuestra intimidad se afianzaba a medida que nos conocíamos mejor, aunque Kieran parecía preferir un paso lento y agradable. Además de ser reacia a lanzarme de cabeza, la posibilidad de sufrir un desengaño era muy alta. Kieran me gustaba de verdad.

Un corredor apareció resoplando por el camino, moviendo los brazos al compás del trote.

—Ahora mismo tiene más energía que yo —señaló Kieran.

—Pero mucha más —reí.

El hombre vestía pantalones cortos, camiseta de colores fosforitos y zapatillas deportivas con cinta reflectante que lanzaba destellos al correr. A medida que se acercaba, sus facciones empezaron a hacerse más claras.

—Es sir Jon.

En la setentena y aún salía a correr. Me quedé impresionada.

Debí de decir su nombre más alto de lo que pretendía, porque el hombre volvió la cabeza hacia todas partes y aminoró el paso al tiempo que saludaba con la mano.

—Hola —dijo entre resoplidos. Se detuvo, se inclinó para apoyar las manos en los muslos y usó el dobladillo de la camiseta para secarse el sudor de la cara—. Una tarde preciosa, ¿verdad?

—Desde luego —convine—. Kieran y yo hemos cenado en el Holly & Ivy. Una maravilla.

Esbozó una sonrisa pícara mientras nos miraba, pero se abstuvo de hacer ningún comentario acerca de lo que a todas luces era una cita.

—Siento haber estado tan desconectado —dijo en su lugar—. He tenido que ir a Londres por asuntos de negocios, pero Violet me ha mantenido informado.

Me puse a recordar la última vez que había hablado con sir Jon y caí en que había sido cuando estaba en las oficinas de Clive.

—Han pasado muchas cosas en los últimos dos días. George es el albacea del testamento de Myrtle y lo han interrogado. Estuvo en la presentación de Clive, donde encontré la aguja de hacer punto antes de que habláramos por última vez. Ah, y atención: Susie Baker también asistió a la presentación.

—¿Susie? ¿Y Steve no? —preguntó sir Jon. Se agachó y empezó a dar saltitos—. Interesante. Me pregunto si estará enterada del asunto de las apuestas.

—Y yo. Y mi tío... Sí, por fin he conocido al hermano de mi madre; pues mi tío nos contó que Steve se metió en un buen lío hace unos años. En algo de un garito ilegal de boxeo.

Sir Jon asintió.

—Le echaré un vistazo. —Se puso derecho apenas sin esfuerzo—. Por cierto, Clive tiene a la policía encima. —Esbozó una sonrisa pesimista—. Por algo relacionado con el soborno de funcionarios. Aún no lo han detenido, pero están reuniendo pruebas, según me han contado mis fuentes.

—Con lo buena persona que es. —En ese momento, caí en la cuenta de que el pobre Kieran estaba escuchándonos sin poder intervenir mientras nos poníamos al día—. Disculpa. Todo este asunto puede llegar a ser muy absorbente.

—Lo entiendo —aseguró Kieran—. Yo también quiero saber quién mató a Myrtle. —Estiró un dedo—. ¿Y el hombre que vimos en el callejón, Molly? ¿Alguien lo ha identificado?

Le contó a sir Jon que había salido tras él, pero que no había conseguido darle alcance.

—De hecho, la policía encontró a un testigo cuando fueron preguntando puerta por puerta —dijo sir Jon—, según me han informado hace escasamente una hora. Dicha persona también vio a un hombre en el callejón hacia la hora que murió Myrtle, una hora que se ha estimado a partir de las pruebas físicas. —Hizo una pequeña pausa—. Están seguros de que se trataba de un hombre corpulento de estatura mediana, pero no le vieron la cara con claridad. Y el testigo tampoco pudo identificarlo cuando le enseñaron fotografías.

Si el inspector Ryan se ha tomado mi llamada en serio, era probable que la policía le hubiera enseñado fotografías de Clive y George, puede que incluso de Steve.

Se me cayó el alma a los pies. Cada vez que avanzábamos en una dirección, había algo que nos detenía en seco. Aún no teníamos nada concluyente.

—Esto es desesperante —solté—. Solo tenemos cabos sueltos.

Sir Jon me miró comprensivo.

—Sé cómo te sientes, Molly. Lo único que podemos hacer es seguir adelante. La verdad saldrá a la luz tarde o temprano.

—Espero que sea temprano. Esto está pasándole factura a tía Violet. —«Alguien te tiene ojeriza». Las palabras hirientes y burlonas de tía Janice resonaron en mi cabeza—. Y también a George.

Los rasgos cincelados de sir Jon casi nunca dejaban entrever ninguna emoción, pero, en ese momento, dio la impresión de estar preocupado.

—A mí tampoco me gusta. Esta noche llamaré a Ryan y dejaré caer que hay más sospechosos. —Sonrió con ironía—. Y son unos cuantos. —Empezó a hacer estiramientos con la intención de continuar corriendo—. Mañana me pasaré a ver a Violet.

—Espero estar la mitad de en forma que él cuando tenga su edad —comentó Kieran después de que sir Jon se despidiera con un gesto desenfadado y echara a correr—. Si es que llego a su edad, claro.

—Lo mismo digo. —El clima romántico se había roto, y, además, estaba agitada, pero tampoco quería despedirme todavía—. ¿Y si vamos a tomar algo?

Volvimos a cruzar el puente cogidos del brazo y, después de un pequeño debate, nos presentamos en nuestro bar habitual, el Magpie Pub. Me encantaba la idea de que fuera nuestro bar. Que la gente me conociera por el nombre y supieran qué cerveza bebía.

El servicio de cenas había terminado, pero el lugar estaba hasta arriba de gente disfrutando de una tranquila noche de viernes. Kieran y yo encontramos un sitio acogedor cerca de la chimenea.

—Iré a pedir —dijo—. ¿Lo de siempre?

—Sí, gracias. Aunque solo media pinta.

Seguía llenísima de la cena.

Kieran se abrió camino hasta la barra, donde Susie estaba sirviendo bebidas. Los bulliciosos estudiantes que ocupaban la mesa grande de al lado se fueron y otro nuevo grupo entró por la puerta al tiempo que el primero salía. Steve llevó una bandeja hasta la mesa y empezó a recoger.

—Hoy hay trabajo, ¿eh? —dije.

Volvió la vista un momento hacia los clientes que esperaban.

—Y que lo digas. Llevamos todo el día así.

—¿Estabas en el callejón la noche que murió Myrtle?

Me llevé la mano a la boca de inmediato. ¿De verdad se lo había preguntado, en medio de un *pub* abarrotado?

Steve dejó de llenar la bandeja de vasos sucios y se me quedó mirando.

—No, no estaba en el callejón. ¿A qué viene esto, Molly?

Cambié un poco lo que quería decirle.

—Según un testigo, había alguien, un hombre. —«Y según Kieran y yo», pero no lo dije—. Y he pensado que quizá vio algo importante. La pobre tía Violet está pasándolo muy mal por la muerte de su amiga.

A lo mejor era exagerar un poco, pero no mentía.

Steve se relajó.

—Mira, ¿por qué no vais tu novio y tú al reservado? Me paso por allí en un segundo y hablamos.

—¿El reservado?

¿Y Kieran era mi novio? Qué lástima que Steve no contestara a esta segunda pregunta. El hombre señaló una puerta en la que no me había fijado hasta ese momento.

—Una sala privada. Kieran ya ha estado un par de veces.

Intercepté a Kieran cuando volvía de la barra, con las bebidas en la mano.

—Vamos al reservado. —Se le iluminó la mirada—. Steve quiere hablar con nosotros.

La luz se desvaneció un poco.

—Vale. Ve delante.

Me siguió por detrás de la barra. El reservado era un cuartito en el que apenas cabía un banco acolchado de cuero, una mesa redonda y un par de sillas. Capacidad: cuatro personas como máximo. Unas ventanas con vidrieras proporcionaban intimidad y protegían de las miradas indiscretas de la sala principal.

—Ya veo por qué lo llaman reservado —señalé, sentándome en el banco. No olvidaba lo que había dicho Steve. ¿Con quién había estado allí Kieran? Una pregunta que nunca le haría.

Kieran dejó las bebidas en la mesa y tomó asiento a mi lado.

—Salud —dijo, levantando su vaso y entrechocándolo con el mío—. Bueno, ¿de qué va todo esto? —preguntó antes de beber un sorbo.

—De que soy una bocazas —contesté—. Le he preguntado si estuvo en el callejón esa noche.

Sabía de sobra a la noche que me refería. Sacó el móvil del bolsillo y lo dejó en la mesa.

—Molly. Te la has jugado bastante.

Bebí un sorbo de cerveza amarga sin quitarle los ojos de encima.

—¿De verdad crees que Steve es culpable? Yo pensaba que quizá podría haber visto algo.

Kieran cambió de postura en su asiento de piel.

—Cierto, pero eso nos lleva a la cuestión de qué hacía merodeando en el callejón.

Para ser sincera, en esos momentos no se me ocurría ningún buen motivo.

—Tienes razón. Lo siento. —Cerré los ojos con fuerza—. A veces, soy demasiado impulsiva.

Dejó su mano con suavidad sobre la mía.

—Por si te interesa saberlo, esa es una de las cosas que me gustan de ti. De hecho, me gust…

Steve entró a toda prisa en la habitación y cerró la puerta tras él.

—Parece que la cosa se ha calmado un poco, pero solo tengo unos minutos.

Kieran apartó la mano cuando Steve acercó una silla y se sentó, casi en el borde.

—Bueno, ¿qué es eso de que había un hombre en el callejón? —preguntó Steve.

—Hace un rato nos hemos enterado de que alguien vio a un hombre merodeando por allí —dije—. O bien es el asesino, o un testigo potencial.

Steve me miró con gesto precavido.

—Así que están buscando a un hombre, ¿eh?

Kieran alargó la mano hacia su teléfono, pero hizo ver que simplemente lo toqueteaba.

—En cuanto a eso, no hay nada concluyente —contesté.

También había mujeres entre los sospechosos, además de tía Violet. Susie, por ejemplo. Y Fiona. ¿El testigo podría haberse equivocado? Quizá pensó que el merodeador era un hombre, nada más. Fiona era alta y corpulenta, aunque Susie no tanto.

Steve lanzó un gruñido.

—Están dando palos de ciego, ¿verdad? Que se pongan las pilas de una vez, hombre ya.

¿Un culpable diría eso? Se me presentaba la oportunidad de sondearlo y no sabía por dónde empezar. ¿Qué le preguntaba? ¿Cómo abordaba el tema del chantaje de Myrtle?

Quizá lo mejor era lanzarme sin más y acorralarlo. ¿Qué iba a hacer en mitad de un *pub* atestado de gente? Además, tenía a Kieran de testigo.

—Sé lo que te hacía Myrtle —me decidí—. Y no eras el único.

Vi una llamarada en sus ojos cuando retrocedió con brusquedad, a punto de volcar la silla.

—¿Cómo demonios...?

—Tranquilo —le avisó Kieran—. Nadie te está acusando de nada.

Steve se pasó una mano por el pelo, cortado a rape.

—Disculpad, es que... —Echó un vistazo atrás antes de bajar la voz—. Como Susie se entere, me dará la patada —dijo con voz suplicante.

Pensé en la asistencia de Susie a la presentación de Clive y en la aguja de hacer punto que habían dejado allí. Quizá ella ya lo sabía.

—Has vuelto a jugar —dije en tono comprensivo—. El otro día te vi entrar en una casa de apuestas, Steve. Pero no me corresponde a mí contárselo a nadie.

Salvo a la policía, claro.

Se dejó caer hacia atrás y cruzó los brazos descomunales sobre el pecho.

—Sí, tengo que controlarlo. Y llamar a mi padrino.

—Volviendo a Myrtle: te chantajeaba, ¿verdad?

Torció los labios mientras pensaba lo que iba a decir.

—Sí, lo hacía —reconoció al final—. Se había enterado de cierto problema que tuve en el pasado. Por eso comía aquí gratis, y de vez en cuando le soltaba algo de dinero para quitármela de encima. Pero yo no la maté. —Estampó una mano sobre la mesa recuperando la confianza—. Y tengo coartada. Estuve aquí toda la noche. —Se levantó de un salto, empujando la silla hacia atrás—. Será mejor que vuelva. Así que, si la señorita Marple no quiere nada más de mí...

Se refería a la detective de ficción de Agatha Christie. Acepté la pulla de buen talante. Al fin y al cabo, estaba en su local, tenía suerte de que no me hubiera prohibido la entrada.

—Lo siento, Steve —dije—. Vivo con la esperanza de que alguien pueda demostrar la inocencia de tía Violet.

Y, de paso, encontrar al verdadero asesino.

De nuevo, su expresión se suavizó al mencionar su nombre.

—Vi es una buena mujer. Si me entero de algo que pueda ayudar, te lo haré saber, ¿de acuerdo?

Kieran me miró con cara divertida después de que se fuera.

—Creo que nunca he tenido una cita como esta.

—Yo tampoco. —Tracé círculos con mi vaso sobre la mesa—. Lo siento, Kieran.

Me rodeó los hombros con un brazo.

—No he dicho que fuera malo. —Al cabo de un momento, susurró—: ¿Crees que Susie tiene coartada?

Me eché a reír.

—¿Sabes qué? Dejando a un lado lo de intentar exculpar a tus seres queridos, esto de investigar es un poco como una madriguera de conejo: una vez que caes dentro, es imposible salir.

Después de que nos termináramos las cervezas, Kieran me acompañó a casa.

—Gracias por una noche tan agradable —dije mientras abría la puerta de la tienda—. Me lo he pasado muy bien.

Se acercó un poco.

—Yo también, Molly. De verdad. —Nos miramos un momento. El farol que había encima de la puerta proyectaba su luz sobre nosotros. Kieran se inclinó hacia mí de pronto y me besó. Nuestros labios apenas se tocaron, un roce suave y delicado—. Nos vemos.

Me llevé los dedos a los labios y lo seguí con la mirada mientras se alejaba a grandes zancadas, silbando. Luego me reí de mí misma por ponerme tan sensiblera y entré.

Puck se me pegó de inmediato mientras cerraba la puerta con llave.

—¿Quieres comer algo antes de irte a la cama? —pregunté. Echó a correr y atravesó la tienda a toda velocidad en dirección a la cocina. Me detuve un momento en el mostrador recordando el libro nuevo de Persephone. Dado que había acabado el diario de Joan, decidí que esa sería mi lectura de esa noche.

«Ay, Joan —pensé mientras ponía un poco de pienso en los cuencos de los gatos—. ¿Alguna vez sabremos la verdad sobre tu muerte?». Qué gran pérdida para todos. Me llené un vaso de agua y, luego, me dirigí arriba con el libro de Persephone y mi gato.

La colección de poemas seguía un orden cronológico y, aunque muchas veces prefería ir saltando, esta vez empecé por el principio. Tenía curiosidad por leer los versos de la época universitaria.

La temática de los primeros giraba en torno a la vida en Cambridge. Las universidades exclusivistas, las bateas del río, las estaciones del año. Se notaba cómo iba ganando confianza poco a poco mientras probaba distintos acercamientos en la búsqueda de una voz única.

Solo uno más, decidí, notando que se me cerraban los ojos. Ese trataba sobre el invierno. Un par de versos me llamaron la atención. «Un viento pujante tras la esquina, un invierno que se anuncia con inquina».

Mmm. «Un invierno que se anuncia». Esa expresión me sonaba. Cogí el diario de Joan y pasé las páginas mientras las leía en diagonal.

La frase de Joan era «un viento pujante que anuncia el invierno». No era una cita literal, pero sí las mismas palabras usadas de manera distinta.

Yo no estaría contenta de ser Joan. ¿Persephone había leído su diario? No, no parecía muy probable. Pero tal vez Joan había incluido en sus poemas algunas de sus frases más inspiradas. En los que habían desaparecido. ¿No estaba dándole demasiadas vueltas? Volví a leer los dos, el poema y el diario.

No, allí había algo. Lo sabía y mi sistema nervioso también, a juzgar por el pulso acelerado y las manos sudorosas. No se trataba de ninguna tontería. Persephone Brightwell estaba considerada la mayor poeta británica viva.

¿Había robado el trabajo de su amiga para llegar donde estaba?

CAPÍTULO VEINTIUNO

El domingo por la tarde, una música fúnebre de órgano acompañaba a los asistentes al funeral, que iban entrando en la Round Church para el oficio de Myrtle. Tía Violet, mi madre y yo habíamos escogido unos asientos un par de hileras por detrás de la primera, lo bastante cerca para demostrar que teníamos relación con la fallecida, pero sin llegar a ser muy estrecha.

No, ese honor parecía corresponderle a George, su albacea, que estaba sentado al frente, solo, vestido con su mejor traje de *tweed.* Por una vez, la sempiterna gorra descansaba en el regazo.

Levanté la vista hacia las vidrieras que se alzaban sobre el altar para admirar su vivo colorido y el intrincado diseño. El histórico edificio, construido hacía casi mil años, era un prodigio de arcos de piedra, esculturas antiguas y enormes pilares redondos. Nos encontrábamos en una parte más moderna que se extendía a partir de la estructura original, la famosa nave circular que daba nombre a la iglesia.

Las amigas de tía Violet entraron todas juntas. Su llegada provocó cierto revuelo, la gente se volvía a mirar mientras ellas avanzaban rápidamente por el pasillo acompañadas por el repiqueteo de los tacones. Una mujer atractiva con una melenita de color castaño claro caminaba junto a Ruth. Catherine, supuse.

Escogieron el banco que teníamos delante. Sus hombros chocaban cuando se acercaban para hablar en susurros. Continuaron llegando más rezagados: Susie y Steve, que se sentaron al otro lado del pasillo, con Daisy y Tim, y Clive, que eligió nuestro banco, con lo que tuvimos que corrernos un asiento. Supongo que pensaba que los Marlowe debían mantenerse unidos. Al menos, durante el funeral.

Saludé a Clive con la cabeza cuando se acomodó a mi lado. El fuerte olor de su colonia me hizo cosquillas en la garganta y me apresuré a llevarme un pañuelo de papel a la nariz, rezando para no toser.

Él respondió con un gruñido, mirando al frente como si estuviera absorto en sus pensamientos. ¿Por qué había venido? Dudaba que llorara de verdad la muerte de Myrtle, teniendo en cuenta que lo chantajeaba. Aunque, para ser sinceros, si fuera por el pesar, quizá la mayoría de nosotros no deberíamos estar allí.

Qué triste. Esperaba que cuando me llegara la hora, para lo que, con un poco de suerte, aún faltaban muchos años, la gente me echara de menos. Que no se limitaran a presentarse, como habían hecho esas personas, para asegurarse de que me había ido. Convenientemente, tenía a mi disposición a todos los sospechosos, de punta en blanco y con aspecto contrito, como exigía la ocasión: Susie, Steve, Clive. Fiona y Ruth. Aunque, ¿y Persephone? El posible plagio que había descubierto la noche anterior me preocupaba. Y nunca había tenido en cuenta a Catherine, básicamente porque estaba en Londres en el momento del asesinato.

O eso creía. ¿Una de esas personas era la asesina y ocultaba su regocijo, o la culpa, bajo una máscara de dolor?

Oí unos pasos apresurados avanzando por el pasillo de baldosas y, al volverme, vi a Kieran. Al percatarse de que nuestra fila estaba llena, se sentó junto a las amigas de tía Violet, que lo recibieron con amplias sonrisas de bienvenida mientras le hacían sitio.

Acababa de tomar asiento cuando el tempo de la música de órgano cambió a una pieza majestuosa de notas profundas y sonoras, y todo el mundo se levantó cuando entró el párroco. El oficio había empezado.

Por suerte, el funeral fue corto. El párroco dijo unas pocas palabras, George leyó una oración y se cantaron un par de salmos. A juzgar por el panegírico, quedó claro que el párroco apenas conocía a Myrtle, aunque alabó su labor de voluntariado y su asistencia habitual.

También había legado algo a la iglesia, dijo, aunque cuando vi que a George se le enrojecían las orejas, supuse que lo habría hecho él en nombre de Myrtle. En cualquier caso, la generosa acción ofreció algo de lo que hablar a los asistentes cuando salimos de la iglesia al cálido aire de mayo, aliviados por haber cumplido con nuestro deber.

Kieran apareció a mi lado. La chaqueta de vestir y la camisa blanca le quedaban muy bien.

—¿Vas al *pub*? —preguntó mientras se quitaba la corbata. Acomodamos el paso al de la multitud bien vestida que se encaminaba a Magpie Lane.

—Por supuesto —dije—. ¿Me invitas a una cerveza?

—Claro. —Sonrió complacido—. He oído que a la primera invita la casa, así que encantado.

—Eso, no te vayas a arruinar —bromeé también.

Susie y Steve no solo se encargaban del ágape, además pondrían barra libre al principio. Qué generosos, sobre todo teniendo en cuenta la delicada relación que tenían con la fallecida.

El inspector Ryan y la subinspectora Adhikari estaban a un lado, observando a la gente que salía de la iglesia. ¿Cómo no iban a venir? ¿No era que los asesinos solían asistir a los funerales de sus víctimas? O eso había oído.

Mi mirada coincidió con la del inspector, así que, en lugar de pasar por delante con disimulo, me sentí obligada a decir algo.

—Hola, ¿también vendrán al *pub*? —pregunté.

La subinspectora enarcó las cejas, pero el inspector negó con la cabeza.

—Buenos días, señorita Kimball.

Desvió su mirada afilada hacia el resto de personas que pasaban por delante. Despachada, me volví hacia Kieran encogiéndome de hombros. Ni siquiera me había felicitado por mi trabajo.

Avanzamos tranquilamente por Trinity Street en dirección a Magpie Lane, junto con los asistentes al funeral. El caballete que había frente a la puerta del *pub* anunciaba que ese día estaría cerrado porque iba a celebrarse una fiesta privada, pero, dado que se refería a nosotros, nos unimos a la multitud que cruzaba la entrada.

—A la amiga le habría gustado —dijo George, acercándose a nosotros por detrás—. La asistencia no está nada mal.

Tal vez fuera la comida gratis, pero yo allí veía a más gente que en la iglesia.

Me invadió una oleada de afecto cuando miré el rostro grande y bondadoso de George.

—Tenía suerte de contar con un amigo como tú.

Le tomé la mano callosa y cálida y le apreté los gruesos dedos. Decidí que ese venerable anciano era una de mis personas predilectas.

George se sonrojó.

—No es para tanto —balbució—. Tenemos que cuidarnos entre nosotros, ¿no?

Kieran le dio una palmada en la espalda.

—Así es. Te invito a una copa.

Nos guiñó un ojo antes de abrirse paso entre la multitud en dirección a la barra.

—¡Creo que están muy bien de precio! —gritó George tras él. Alargó el cuello para echar un vistazo a la concurrencia y, luego, se excusó y se fue detrás de Kieran.

Seguí adelante, sabía que Kieran me buscaría. Daisy estaba en la parte de atrás, donde habían dispuesto una mesa larga. Susie y ella estaban acabando de colocar el bufé, que consistía en platos calientes, canapés y ensaladas. Las mariposas de Daisy y otros dulces se encontraban en otra mesa, a un lado, junto con los dispensadores de café y agua caliente.

—Tiene una pinta espectacular —dije mientras pensaba en qué elegir. Había desayunado tarde, así que no había comido y me moría de hambre.

Susie levantó una tapa metálica para enseñarme una lasaña recién sacada del horno y el aroma me hizo salivar.

—La vieja bruja no puede quejarse. Supongo que esto nos dará un par de puntos con el de arriba.

Volvió a colocar la tapa y apagó el hornillo.

—Susie. —Daisy se llevó una mano a la boca tratando de contener una carcajada de sorpresa—. No lo dirás en serio.

La dueña del *pub* se volvió con un brillo extraño en la mirada.

—Si yo os contara... Pero mejor no. Dejémoslo en que hemos tenido suerte de que un rayo no haya fulminado la iglesia.

Dicho aquello, asintió en dirección al bufé, se limpió las manos en el delantal y se fue.

—Vaya —dije, abanicándome—, poca broma.

Daisy se acercó a mí.

—Ya lo creo. No está el horno para bollos.

«Eso me ha hecho gracia», pensé ahogando una risita. Pero, poniéndonos serios, estaba claro que Susie le guardaba rencor a Myrtle. ¿El suficiente para asesinarla e incriminar a Clive?

La gente empezó a hacer cola frente a la comida, así que me aparté. Kieran apareció con mi cerveza y nos fuimos a una de las mesas altas.

—Anoche me lo pasé muy bien —me susurró apoyando los codos y con una sonrisa en la mirada.

¿Sería cursi decir que el corazón me dio un vuelco? Porque fue lo que ocurrió.

—Yo también —dije, levantando mi cerveza—. Salud.

Entrechocamos los vasos.

—Salud. —Después de un trago largo, añadió—: Repitámoslo. —Enarcó las cejas—. ¿Qué te parece el sábado?

—Podría ser —contesté, conteniéndome un poco.

Antes de que Kieran pudiera replicar, alguien que pasaba por el lado se detuvo a saludar y se rompió el hechizo. Después, bebimos cerveza y observamos a la gente que teníamos alrededor.

Tía Violet y sus amigas seguían yendo juntas, acompañadas de mi madre. Vi que se servían algo de comer y, luego, buscaban una mesa. Alguien, es decir, Persephone, había estado dándole al vino, a juzgar por las carcajadas y la manera de gesticular.

Kieran sacudió la cabeza.

—Alguien debería cortarle el suministro.

—Ya te digo. —Las demás también reían, salvo Fiona, que se sentaba un poco apartada del resto, concentrada en su plato. Quizá se había hartado de la poeta... y la entendía. La grosería y condescendencia con que Persephone trataba a su anfitriona era evidente.

Kieran y yo nos servimos nuestros platos cuando ya no había tanta cola y, luego, volvimos a nuestra mesa del rincón, donde Daisy y Tim se reunieron con nosotros. Yo cogí un poco de lasaña y una ensalada con aliño cremoso, además de un buen trozo de baguete que aún estaba caliente.

—Algunos nos quedaremos cuando esto acabe y esta noche jugaremos a los dardos —dijo Tim a todos los de la mesa—. ¿Os apuntáis?

—Puede —contesté—. Después de esta montaña de carbohidratos, no sé si podré moverme.

—Yo prefiero mirar —dijo Daisy con un suspiro—. Habrá que tomárselo con calma.

—Yo también. —Últimamente habían pasado tantas cosas que era como si no tuviera tiempo ni para respirar. Pinché un trozo de lasaña con el tenedor—. Será mejor que espabile. Quiero una de esas mariposas, Daisy.

—Parece que han gustado —se alegró, mirando hacia la fuente vacía de la mesa de los dulces.

—A mí me gusta todo lo que haces —observó Tim antes de ponerse rojo como un tomate.

Kieran y yo nos desternillamos, pero Daisy se acercó un poco más a Tim.

—Tú tampoco estás mal —murmuró.

Un rizo rubio le cayó sobre un ojo y le dio a mi guapísima amiga el encanto de las actrices de las películas antiguas. Tim estaba extasiado.

Miré a Kieran, que sonrió. Era enternecedor ver cómo evolucionaba la relación entre Daisy y Tim.

—¿Otra? —preguntó Kieran señalando mi vaso vacío con un gesto de barbilla.

—De aquí a un rato. —Me limpié la boca con una servilleta—. Disculpadme un momento.

Empezaba a notar los efectos de la primera cerveza. Sentado al final de la barra, Clive engullía la suya como si le fuera la vida en ello. Dejó la pesada jarra de golpe cuando pasé por su lado.

—Molly.

—Clive. Al final has podido venir.

No lo había visto desde la iglesia.

—No gracias a ti. —Tenía los ojillos azules encendidos de rabia—. ¿Se puede saber a qué juegas echándome a la policía encima?

La educada apariencia de antes había desaparecido. Ese era el Clive beligerante.

Retrocedí y choqué con alguien.

—Disculpe —le dije a quien fuera, volviendo la cabeza—. Yo no llamé a la policía para que fueran a por ti. Yo llamé por la aguja rosa de hacer punto.

Y si la aguja implicaba a mi primo, pues mala suerte.

Steve, que debía de tener un olfato muy fino para los problemas, apareció detrás de la barra. Mi salvador.

—Clive. ¿Quieres otra?

Me lanzó una mirada fugaz, la señal para que escapara.

Aproveché la oportunidad para escabullirme y prácticamente fui corriendo al lavabo. Persephone apareció por la puerta cuando estaba a punto de entrar.

—Molly. —Se vino derecha hacia mí y me lanzó su aliento a vino en la cara—. ¿Cómo estás, querida?

—Bien, gracias.

Me vi retrocediendo de nuevo, en esta ocasión amenazada por un torrente de afecto en lugar de ira.

Se acercó un poco más.

—Sus huesos por fin descansan, pero los fantasmas siguen rondando de noche.

—¿Qué? Pero ¿qué dices?

¿Quién mejor que un poeta para ponerse críptico?

La mirada embriagada de Persephone se iluminó.

—No ha estado mal, ¿eh? Tengo que ir a apuntarlo.

Sacudí la cabeza y empujé la puerta para entrar en el lavabo de mujeres. Catherine estaba junto al lavamanos, peinándose la lustrosa melena.

—Hola, soy Molly Kimball, la sobrina de Violet —me presenté—. Tú debes de ser Catherine.

—Sí —contestó, mirándome en el espejo—. Encantada de conocerte. Le tengo mucho aprecio a Violet.

Tenía una voz suave, casi tímida.

No era la primera vez que me ocurría que, cuando conocía a una persona callada, me daba por parlotear, supongo que para llenar los silencios incómodos; así que me puse a hablar de la mudanza, la librería, de conocer a Ruth...

—La encontraste tú. A Myrtle. —Sin dejar de mirarme, metió el peine en el bolso y sacó un bote diminuto de laca—. Siempre supe que sus crímenes le pasarían factura.

Se roció el pelo como si quisiera acabar con una colonia de insectos.

—Me han contado lo que os hizo. O quiso haceros. Qué cosa tan despreciable. —Sabía que no debe hablarse mal de los muertos, pero acabé añadiendo—: No me extraña que al final alguien estallara.

Eso no justificaba el asesinato, solo lo hacía comprensible.

Catherine se quedó boquiabierta.

—¡Cómo te atreves! Ruth no tuvo nada que ver.

Metió el bote en el bolso.

Levanté las manos.

—Espera, no insinuaba que...

Pero ya era demasiado tarde. No se le movió ni un solo pelo cuando dio media vuelta.

—Me habían dicho que andas indagando para endilgarle el asesinato a alguien. Bueno, pues olvídate de Ruth.

Y salió por la puerta dejándome allí plantada y muda de asombro. Primero, por haberse precipitado de esa manera en sacar una conclusión tan errónea y, segundo, porque alguien hablaba por ahí de mi investigación. Supongo que no lo llevaba con tanta discreción como pensaba.

La gente empezó a marcharse una vez que se terminó el banquete y el *pub* abrió para la clientela habitual. Me quedé en la sala del fondo, mirando mientras mis amigos jugaban a los dardos, contenta de poder pasar un rato tranquilo y charlar con Daisy de todo un poco.

—Creo que voy a irme a casa —dije sobre las nueve, aunque con la sensación de que eran las doce.

—Yo tampoco tardaré mucho —aseguró Daisy—. Esos *scones* no se hornearán solos.

Se levantaba cerca del alba para que los clientes pudieran disfrutar de productos recién hechos.

Kieran y Tim seguían jugando, así que me despedí y les prometí que nos veríamos por la mañana. Kieran y yo todavía no habíamos fijado otra fecha para cenar, pero, por una vez, estaba relajada. Notaba que intimábamos y que nos esperaba algo que estaba bien.

Fuera soplaba una brisa fresca y el cielo se había teñido de un azul marino intenso. La luz dorada de las ventanas iluminadas salpicaba toda la calle. Me dispuse a cruzar cuando una forma oscura se acercó corriendo.

—Puck. —Estreché su cuerpo cálido entre mis brazos—. ¿Qué haces aquí?

El gatito seguía saliendo a hurtadillas de vez en cuando, pero, desde que era su dueña, prefería que pasara la noche dentro, donde estaba más seguro.

Al final de la calle, unos faros destellaron con fuerza y me cegaron. Probablemente algún idiota que no sabía que estaba prohibido circular por esa zona.

Acto seguido, oí el rugido de un motor y, paralizada por el miedo, vi que el coche se abalanzaba hacia nosotros, aferrada a mi gato.

CAPÍTULO VEINTIDÓS

Salté a un lado en el último segundo usando la memoria muscular entrenada en Vermont, donde sorteaba charcos de barro, cunetas y arroyos constantemente.

Puck se aferró a mí con sus garras cuando nos golpeamos contra los adoquines. Caí sobre la cadera con fuerza. «¡Ay!». Antes de cerrar los ojos con un grito de dolor, vi pasar el vehículo a toda velocidad, con las ruedas a escasos centímetros de mi cuerpo tendido.

El Cortina de tía Violet. O un coche idéntico.

Los neumáticos chirriaron cuando dobló hacia Trinity Street. La puerta del *pub* se abrió de golpe y mi madre salió corriendo. Oí el repiqueteo de sus tacones.

—¡Molly! Molly, ¿estás bien?

—Estoy viva —reí. Tenía a Puck sentado en el pecho, con la vista clavada en mí, como si me ordenara que me levantara, aunque no sabía si podría—. Casi nos atropellan.

—Lo he visto, ya me iba para casa.

Me retiró el pelo hacia atrás y me examinó el cuero cabelludo con el ceño fruncido.

—¿Te has golpeado la cabeza?

—¿Llamo a una ambulancia? —El inspector Ryan apareció a nuestro lado. ¿De dónde había salido?

—No, no me he dado en la cabeza —contesté—. He caído sobre la cadera, pero porque soy torpe y he tropezado. El coche no me ha tocado.

—Ayúdame a llevarla dentro, Sean —dijo mi madre.

«¿Sean?». La sorpresa de oírla llamar al inspector por su nombre me ayudó a ponerme en pie casi de un bote. La cadera me dolía, pero podía caminar. Menos mal.

—Dadme hielo y un trago de *whisky* y estaré perfecta —dije cojeando entre los dos hasta la puerta de la librería y con Puck aún en brazos.

—¿Has visto quién lo conducía? —preguntó el inspector Ryan, que me sujetaba mientras mi madre abría la puerta—. ¿O recuerdas cómo era el coche?

—No me ha dado tiempo de ver al conductor —contesté—, pero, es curioso, el coche era idéntico al de tía Violet. Aunque estoy segura de que debe de haber centenares.

Mi madre y el inspector Ryan intercambiaron una mirada.

—¿Dónde lo aparca? —me ordenó prácticamente.

—En ese garaje —dijo mi madre señalándolo—. No creerás...

—¿Puedes tú sola? —preguntó él, refiriéndose a mí—. Vuelvo enseguida.

Echó a correr hacia el garaje.

—¿Han robado el coche de tía Violet? —pregunté—. Pero ¿cómo? ¿Y quién?

—Buena pregunta. —Sonaba agobiada—. ¿Y si te sientas en este sillón? Iré a buscarte el hielo y el *whisky*.

Lo del *whisky* había sido una broma, pero no puse ninguna objeción. Me arrellané en el sillón y le di unas palmaditas a mi pobre y traumatizado gato mientras pensaba en lo que acababa de ocurrir.

¿Habían intentado asesinarme? Curiosamente, era capaz de planteármelo con bastante indiferencia, lo que indicaba que tenía todas las papeletas de estar en *shock*.

Mi madre estaba colocándome el hielo sobre la cadera cuando el inspector Ryan volvió.

—El coche ha desaparecido. —Rebuscó su móvil—. Voy a dar parte. ¿Recuerdas la matrícula?

—No, lo siento —contestó mi madre—. Pero está registrado a nombre de tía Violet.

Oímos unos pasos amortiguados sobre nuestras cabezas.

—Creo que está despierta, mamá.

—Bien. —Mi madre me tendió una taza que contenía un dedo de *whisky*—. Iré a buscarla.

Lo bebí a sorbitos mientras el inspector lanzaba órdenes por el móvil. Esperaba que recuperaran el coche de tía Violet entero. ¿No había ladrones que los desguazaban para obtener piezas de recambio?

Mi madre regresó enseguida con tía Violet, que llevaba una bata suave y esponjosa sobre el camisón.

—Inspector, me faltan las llaves de repuesto —le informó mi tía en cuanto el hombre colgó—. Las del coche y las del garaje. Están en un llavero plateado del St. Hildegard's.

—¿Le faltan? ¿Desde cuándo? —preguntó, juntando sus expresivas cejas.

Tía Violet negó con la cabeza con gesto apesadumbrado.

—Si le soy sincera, no lo sé. George y yo tenemos un juego cada uno y nunca usamos las de repuesto. Normalmente, están colgadas en la cocina. Venga, se lo enseñaré.

No perdieron un instante.

Yo me quedé donde estaba, mientras el hielo me insensibilizaba la cadera y el rastro ardiente del *whisky* consumía mi miedo.

Alguien se había llevado las llaves de manera deliberada. ¿Con la intención de atropellarme?

—¡Molly! —gritó Daisy cuando entré cojeando por la puerta de la cafetería a la mañana siguiente, aún magullada y dolorida. Salió del mostrador para abrazarme—. ¿Cómo estás? Pobrecita.

Solo había un par de clientes en el local. Tenían una bebida caliente cerca y escribían en sus portátiles con ojos somnolientos.

—Estoy bien —contesté con una sonrisa torcida—. Aún me duele un poco, pero sigo entera.

Los analgésicos por fin hacían efecto.

—Gracias a Dios. —Me dio un último abrazo y regresó a su puesto, donde empezó a prepararme un café—. Cuando me lo dijeron, no podía creerlo. —Puso cara triste—. La gente en el *pub* estaba muy indignada.

—Me lo imagino. —Me senté en una silla, decidida a quedarme allí a disfrutar de mi café—. Kieran me envió como diez mensajes.

Quería venir a verme, pero ya me había ido a la cama.

—Han encontrado el coche, ¿no?

Daisy vertió un café humeante en una taza y, luego, me la llevó junto con una jarrita de leche. Nadie la necesitaba en esos momentos, así que se sentó conmigo.

Me puse leche y removí la taza.

—Sí. Anoche, de madrugada. Estaba al fondo de un callejón, con la puerta del conductor abierta. —Bebí el primer sorbo, que me sentó de maravilla—. No se sabe quién iba al volante, pero creemos que robaron las llaves de repuesto que estaban en la cocina.

Daisy se estremeció.

—Qué miedo. —Echó un vistazo a su alrededor y se inclinó sobre la mesa—. ¿Se te ocurre quién ha podido ser?

—Bueno, me hago una idea. —Bebí un sorbo disfrutando de la agradable sensación—. Alguien que quería callarme. —No habíamos tenido oportunidad de ponernos al día, así que le hablé de mis encuentros en el *pub* con Clive y Catherine—. Y Persephone anoche estaba rara —añadí.

—¿Cuándo no lo está? —Daisy rio—. Esa mujer vive en su propio mundo.

—Sí, en el planeta Persephone —bromeé.

Necesitaba cambiar de tema un rato y dejar de darle tantas vueltas a la cabeza, así que cogí un periódico que había en la mesa.

Y allí estaba.

—Kelsey Cook nos sacó una foto. ¿Ves? —Le enseñé el periódico.

—Oooh, estás guapísima. ¿Qué tal la cita? No te he preguntado.

—Fue genial. Quiere que volvamos a salir.

—Perfecto. A lo mejor podemos hacer pronto otra cita doble.

—No estaría mal. —Pensar en Persephone me había recordado a Joan y la petición que quería hacerle a mi amiga—. De hecho, Daisy, tengo que pedirte un favor. —Inspiré hondo, consciente de que, cada vez que mencionaba a su tía fallecida, abría una herida—. ¿Puedo echarle un vistazo al resto de cuadernos de Joan? —Al ver que me miraba desconcertada, añadí—: Preferiría no entrar ahora en detalles, pero estoy juntando algunas piezas. Tiene que ver con sus poemas.

Señaló el techo.

—Tú misma, ya sabes dónde está todo. —Gruñó de pronto—. Ay, qué tonta soy. Ahora mismo no estás para subir al ático.

—Creo que no —reconocí. Llegar hasta mi dormitorio había sido una tortura con la cadera magullada—. Esperaré uno o dos días.

—No, no. —Echó un vistazo al establecimiento—. ¿Y si subo yo un momento y los cojo? Si entra alguien, dile que vuelvo enseguida.

—Eso sí puedo hacerlo. Una cosa más. ¿Sabes si tus tíos conservan algún poema de Joan? Según su diario y sus amigas, era muy prolífica, pero hasta ahora no he encontrado ninguno y tampoco los vi cuando le echamos un vistazo a sus papeles.

De nuevo, me guiaba por puro instinto, pero esa sensación visceral me animaba a seguir, me decía que iba por el buen camino. Adónde llevaba exactamente, aún no lo sabía.

—Creo que no. Y, si los tiene, mi tío nunca me ha dicho nada. ¿Y si le pregunto?

—Si no te importa...

Se fue sin perder tiempo y escogí otro periódico para echarle un vistazo mientras esperaba. A lo mejor nuestra foto aparecía en más de uno. No me apetecía estar vigilando siempre si había fotógrafos, pero debía reconocer que tenía su gracia. Y era mucho menos estresante que pensar que la noche anterior me había librado por los pelos.

De vuelta en la cocina de la librería, tía Violet estaba haciendo té, ataviada con un delantal donde se leía «Bésame. Adoro los libros».

—Sí que te has levantado pronto, Molly —dijo cuando entré por la puerta del jardín.

—Ya. —Dejé la bolsa de cuadernos en la mesa de la cocina—. Estoy tras la pista de algo y no podía dormir.

Omití lo del dolor y las magulladuras, no quería convertirme en una quejica.

Miró con curiosidad las libretas de espiral que se habían salido de la bolsa.

—¿De dónde has sacado eso?

Me senté en una silla y empecé a apilarlas con cuidado.

—Eran de Joan Watson.

Estuve tentada de añadir algo más, pero prefería no lanzar acusaciones antes de tener pruebas.

Tía Violet les puso comida a los gatos, que estaban restregándose contra sus tobillos.

—¿Estás buscando pistas sobre quién podría haberla matado? —Enrolló la bolsa de la comida del gato con un crujido—. Aún me cuesta creer que Myrtle pensara que la asesinaron.

—Algo así. —Me levanté de la mesa. Arranqué un papel de la libreta de la compra de tía Violet y cogí un boli con la intención de anotar fragmentos de versos o frases interesantes y luego compararlos con los poemas de Persephone—. No he encontrado nada en el diario, pero alguien cortó las últimas páginas.

—Qué raro —dijo tía Violet—. A lo mejor lo hizo el asesino.

—O Joan. —Volví a sentarme a la mesa—. Puede que se arrepintiera de algo que escribió.

Aunque, en ese caso, supongo que habría arrancado las páginas en lugar de cortarlas con tanta precisión.

—¿No has encontrado ningún poema hasta el momento? —preguntó tía Violet. Había metido varias bolsitas de té en una tetera y había dejado colgando los cordoncillos por el borde—. El otro día recordé una cosa: Tom iba a leer varios, para darle su opinión.

Levanté la vista de los cuadernos.

—¿Tom? ¿De verdad? ¿Y eso?

—Estudiaba poesía en Cambridge. —Tía Violet vertió agua hirviendo en la tetera—. Era todo un experto. Supongo que ella quería conocer su opinión sobre la calidad de sus poemas.

Afortunado Tom.

—Daisy va a preguntarle al hermano de Joan si encontró sus poemas entre sus cosas de la facultad. —Le di una palmada a la pila de libretas—. Todo esto son apuntes de las clases de Joan y las lecturas asignadas.

Tía Violet estaba sacando tazas del armario.

—¿Te apetece un té?

—Sí, gracias.

Entrecerré los ojos tratando de leer la letra diminuta que acompañaba a un dibujito en el margen de una página. Yo también solía hacer garabatos y dejarme comentarios a mí misma durante las clases, sobre todo cuando eran aburridas.

Joan había esbozado unos árboles desnudos que formaban un arco sobre una calle adoquinada. «Cambridge embrujado», se leía al pie del dibujo, y luego algo más sobre «calles adoquinadas en las que resonaban pasos pretéritos».

Se me erizó el vello de la nuca.

—«Oh, Cambridge embrujado» —murmuré retirando la silla. Aunque sabía que no me equivocaba, necesitaba confirmarlo.

—¿Estás recitando poesía tan temprano? —preguntó tía Violet con una sonrisa.

—Podría decirse que sí. —Me levanté y me dirigí al vestíbulo de la puerta trasera. Puck me siguió pensando que se trataba de un juego nuevo—. La cuestión es ¿de quién?

Cuando volví a la cocina, ya había otras cuatro personas sentadas a la mesa: mi madre, George, sir Jon y mi tío, Chris Marlowe. Mis zapatillas chirriaron sobre las baldosas cuando me detuve en seco.

—¿De dónde habéis salido todos?

—Han sido las salchichas —dijo George—. Nos han atraído hasta aquí.

—Sir Jon, muchas gracias por traerlas. Tienen una pinta estupenda.

Tía Violet estaba sacando unas salchichas regordetas y jugosas que venían envueltas en papel encerado. Sobre los fogones de la cocina AGA, esperaba una sartén grande de acero inoxidable.

—¿Qué llevas ahí? —me preguntó sir Jon, con una taza de té en la mano.

—El nuevo libro de Persephone.

Lo dejé en el aparador donde estaban expuestos los platos antiguos y, luego, recuperé las libretas. Con tío Chris allí no quería comentar el descubrimiento de que Persephone Brightwell había plagiado la obra de Joan Watson. Cuando acabé de mover los cuadernos de sitio, le pregunté a tía Violet en qué podía ayudar.

—¿Y si bates unos huevos? —propuso—. Hoy los haremos revueltos.

Saqué una docena de la nevera y empecé a chascarlos en un cuenco de cerámica. George y tío Chris charlaban sobre el techado de cubiertas vegetales.

—Me dediqué a ello durante un tiempo —dijo George—. Tiene su miga.

—Es un oficio que se está perdiendo —se lamentó mi tío. Bebió un sorbo de té—. Pero no nos falta trabajo.

—Me gustó mucho la visita del otro día —dije—. Espero ver una demostración pronto.

Tío Chris se volvió en su asiento hacia mí.

—Acaba de entrarnos un encargo. El mes que viene tengo una casa de campo en Hazelhurst. La de Iona York. Puedes venir a vernos mientras estemos allí. Hay que quitar el antiguo por completo y colocar uno nuevo.

«Iona York». ¿Dónde había oído ese nombre?

—¿La autora de libros infantiles? —preguntó sir Jon—. Escribió *Las niñas Strawberry.* Hace poco leí que este verano van a publicar una edición de aniversario.

—Pues hace nada encontré una primera edición de ese libro —apunté—. En las cajas de Tom.

Saqué unas varillas y empecé a batir. Los huevos empezaron a convertirse en una mezcla espumosa.

—Su hija se casa en junio —dijo tía Violet mientras repartía la mantequilla derretida por la sartén para los huevos—. Y coincidirá con la Feria de la Fresa, naturalmente. Uno de los acontecimientos más populares de Cambridge.

—Recuerdo la Feria de la Fresa —asintió mi madre—. Es divertida. Hay mucha música y artesanía.

Se me ocurrió una idea.

—¿Creéis que podríamos celebrar un encuentro con Iona, si tuviera tiempo? Estoy segura de que a mucha gente le gustaría oírla leer *Las niñas Strawberry.*

—Me parece una idea excelente —dijo tía Violet—. Intentaré ponerme en contacto con ella esta semana.

Cuando terminamos de desayunar, tío Chris dejó el tenedor en el plato con cuidado y anunció:

—Quiero confesar algo, Violet.

Todo el mundo guardó silencio, salvo Clarence, que devoraba el pienso.

—¿De qué se trata, Chris? —preguntó tía Violet, echando un vistazo a la tetera.

Tío Chris miró a sir Jon.

—Según tengo entendido, la policía busca a un hombre que fue visto por la zona la noche que asesinaron a Myrtle. —La nuez viajó arriba y abajo cuando tragó saliva—. Creo que me buscan a mí.

Levantó las manos cuando todos nos volvimos hacia él.

—No, no, yo no toqué a la señora. Ni siquiera la vi. Me dirigía hacia aquí, pero, al ver todo el jaleo, me lo pensé mejor, y me fui a cenar al *pub.* Cuando volví al callejón un poco más tarde, un joven me gritó y salió corriendo detrás de mí.

—Era Kieran —aclaré, bastante decepcionada. Otra pista que no nos llevaba a ninguna parte. Pero, al menos, ya sabíamos quién era la persona que estaba merodeando.

—¿No viste a nadie en el callejón? —preguntó sir Jon—. ¿Ni oíste nada?

—Había varias personas en Ivy Close —contestó tío Chris—, que es por donde entré. —Abrió mucho los ojos—. Pero sí que vi a alguien en el callejón trasero encaminándose hacia Trinity Street. Una mujer mayor. Más bien bajita, con gorro y chaquetón. —Miró a nuestro alrededor—. Se parecía a la del cartel de la librería. Lo he visto esta mañana al entrar aquí y me he dicho que la señora me sonaba de algo. Mira, ahora ya lo sé.

El único cartel que teníamos en la librería era el que anunciaba el recital de Persephone.

—Un momento —dije—. Voy a por él.

El póster seguía en el caballete. Lo cogí por los bordes y lo llevé a la cocina.

—Es ella —confirmó tío Chris—. Esa cara no se olvida.

Sabía a qué se refería. A pesar de lo menuda que era, la imagen transmitía la fuerte personalidad de Persephone. Tenía una mirada intensa, como un rayo láser.

—¿Qué hora era cuando la viste? —preguntó sir Jon.

Tía Violet ahogó un grito.

—No creerás que Persephone...

—No creo nada, Vi —dijo sir Jon—. Puede que estuviera tomando un atajo para llegar a la librería. Tengo entendido que lo hace mucha gente.

—Hay veces que lo de ahí atrás parece la estación de Paddington —apuntó George.

Tío Chris se frotó la barbilla.

—Creo que eran las seis o así cuando la vi. Como he dicho, al comprobar que había algo organizado en la tienda, me fui a cenar a Bene't Street y volví después, con la esperanza de veros entonces.

La policía podría confirmar lo de la cena sin dificultad.

—Creo que deberías llamar al inspector Ryan ahora mismo —dije—. Quizá Persephone viera algo.

O quizá tuviera algún motivo para guardarle rencor a Myrtle. Si tío Chris llamaba a la policía y mencionaba a Persephone, es probable que estos luego hablaran de nuevo con ella, cosa que no hacía daño a nadie.

Mi tío se dio una palmada en las rodillas y se levantó.

—Eso voy a hacer. Ahora mismo.

Sacó el móvil del bolsillo del pantalón mientras se dirigía a la puerta del jardín.

Los demás intercambiamos una mirada.

—Al menos uno de los misterios se ha resuelto —dije—. Ya sabemos quién estaba merodeando en el callejón.

Tío Chris volvió unos minutos después.

—Voy a acercarme a la comisaría. —Cogió una gorra de un colgador y se la caló en la cabeza—. Deseadme suerte. Y gracias de nuevo por el desayuno. —Vaciló un momento, mirando a sir Jon y George de manera fugaz. Carraspeó—. Pero, antes de irme, Nina, Molly, ¿podría hablar con vosotras?

Los tres pasamos a la tienda. Tío Chris se quitó la gorra y le dio vueltas en las manos visiblemente incómodo.

—Quiero pediros disculpas. Mi mujer... Bueno, a veces puede ser un incordio. Tengo entendido que ayer se pasó por aquí.

—Ya lo creo —dijo mi madre y apretó los labios—. Para ser sinceros, Chris, sigue igual que siempre. Se las arregló para insultarnos a todas en cuestión de minutos. —Hizo un gesto de impotencia—. De verdad que no sé para qué vino. Que se quede en su casa.

Tío Chris abrió los ojos, sorprendido ante la vehemencia de mi madre, pero luego dijo:

—Si tienes toda la razón. De hecho, más vale que te lo cuente ya: estamos a punto de separarnos.

—Ay, cuánto lo siento —se compadeció mi madre con sinceridad—. Aunque Janice y yo nunca hemos hecho buenas migas, siempre es triste que un matrimonio se rompa.

Tío Chris volvió a encasquetarse la gorra.

—Hacía tiempo que se veía venir. En fin. Gracias por el apoyo. Espero ser bienvenido en la vieja librería.

—Siempre que quieras, Chris, ya lo sabes.

Mi madre lo acompañó a la puerta.

—Hasta pronto —me despedí, reafirmándome en que me gustaría pasar más tiempo con mi tío y mi primo—. Ya me dirás cuándo puedo ir a veros trabajar en el tejado.

Contestó que sí mientras agitaba la mano y, al momento, se fue.

—Vaya —dijo mi madre—, eso no me lo esperaba. —Cruzó los dedos—. Creía que Chris y Janice eran inseparables.

—A lo mejor Janice empezó a buscarle las vueltas a él. —Me metí el portátil bajo el brazo. Tenía pensado escribir las frases de Joan y los versos de Persephone en dos columnas y compararlos—. Y es probable que nos escogiera como a sus siguientes víctimas.

No era la primera vez que me las veía con abusones patológicos; todos actuaban igual.

—Podría ser. Pues más le vale que nos deje en paz. Ya estoy muy mayor para esos jueguecitos.

George también se había ido, así que solo quedaban sir Jon y tía Violet en la cocina. Con un delantal y unos guantes de silicona, sir Jon estaba cargando el lavaplatos mientras tía Violet limpiaba las sartenes a mano. Hacían una pareja encantadora.

—Vaya, esto es perfecto para las redes sociales —dije. Dejé el portátil en la mesa y alargué la mano hacia el móvil en broma—. Agente secreto, abogado y hombre de mundo ayuda a fregar los platos.

—Ni te atrevas. —Sir Jon agitó un guante de silicona en mi dirección como si estuviera enfadado—. No puedo permitir que mi lado sensible sea de dominio público.

Suspiré con exageración.

—Su secreto está a salvo conmigo.

Dejé el móvil, abrí el portátil y fui al aparador a buscar el libro de Persephone y las libretas de Joan. Mi madre se sirvió una taza de té y fue tranquilamente a abrir la tienda. Hablando de parejas, ni siquiera le había preguntado qué había pasado para que de pronto llamara al inspector Ryan por su nombre de pila, pero no quería soltárselo a bocajarro. Esperaría el momento adecuado.

Abrí un documento nuevo y creé dos columnas mientras oía a tía Violet y a sir Jon de fondo. Ojalá tuviera algún poema de Joan. Algo que no se hubiera publicado, ya que Persephone no se habría agenciado palabras que otros hubieran visto.

El teléfono de la pared de la cocina sonó y di un respingo.

—Yo lo cojo —dijo tía Violet mientras se secaba las manos en el delantal—. ¡Fiona! —exclamó y se volvió hacia nosotros—, qué alegría oírte. ¿Qué? ¿Que quieres que vaya? ¿Ahora?

Tapó el auricular con la mano.

—Yo puedo llevarte —se ofreció sir Jon—. Tengo el Aston Martin a un par de manzanas de aquí.

Cómo no, sir Jon conducía el coche predilecto de James Bond.

—¿De verdad? —Tía Violet se quitó el delantal—. Parece muy angustiada.

—¿Puedo ir yo también?

No quería perderme esa nueva aventura, y me refería tanto a subir a un Aston Martin como a visitar a Fiona.

Dejamos a mi madre a cargo de la librería y, poco después, volábamos en el descapotable plateado de sir Jon, con tía Violet delante y yo apretujada detrás. Aunque había demasiado tráfico para que el potente cochecito pudiera demostrar de lo que era capaz, atraíamos muchas miradas de admiración. Tía Violet se había atado a la cabeza un pañuelo de seda y llevaba unas gafas de sol de carey de ojo de gato, y sir Jon estaba imponente con sus gafas de aviador. Yo era la acompañante, indudablemente menos glamurosa, que iba hecha un ocho detrás. Después de que tía Violet indicara a gritos por dónde debíamos ir, no tardamos en enfilar la estrecha calle hasta las puertas de Fiona.

Sir Jon aparcó junto al bordillo.

—Hacía siglos que no venía por aquí —dijo al tiempo que le ofrecía el brazo a tía Violet para salir del coche y luego tiraba con suavidad del mío para ayudarme a bajar—. Desde su boda, creo.

—He estado leyendo el diario de Joan Watson —dije mientras nos acercábamos a la portalada—. Y tengo la impresión de que Gregory y ella estaban enamorados.

Sir Jon abrió la puerta y nos invitó a pasar.

—Así es. Él quedó destrozado tras su muerte. Pero un año o así después se casó con Fiona. Siempre he pensado que se debió a la presión familiar. Por ambas partes.

Nadie acudió a abrir cuando dimos unos golpecitos en la puerta. Ni cuando llamamos al timbre.

—Qué raro —se extrañó tía Violet. Sacó el móvil y marcó el número de Fiona—. Tampoco contesta —dijo con el ceño fruncido—. No hace más que sonar. —Sin dejar de fruncir el ceño, bajó los escalones de la entrada con decisión y echó a corretear por el camino—. Voy a probar por atrás.

—Espero que Fiona no esté enferma o algo —dije yendo tras ella. Sir Jon me siguió escudriñando la casa y el terreno como si buscara algún indicio de problemas.

—A nuestra edad, nunca se sabe —convino tía Violet—. Parecía muy alterada por teléfono.

Las puertas francesas que daban al jardín estaban abiertas y el aire de la mañana se colaba en el salón, en penumbra y en silencio, donde una larga cortina se mecía con la brisa. Las abejas zumbaban en un rosal en flor y los pájaros daban saltitos y trinaban en los arriates de flores.

—¿Fiona? —la llamó tía Violet. La cortina se agitó. Se acercó un poco más, ya tenía un pie en el umbral—. ¿Estás aquí?

Me pegué a mi tía, impaciente por averiguar qué ocurría. No sé quién la vio primero, porque las dos ahogamos un grito y, luego, quisimos atravesar la puerta al mismo tiempo.

Fiona Fosdyke estaba tendida en la tupida y antigua alfombra, cuyas fibras absorbían el charco de sangre que se había formado alrededor de la cabeza de la mujer.

CAPÍTULO VEINTITRÉS

Viendo que nos obstruíamos mutuamente, retrocedí y dejé que tía Violet entrara primero.

—Sir Jon —lo llamé volviendo la cabeza—. Fiona está herida —lo informé, con el móvil ya en la mano para pedir ayuda.

Tía Violet estaba de rodillas junto a su amiga, buscándole el pulso.

—Está viva. —Torció el gesto, angustiada—. ¿Quién te ha hecho esto, Fi? Ojalá hubiéramos llegado antes.

Quizá hubiéramos evitado la agresión. O hubiéramos visto al culpable para atraparlo.

Sir Jon señaló algo.

—La han golpeado con eso. —Tirado en la alfombra, cerca de ella, había un trofeo dorado de remo—. Me pregunto quién habrá sido. Y por qué lo ha hecho.

—Mirad. —En la mesita de café, junto a una taza de té, había un llavero plateado del St. Hildegard's, del que colgaban un par de llaves. ¿Las que tía Violet había echado en falta?—. Me juego lo que queráis a que la persona que intentó atropellarme es la misma que ha agredido a Fiona —dije mientras mis dedos volaban sobre la pantalla del móvil—. Fiona debió de descubrirlo.

La pantalla del teclado numérico por fin apareció y marqué el número correcto después de recordar que en el Reino Unido era el 999 y no el 911, como en Estados Unidos.

—Persephone Brightwell está junto al río —anunció sir Jon. Estaba frente a las ventanas que daban al extenso jardín que desembocaba en el Cam—. Ha llamado a una batea.

Fui corriendo junto a él, con el teléfono en la oreja. Persephone estaba subiendo a una barca. Supuse que se trataría de una de esas de alquiler.

—Vamos. —Le puse el móvil a tía Violet en la mano—. Habla con la policía. Diles lo que ocurre y pide una ambulancia.

Esperaba que Fiona estuviera bien.

Sir Jon y yo salimos sin perder tiempo y atravesamos el jardín a grandes zancadas. Notaba unos leves pinchazos en el lado dolorido de la cadera, pero la adrenalina me impulsaba a seguir adelante.

—Viene otra batea —señaló sir Jon. Un joven vestido con la típica camisa de rayas y tocado con un canotier se paseaba por el río con calma en busca de pasajeros.

Le hicimos gestos frenéticos y gritamos hasta que nos vio y se desvió hacia la orilla. Paró en el embarcadero.

—¿Adónde? —preguntó, mirando primero a uno y luego al otro.

Por su cara, no me resultó difícil adivinar lo que estaba pensando, viendo que sir Jon me doblaba la edad de largo. «Pero está más en forma que tú —me entraron ganas de decirle—. Además, no se trata de un paseo romántico».

—Siga a esa batea —ordenó sir Jon y le lanzó varios billetes sin darle tiempo a informarnos del precio—. Y deprisa.

Saltamos dentro, a punto de hacerla volcar, y nuestro barquero hundió la pértiga.

—¿Cuál? —preguntó, y con toda la razón, viendo lo concurrido que estaba el río esa mañana.

Miré rápidamente las demás barcas y, por fin, divisé una que llevaba a una única pasajera. Su melena gris destellaba a la luz del día.

—Esa. La de la anciana.

—Intentaré darle alcance —dijo, y hundió la pértiga en el lecho del río con un gruñido—. Pues parece que tiene prisa.

Supuse que Persephone le habría pagado con generosidad. La batea avanzaba como el viento y adelantaba a las demás sin esfuerzo.

Sir Jon estaba al teléfono.

—Sí, inspector. Nos dirigimos hacia el oeste por el río. La sospechosa va en una batea, igual que nosotros.

—¿Acaba de decir sospechosa? —me preguntó el chófer. Aunque las bateas se llamaban *punts,* a los barqueros se les llamaba chóferes en lugar de *punters,* ya que dicha palabra tiene connotaciones peyorativas en el argot británico.

—Así es —le confirmé—. Esa mujer es una criminal.

No entré en detalles, estaba segura de que la historia no tardaría en aparecer en los periódicos.

Sir Jon colgó.

—Estarán esperando más adelante. El problema es que podría desembarcar en cualquier momento e ir donde sea. Salvo que le demos alcance.

—Hago lo que puedo —aseguró el chófer gruñendo por el esfuerzo—. De verdad.

Casi esperaba que sir Jon le quitara la pértiga y se pusiera a remar, pero en lugar de eso le indicó que se detuviera a un lado.

¿Iba a adelantarse a la carrera para tratar de interceptarla cuando bajara de la batea? Pero ¿y si Persephone seguía por el río durante kilómetros? Se cansaría mucho antes.

—Llama al inspector y dale la dirección —dijo sir Jon cuando saltó a la orilla—. Calle lateral o puente. En cuanto la alcance.

Mientras nosotros continuábamos nuestro viaje por el río, vimos que sir Jon se acercaba a un grupo de ciclistas, lanzaba más billetes y enfilaba el camino a toda velocidad esquivando transeúntes y carritos de bebé.

—¿Quién es? —quiso saber el chófer, boquiabierto—. Esto parece una película.

—¿Ha oído hablar de James Bond? —pregunté con el pecho henchido de orgullo ante la capacidad de reacción de sir Jon.

—Por supuesto. —Arrugó la frente—. No estará diciendo que es un agente secreto, ¿no?

—De los de verdad —asentí—. Y ni más ni menos que ordenado caballero por la reina.

La sorpresa se dibujó en su cara.

—No me diga.

Nos acercábamos a un puente peatonal en el que vimos que sir Jon se detenía y apoyaba la bici en la barandilla. Se quitó los zapatos y la chaqueta y los dejó con cuidado junto a la bicicleta. La gente que se lo cruzaba en esos momentos apenas le dedicó una mirada, como si se tratara de un vecino excéntrico más de Cambridge.

—¿Cómo se llama ese puente? —le pregunté al chófer.

En cuanto me dijo el nombre, llamé al inspector Ryan para informarle. Sir Jon había tomado cartas en el asunto, aunque no estaba segura de cuál era su jugada.

La batea de Persephone continuaba por delante y se dirigía derecha al puente. Sir Jon caminaba arriba y abajo a grandes zancadas mientras esperaba, calculando por donde pasarían. Al principio pensé que pretendía saltar a la batea, una decisión bastante arriesgada, pero entonces vi que se quitaba los pantalones. ¿Iba a lanzarse al agua?

—Pero ¿qué hace? Está prohibido bañarse en esta parte del río —apuntó mi compañero. Volvió la cabeza al oír unas sirenas en la orilla sur—. ¿Vienen a por ella?

—Eso espero —contesté, hundiendo las uñas en la palma de la mano al ver que sir Jon se encaramaba a la barandilla. Contuve la respiración mientras el hombre ejecutaba una zambullida perfecta en el río y se sumergía justo delante de la batea de Persephone. La barca tuvo que aminorar la marcha para no atropellarlo. Mientras tanto, la nuestra reducía la distancia a marchas forzadas.

—Alto —resonó la voz autoritaria de sir Jon—. La policía está en camino.

El chófer de Persephone la miró a la espera de instrucciones.

—Siga —ordenó ella animándolo a continuar con gestos apresurados—. Le he pagado más que de sobra.

—¿Qué está pasando? —preguntó el barquero—. Aparte de ahí, hombre. No quiero golpearlo con la batea.

En respuesta, sir Jon se acercó a nado y se aferró a uno de los laterales.

—Es una asesina. ¿Quiere que lo detengan por ayudar a una fugitiva?

—¿Una asesina? —El joven hundió la pértiga en el lodo del lecho del río y la batea de detuvo—. ¿Lo dice en serio?

—Muy en serio —contestó sir Jon—. Como oye, la policía viene hacia aquí. ¿No sería mejor pecar de precavido?

Además del aullido de las sirenas, también empezaban a distinguirse los destellos de las luces azules y blancas. En cuestión de segundos, vimos aparecer varios coches de policía que se acercaban a toda velocidad por la calle colindante, esquivando al resto de vehículos, que se apresuraban a apartarse.

Sir Jon señaló un embarcadero en la orilla sur.

—Será mejor que atraque ahí.

Soltó la batea y el chófer empezó a empujarla obedientemente hacia donde le había indicado.

Persephone no pensaba rendirse sin presentar batalla. Se levantó, se acercó al borde y empezó a dar botes para que la embarcación se tambaleara.

—Si no para, salto.

—Señora, me juego la licencia. Siéntese.

Pero Persephone permaneció de pie, agitando los brazos.

—¡Soy inocente! —gritó—. No he sido yo.

Entonces perdió el equilibrio, cayó por la borda como si lo hiciera a cámara lenta y acabó en el río con un sonoro plaf.

Al momento, asomó la cabeza y empezó a agitar los brazos.

—¡Socorro! ¡Socorro! ¡No sé nadar!

—Pues debería haberlo pensado antes, ¿no? —murmuró mi chófer mientras nos llevaba a la orilla.

Varios agentes de policía bajaron de los vehículos, al frente de los cuales distinguí la conocida silueta del inspector Ryan.

Sir Jon nadó hasta Persephone.

—Tranquila, ya estoy aquí.

A pesar de los manoteos de la poeta, el hombre por fin consiguió colocarle una mano bajo la barbilla y empezar a tirar de ella hacia la orilla.

Los agentes, entre los que se encontraba la subinspectora Adhikari, ayudaron a salir del agua a la pareja, con la ropa chorreando. Adhikari ordenó que envolvieran con mantas a los bañistas, que habían empezado a tiritar. Mientras tanto, otros agentes se dedicaban a despejar la zona para mantener a los curiosos a distancia.

—¡Ha intentado ahogarme!

La voz estridente de Persephone se alzó por encima del griterío cuando bajé de la batea.

—Pero ¿qué dices? —protesté apresurándome a acercarme al grupo—. Sir Jon y yo íbamos detrás de ti, Persephone. —Me volví hacia los agentes—. Ha golpeado a Fiona Fosdyke con un trofeo de remo y ha huido. Sir Jon, Violet Marlowe y yo hemos llegado a casa de Fiona justo cuando ella atravesaba el jardín a la carrera y llamaba a una batea. Además, hemos encontrado las llaves del Cortina de tía Violet, que estuvo a punto de atropellarme el domingo por la noche. ¿Eras tú quien lo conducía, Persephone?

—No puedes probar nada. —A pesar de que tenía los labios azules de lo fría que estaba el agua, no pensaba rendirse sin haber quemado todas sus naves—. Yo solo estaba dando un bonito paseo matutino por el río.

—De hecho, inspector —intervino un agente—, la señora Fosdyke ha recuperado la consciencia y ha identificado a la señorita Brightwell como su agresora.

«¡Bien!». Aliviada de que Fiona se hubiera repuesto, me temblaron un poco las rodillas y el chófer tuvo que agarrarme del brazo para que no perdiera el equilibrio. Le sonreí.

—Seguro que es el paseo más emocionante que ha dado en mucho tiempo.

—Ya puede creerlo. —Miró a su alrededor con los ojos muy abiertos—. Nada que ver con las chiquilladas de los universitarios.

—No se vaya a ninguna parte, señorita Kimball —me pidió el inspector Ryan—. Tendrá que prestar declaración.

—Lo que necesite —contesté, encantada de que me hubiera dado permiso para quedarme.

—¿Por qué golpeó a la señora Fosdyke? —le preguntó el inspector Ryan a Persephone.

La poeta entrecerró los ojos con gesto astuto.

—Descubrí que asesinó a Myrtle Marsh, mi querida amiga. —Los ojos se le anegaron de lágrimas y sollozó una especie de maullido lastimero. Me miró de reojo—. Y, además, tenía las llaves de Violet, lo que significa que intentó atropellar a Molly.

«Venga ya», refunfuñé para mí misma.

—Querrás decir que tú asesinaste a Myrtle —intervine—. Tú robaste la aguja de hacer punto de mi tía y se la clavaste. Mi tío te vio.

No mentía. Tío Chris la había visto. Puede que no cometiendo el asesinato en sí, pero la había situado en el callejón que pasaba cerca del jardín trasero.

—Señorita Kimball, nosotros nos ocupamos de esto —me avisó el inspector.

Pero era demasiado tarde. Mi acusación había abierto la puerta a todo lo que Persephone llevaba dentro.

—Sí, maté a Myrtle, tuve que hacerlo —confesó con labios temblorosos mientras empezaban a caerle lágrimas de cocodrilo. Unió las manos en un gesto de súplica, como si quisiera ganarse la indulgencia de los curiosos—. Llevaba aguantando muchos años. Sus demandas de dinero, sus amenazas de...

—¿Sacar a la luz que eres una plagiadora? —dije, aunque me gané otra mirada de pocos amigos del inspector. Pero valía la pena—. Robaste los poemas de Joan Watson y puedo probarlo. —Me volví hacia el inspector Ryan—. Incluso tuvo la sangre fría de firmar con el nombre de Joan Watson en la presentación de los chalés de Clive. Y, luego, dejó la otra aguja allí, para incriminarlo.

La poeta volvió a adoptar la expresión astuta de antes, un gesto que sirvió de confesión tanto como lo habrían hecho las palabras.

—¿A que fue un golpe de genialidad? Vi a Clive rondando por allí cuando me acerqué al piso de Myrtle después del recital. Él también tiene secretos —dijo.

Muy cierto.

—Pero no entraste esa noche. ¿Por qué?

Persephone lanzó un bufido burlón.

—George estaba haciendo algo en el portal. Cambiando una bombilla, creo. Tuve que volver otro día.

Y fue entonces cuando Kelsey Cook se topó con ella. Con razón Persephone no quería que la fotografiaran.

—Ahora ya sabemos quién puso el piso de Myrtle patas arriba —le dije al inspector Ryan—. Y quién intentó cargarle el muerto a tía Violet.

Por suerte, Persephone no había encontrado las pruebas de los chantajes.

La poeta se encogió de hombros como diciendo «¿Qué querías que hiciera?».

—¿Lo ha anotado todo, subinspectora? —preguntó Ryan.

La subinspectora Adhikari asintió.

—Estoy grabándolo. ¿No deberíamos leerle sus derechos?

—No hace falta —dijo Persephone haciendo gala de su ego gigantesco, toda una hazaña en una mujer tan menuda—. Confesaré y me pondré en manos de la justicia. —Se acarició la larga trenza, muy digna—. He sufrido por mi arte y no me avergüenza reconocerlo. Años y años de extorsión. Pero ¿qué habría perdido el mundo si me hubiera rendido?

—Cómo le gusta el teatro —murmuró mi chófer.

Sir Jon puso los ojos en blanco.

—La publicación de mi nuevo libro aumentó sus demandas —prosiguió Persephone—. Quería todo mi adelanto. ¿Se puede tener una cara más dura?

Hizo una pausa, como si esperara una respuesta.

—¡Eso es un robo a mano armada! —gritó un hombre entre la multitud.

—Exacto. —Persephone continuó jugando con la trenza—. Así que la llamé para quedar y hablar con ella. —Su mirada recayó en mí—. Lo de la aguja de hacer punto fue facilísimo. Me había pasado antes por la tienda, pero estabais muy ocupados. Y allí estaba, el arma perfecta.

Nos esmeramos en prepararlo todo para su recital. Y, como pago, ella había estado merodeando por la casa en busca de un arma con que incriminar a tía Violet. Y, luego, mató a Myrtle en nuestro jardín.

—¡Eso es un homicidio premeditado! —exclamé—. ¡Espero que lo hayan anotado! —les dije al inspector y a su subinspectora.

—No se preocupe. —El inspector Ryan echó un vistazo a la multitud de curiosos, que aumentaba por momentos. Más de uno había sacado el móvil y estaba grabándolo todo—. Creo que será mejor que nos traslademos a la comisaría.

Persephone se encorvó, como si fuera a ofrecer resistencia. En la comisaría no dispondría de público. Estaría sola en una celda fría y oscura, y su última actuación habría acabado. Nunca más cautivaría a un grupo de personas con sus palabras. Y yo no tendría la oportunidad de hacer una última pregunta.

—Persephone —dije—. Respecto a Joan...

Volvió la cabeza con brusquedad.

—¿También la mataste a ella?

El dolor que me oprimía el pecho me estrangulaba la voz. Después de leer el diario de Joan y ver cómo florecía su talento, me sentía unida con ella, casi como si fuéramos amigas. O como si hubiéramos podido serlo. Sin embargo, en ese momento, la única función que podía desempeñar era la de vengadora.

Una luz extraña brilló en sus ojos cuando sacudió la cabeza.

—No, no fui yo.

Se me cayó el alma a los pies. Quizá sí que se suicidara. Poca confianza en la calidad de su obra. El desengaño amoroso con Gregory. La soledad, el sentirse desubicada y fuera de lugar en Cambridge. Pero Persephone no había acabado de hablar y prosiguió con voz casi ensoñada, como si estuviera perdida en sus recuerdos.

—Fue Myrtle. Me lo contó después de que yo la encontrara arrojando las páginas del diario de Joan al fuego. Joan iba a denunciarla por chantajear a Ruth.

El inspector Ryan y la subinspectora Adhikari intercambiaron una mirada, atónitos ante la revelación de un segundo asesinato.

—Y Myrtle le puso sedantes en el vino... —Respondió a mi suposición con un asentimiento de cabeza—. ¿Por qué no llamaste a la policía?

Persephone se tapó la boca con una mano tratando de contener una risa histérica.

—¿Por qué? Eso no nos devolvería a Joan. Además, tenía los poemas, ¿no? Había que actuar con amplitud de miras. —Alzó la barbilla—. La brillantez y el talento de Joan vivirían a través de mí.

Eso sí era un argumento original para robar el trabajo de otra persona. Tenía una última pregunta.

—Pero ¿cómo iba a chantajearte si sabías que ella había matado a alguien?

Persephone suspiró hondo.

—No hizo nada durante años. Hasta que se publicó mi primer libro. Para entonces, todas las pruebas relativas a la muerte de Joan habían desaparecido. Sería su palabra contra la mía.

—Agachó la cabeza y cruzó las muñecas por delante de ella como si las llevara esposadas—. Además, usó una botella de vino que birló de mi cuarto.

Y, por lo tanto, las huellas de Persephone habrían estado en ella. Qué lista, Myrtle.

—Muy bien, es suficiente —ordenó el inspector Ryan—. Léale sus derechos, subinspectora Adhikari, y llévesela a comisaría. —Señaló a los agentes—. Dispersen a la multitud, por favor.

Mi chófer me deslizó una tarjeta de visita. Se llamaba Fergus.

—Llámeme si necesita una batea, ¿vale? Iré a buscarla donde quiera. —Se echó a reír—. Menudo subidón.

—No puedo garantizarle siempre este nivel de emoción —dije—, pero gracias.

Me metí la tarjeta en el bolsillo de los vaqueros pensando en el paseo relajante por el río con el que había estado soñando. ¿Y si lo convertía en un pícnic con Kieran?

La subinspectora Adhikari le leyó sus derechos a Persephone y la esposó. A continuación, mientras la poeta continuaba lanzando frases dramáticas, dos agentes la acompañaron hasta un coche patrulla.

Fui incapaz de reprimir un grito de alegría al comprender que por fin el calvario había terminado. Tía Violet y el querido George habían quedado exculpados. Y habíamos encontrado a la asesina de Myrtle y de Joan.

CAPÍTULO VEINTICUATRO

—Hemos vendido la colección de Oz —anunció mi madre tras colgar el teléfono—. El comprador vendrá mañana de Londres a buscarla.

—Eso es genial, mamá —dije apartando un momento la vista de la publicación que quería subir a las redes sociales. Después de los emocionantes acontecimientos del día anterior, la vida volvía a la normalidad en la librería. Tenía a Puck en el regazo, Clarence estaba en su butaca y, fuera, la gente paseaba por la calle y le echaba un vistazo al escaparate—. Podríamos invitar a tío Chris y a Charlie esta noche.

Habíamos quedado en el Magpie Pub para cenar *fish and chips.*

—Podríamos, pero no te gastes el dinero todavía. —La alegría de mi madre se atenuó ligeramente—. Bueno, ha dicho que primero tenía que examinarlos para cerciorarse de que están en las condiciones que aseguramos.

—Lo están. —Le eché un vistazo a la colorida hilera de libros guardados en la vitrina—. Lo comprobamos todo dos veces, ¿recuerdas?

A las dos nos preocupaba que nuestra evaluación y tasación fuera correcta. Una buena parte de lo que obtuviéramos por la venta de la colección se destinaría a amortizar el préstamo de Clive. Aunque era probable que él tuviera que invertirlo en honorarios de abogados: la policía lo había detenido el día anterior por sobornar a funcionarios involucrados en sus negocios inmobiliarios.

Tía Violet salió de la cocina con una bandeja en la que llevaba una tetera y tazas.

—Iré a ver a Fiona después del té. Está recuperándose en casa.

—Me alegro mucho de que esté bien. —Me estremecí—. No quiero ni pensar que podría haber sido la segunda víctima de Persephone.

—¿Por qué la agredió? —preguntó mi madre—. ¿Fiona descubrió que era la asesina?

—Exactamente —contestó tía Violet—. La noche del recital, a Fiona le llamaron la atención algunas cosas que no cuadraban. Persephone tenía que reunirse con Ruth y con ella para tomar algo, pero no se presentó. Les dijo que había ido a visitar lugares que siempre le habían gustado. Y, cuando llegó al hotel, no solo iba vestida de manera extraña, sino que además estaba aturullada y bastante nerviosa, pero lo único que les dijo era que se había topado con una amistad del pasado.

«Con una aguja de hacer punto», pensé con un nudo en el estómago. Todo parecía indicar que tío Chris debió de verla justo antes o después del asesinato, cuando iba con el abrigo y el sombrero.

—Todo empieza a encajar —dijo mi madre—. Enséñale a tía Violet el artículo que has encontrado, Molly.

A diferencia de lo que era habitual, en esta ocasión Kelsey Cook se encontraba delante de la cámara, junto a un titular que rezaba: «Su última y brillante actuación» y «¿Quién es Joan Watson, la misteriosa poeta?». Kelsey contaba que había querido fotografiar a una reacia Persephone, no la noche del asesinato, sino justo después de que la mujer hubiera entrado en el piso de Myrtle y pegado en la pared el árbol genealógico para que lo encontrara la policía, a modo de prueba contra tía Violet.

Tía Janice estaba en lo cierto. Era evidente que alguien, es decir, Persephone, le tenía ojeriza a tía Violet. Pero ¿por qué? ¿Qué había hecho tía Violet aparte de vender maravillosos libros antiguos?

Y, de pronto, lo entendí.

—Tía Violet, sospecho que aún debe de rondar por aquí una libreta de Joan. La que le dio a Tom. No se me ocurre otro motivo por el que Persephone querría incriminarte. Tenía que quitarte de en medio por si aparecía algún día. Aunque, de haberla encontrado, ¿quién asegura que mi madre o yo supiéramos establecer la relación? Fue el diario de Joan, que estuvo languideciendo en el ático polvoriento de Daisy durante décadas, lo que me ayudó a atar cabos.

—Puede que tengas razón, Molly —dijo tía Violet—. Mira que me he devanado los sesos tratando de entender por qué lo haría. Persephone y yo nunca fuimos íntimas, pero siempre nos llevamos bien. —Se le iluminaron los ojos—. Ella recitaba poesía y yo la escuchaba, que es lo que siempre ha querido.

—Me cuadra a la perfección. Convirtió la confesión del asesinato en una función.

A pesar de los esfuerzos de la policía, en internet ya habían aparecido vídeos de su discurso, aunque, teniendo en cuenta que Persephone se había declarado culpable en la vista, no afectaban a la investigación. No habría un juicio ante jurado. Estaba a la espera de la sentencia.

Oímos a alguien silbando en la cocina y supimos que había llegado George.

—Buenos días, señoras —nos saludó—. ¿A tiempo para un té?

Llevaba las manos a la espalda, cosa que me pareció rara.

—Como siempre —contestó tía Violet, señalando la tetera, donde las bolsitas seguían en remojo—. ¿Qué tal van las cosas por el piso de Myrtle?

George enseñó una de las manos, en la que sostenía una taza. Había venido preparado.

—Excelente, excelente. Ya tengo nuevo inquilino, a partir del mes que viene.

—Entonces, ¿ya has terminado de ponerlo en orden? —preguntó mi madre—. Porque ahí había trabajo.

—Y que lo digas —asintió George, y enseñó la otra mano, en la que llevaba un sobre de papel manila—. He encontrado algo interesante. —Abrió la pestaña metálica—. La policía ya tiene los originales, pero yo me he quedado una copia. Para vosotras.

¿De qué se trataría? ¿Más información sobre los chantajes? ¿Alguna novedad acerca del árbol genealógico de la familia Marlowe? George me lo tendió.

—Deberías verlo tú primero, Molly. Eres quien ha juntado las piezas del puzle.

Se me escapó un gorgorito cuando empecé a pasar las hojas, fotocopias de páginas escritas a mano.

—Son del diario de Joan.

Mi madre y tía Violet lanzaron una exclamación y se acercaron a echar un vistazo.

—Exacto —confirmó George muy ufano mientras cogía la tetera y empezaba a llenar las tazas.

—Pero Persephone dijo que Myrtle las había quemado.—Enseguida lo comprendí cuando me puse a leer—. Y puede que lo hiciera, pero solo las que hablaban de denunciarla por tratar de chantajear a Ruth y a Catherine. En estas otras...

Se detallaba el recelo cada vez mayor de Joan acerca del excesivo interés que Persephone mostraba en su producción. El punto clave era un poema que Persephone había publicado en un periódico local: Joan consideraba que se parecía demasiado a uno suyo. Incluso había escrito los dos, el uno al lado del otro, para que se vieran las similitudes.

—Ay, George, no sabes cuánto me alegro de que hayas dado con estas páginas —dije—. La última pieza del puzle.

En lugar de dejar que las encontraran la familia de Joan o las autoridades, Myrtle se las había quedado para chantajear a Persephone en un futuro. ¿Quién sabe? Quizá incluso la amenazara con acusarla de asesinato si no cooperaba. Con una carrera tan prominente como la de Persephone, cualquier denuncia podría ser nefasta, aunque no pudiera demostrarse su culpabilidad.

Tras el té, tía Violet se fue a ver a Fiona, con un ramo de flores en la cesta de la bicicleta; George volvió a su casa, y mi madre y yo regresamos al trabajo.

—Mamá, hay algo que quería preguntarte —dije.

—¿Qué, Molly?

No levantó la vista del ordenador, frente al que repasaba la contabilidad de la tienda.

—Es sobre el inspector Ryan y tú. O sea, Sean. ¿Hay algo entre vosotros?

Llevaba intrigada desde que los había visto salir juntos del *pub*. O al mismo tiempo. En cualquier caso, ella lo había llamado por su nombre de pila.

Mi madre apretó los labios.

—Nada. De verdad. Él estaba en el *pub* y empezamos a hablar. De algo que no tenía que ver con Myrtle. Eso es todo.

Se había sonrojado, lo que desmentía sus palabras, pero decidí dejarlo correr. De momento.

—Creo que hoy me pondré con el resto de los libros de Tom —dije, ofreciéndole una escapatoria—. ¿Quién sabe qué otros tesoros podría encontrar?

Ya habíamos revisado una primera tanda y la colección de Oz había sido el premio gordo. Los demás libros estaban en la sección infantil a la espera de sus nuevos dueños. A excepción de *Las niñas Strawberry,* que me lo había quedado para mí. También había llamado a la publicista de Iona York a fin de fijar un día para la lectura, pero todavía no sabía nada.

—Adelante —me animó mi madre—. Yo defenderé el fuerte.

—Si me necesitas, estaré arriba. —Me llevé el móvil—. Envíame un mensaje.

La incongruencia de comunicarse por mensaje en un edificio del siglo XVII me hizo sonreír. Durante siglos, nuestros antepasados habían tenido que llamarse a gritos.

Con Puck pegado a los tobillos, subí al dormitorio que no se utilizaba, donde habíamos almacenado las cosas de Tom. Durante mi primera incursión allí arriba, había descubierto que varias de las cajas que quedaron allí tras su fallecimiento contenían efectos personales. Esas se las dejaba a tía Violet, si alguna vez se veía con ánimo de echarles un vistazo.

Mi objetivo era su colección de libros infantiles, y era extensa. Los lotes procedentes de subastas, los ejemplares sueltos valiosos; de todo un poco. Como todo coleccionista voraz, le echaba el guante a saldos y rarezas siempre que se le presentaba la oportunidad y no se preocupaba de qué hacer con ellos hasta más tarde.

Ahora me tocaba a mí organizarlos, tasarlos y venderlos. Y quedarme los que más me gustaran, quizá. Y sin quizá.

—¿Listo, Puck? —pregunté, frotándome las manos con un regocijo indisimulado.

Ese día, la idea era clasificarlo todo, mirar en las cajas y apartar lo que tuviera valor o un interés especial. Los más corrientes los dejaría juntos para catalogarlos más tarde. Esa Navidad quería darles un empujón a los libros infantiles. Tendríamos colecciones de calidad y de todos los precios.

Había revisado cerca de una docena de cajas y estaba pensando en una taza de té cuando descubrí una en la que habían escrito «Trinity» a mano. Tío Tom había ido al Trinity. Quizá...

Oí unos pasos en la escalera.

—¿Molly?

Kieran. Volé a la puerta.

—Estoy aquí. —La vista se me fue a las manos, en las que llevaba dos tazas de té—. Eres un regalo del cielo. —Hice un gesto teatral—. Bienvenido a mi guarida.

Me tendió una taza y echó un vistazo a las pilas de libros con cara de asombro.

—¿No hay ningún programa dedicado a los compradores compulsivos de libros? Si no lo hay, debería.

Se me escapó una risita.

—Tranquilo, todo esto era de mi tío.

Tras beber un largo trago de té, dejé la taza en el alféizar, la única superficie libre.

—Estaba a punto de mirar en esa caja. —Le enseñé lo que había escrito—. Supongo que solo habrá apuntes de la universidad.

—Nunca se sabe —dijo y se puso a mi espalda. Señaló el primer libro que se veía—. Ese parece bueno y antiguo.

Era un ejemplar de los poemas de lord Alfred Tennyson; magnífico, encuadernado en cuero y, probablemente, muy valioso.

—Sí que tienes ojo.

Lo dejé a un lado con cuidado y continué mirando.

Como en el baúl de la universidad de Joan, había muchas libretas. De apuntes. Más apuntes. Borradores. Todo escrito a mano en una época en la que aún no existían los ordenadores, ni siquiera las máquinas de escribir eléctricas. Al fondo de todo, encontré lo que había estado buscando con la débil esperanza de que aún existiera: un cuaderno con el nombre de Joan escrito en la portada. Dentro, página tras página de poemas...

—Molly. Ven, rápido. Tienes que ver esto.

Kieran había estado paseándose por la habitación, fisgoneando mientras el traidor de mi gato lo seguía.

Al oír el tono apremiante con el que me había llamado, me acerqué a Kieran, que tenía al gato en brazos, con el cuaderno de Joan en la mano. Había un atlas antiguo sobre un escritorio, abierto por un mapa de Cambridgeshire.

—Pensé que tenía buena pinta —dijo—. Son mapas antiguos del condado. —Señaló una hoja amarillenta en la que había algo escrito a mano, con tinta que había adquirido un tono sepia—. Esto estaba dentro, ahí mismo.

Me incliné un poco más, procurando no tocar el frágil papel, y distinguí las palabras relevantes. «Testamento», «Manuscritos e Infolios Thomas Marlowe», «Inventario», «a Samuel Marlowe y sus herederos».

—El testamento perdido. —Besé a Kieran, un largo e intenso beso de gratitud y alegría—. El que demuestra que tía Violet es la heredera legítima de la librería. Lo has encontrado.

—Te encuentro lo que quieras si vuelves a hacer eso —dijo—. ¿Qué llevas ahí?

Señaló con un gesto de cabeza la libreta que sujetaba con el brazo.

Me acurruqué en su pecho mientras Puck ronroneaba encantado con la nueva situación y abrí la cubierta para enseñárselo.

—Los poemas de Joan Watson. Le prestó el cuaderno a Tom para que los leyera y le diera su opinión, pero Joan murió antes de que él pudiera devolvérselo y así quedó a salvo de las garras de Persephone. —Lo cerré y lo estreché contra mí—. Esto sí es un tesoro.

Los leería más tarde, despacio y con atención. Con un poco de suerte, Ruth los publicaría. Y Joan Watson recibiría el mérito que se merece.

Kieran me besó en la coronilla.

—En realidad, he venido a ver si seguía en pie lo del pícnic en el río. No esperaba acabar buscando tesoros.

—Un día como otro cualquiera en la Thomas Marlowe —bromeé—. Manuscritos, infolios y búsqueda de obras olvidadas. —Puck ronroneó para que se le oyera—. Y gatos.

—No olvidemos los gatos.

Kieran le acarició la barbilla como le gustaba.

«Este es mi hogar», pensé mientras los tres, hombre, mujer y gato, continuábamos abrazados en una habitación repleta de libros bajo un techo antiguo, en el corazón de una ciudad maravillosa llena de historia.

AGRADECIMIENTOS

En primer lugar, muchas gracias a Nettie Finn, mi editora de St. Martin's, y a Elizabeth Bewley, mi agente, por ayudarme a dar vida a la serie *Una librería en Cambridge*. Adoro las tiendas de libros, sobre todo las antiguas, tan evocadoras y llenas de tesoros literarios, y el escenario de la novela es una especie de regreso a casa. Mi madre creció en Inglaterra, muy cerca de Cambridge, donde estudió Enfermería. Cuando yo era pequeña, vivimos en el Reino Unido y Francia, allí donde destinaran a mi padre, estadounidense, y aún tengo parientes en King's Lynn, a los que espero volver a visitar pronto. Además de ellos, los maravillosos grupos de Facebook «Cambridge in the Good Old Days» y «Cambridge Memories» han resultado de gran ayuda, y querría agradecer de manera especial a Keith Mansfield y Derek Smiley su apoyo y asesoramiento.

También desearía dar las gracias a Sarah Haeckel y Allison Ziegler por todo el esfuerzo depositado en publicidad y márquetin. Vuestro entusiasmo no tiene parangón. Danielle Christopher y Mary Ann Lasher han hecho un trabajo espectacular dando vida a la librería de la portada de la edición inglesa. La representación de Puck me ha robado el corazón. Y a Jon Simko, mi intrépido corrector: gracias por descubrir los errores y las meteduras de pata.

Nota: muchos de los lugares que aparecen en la serie son reales, pero Magpie Lane y los establecimientos que la recorren, así como el pueblo de Hazelhurst, son ficticios.

ELIZABETH PENNEY

Elizabeth Penney es autora de más de una veintena de *cozy mysteries,* incluida la serie *Apron Shop*. El primer título de la serie *Una librería en Cambridge*, *Final de capítulo*, estuvo nominado al Premio Mary Higgins Clark 2022. Elizabeth creció en Inglaterra y Francia, y ahora reside en las Montañas Blancas de New Hampshire, donde escribe novelas y trata de cultivar cosas.

Más información en:
www.elizabethpenneyauthor.com

Descubre más títulos de la serie en:
www.almacozymystery.com

COZY MYSTERY

Serie *Misterios bibliófilos* • KATE CARLISLE

1

2

Serie *Misterios en la librería Sherlock Holmes* • VICKI DELANY

1

2

Serie *Misterios de Hannah Swensen* • JOANNE FLUKE

1

2

3

Serie *Crimen y costura* • SALLY GOLDENBAUM

1

Serie *Misterios de una diva* doméstica • Krista Davis

1

2

Serie *Misterios que dejan huella* • Krista Davis

1

Serie *Misterios felinos* • Miranda James

1

2

3

Serie *Amelia Peabody* • Elizabeth Peters

1

Serie *Coffee Lovers Club* • Cleo Coyle

1

2

3

Serie *Secretos, libros y bollos* • Ellery Adams

1

2

Serie *Misterios de una espía real* • Rhys Bowen

1

Serie *Una librería en Cambridge* • Elizabeth Penney

1